本书由大连市人民政府资助出版

文化意蕴中的诗学建构

——许地山创作论

宁　芳◎著

中国社会科学出版社

图书在版编目(CIP)数据

文化意蕴中的诗学建构：许地山创作论／宁芳著.—北京：中国社会科学
出版社，2020.12
ISBN 978-7-5203-7511-5

Ⅰ.①文… Ⅱ.①宁… Ⅲ.①许地山（1893-1941）—文学创作研究
Ⅳ.①I206.6

中国版本图书馆 CIP 数据核字（2020）第 229274 号

出 版 人	赵剑英
责任编辑	周慧敏　任　明
责任校对	王佳玉
责任印制	郝美娜

出　　版	中国社会科学出版社
社　　址	北京鼓楼西大街甲 158 号
邮　　编	100720
网　　址	http：//www.csspw.cn
发 行 部	010-84083685
门 市 部	010-84029450
经　　销	新华书店及其他书店

印刷装订	北京君升印刷有限公司
版　　次	2020 年 12 月第 1 版
印　　次	2020 年 12 月第 1 次印刷

开　　本	710×1000　1/16
印　　张	11.5
插　　页	2
字　　数	191 千字
定　　价	85.00 元

凡购买中国社会科学出版社图书，如有质量问题请与本社营销中心联系调换
电话：010-84083683

序

张学昕

　　宁芳是我指导的博士生，她的专著《文化意蕴中的诗学建构——许地山创作论》将要付梓出版，我非常愿意借此机会写上一些话，既表达我对宁芳的祝贺之意，也是作为我们之间师生情的感念和记忆。

　　我与宁芳的相识，是90年代末她在辽宁师范大学中文系毕业后留校工作之后。那个时候，她在系里做学生管理工作，而我整天忙于教学、科研，平时也交流不多。后来她去了学校办公部门做行政、秘书一类的工作，我们偶尔也会在校园里遇见。记得大约是2010年的夏天，宁芳与我提及想读现当代文学专业的博士。开始，我颇有些踌躇和顾虑，我不怀疑她对文学的悟性和个人天分，只是担心她繁忙的事务性工作，会将她专业学习和思考的时间碾碎，继而难以如期地完成学业。在我这里，这种忧虑，一直伴随着宁芳读博的时光。进入博士阶段的第三年，着手进行博士论文的选题，我建议她做一篇当代作家的创作论，于是，她选择阿来作为研究对象和论文选题。我很开心，因为阿来是我非常熟悉的朋友和喜爱的作家，在论文命意、结构和研究方法上，我觉得可以为她提供一些更好的帮助。但是，之后，宁芳真诚而直白地告诉我，她准备放下对阿来的思考和研究，想尝试着研究现代作家许地山。这其中的原因，宁芳给我的答复是，"很难捕捉到阿来文本的深邃和创作至境，唯恐做不到有深度和更新的创意"。当然，我还是尊重了宁芳的选择。在校园里，我也耳闻宁芳在繁忙的工作之余，经常在业余时间和节假日去图书馆苦读。我感到，她的研究转向，依然是充满挑战性的，从个人性、知识结构、感受力几个方面，体现出她对阅读和研究对象的重新选择，以及对自己思考方向的重新定位。我感到，这里面也体现着宁芳对研究对象的尊重、敬畏和虔诚。

　　无疑，许地山是中国现代文学史上最重要的作家之一。对于他的研究，虽然不能说已经人满为患，但是，研究的成果若想超越前人，有更多自己的建树实属艰难。我对宁芳说，对于许地山这样的作家，你就只能当作一块生荒地或熟荒地去开垦，只要你能勤劳地去耕耘，一定会有好的收获。宁芳性情直率、坦诚，做事执着、坚韧，很有一股"咬定青山不放松"的刻苦、勤奋的劲头。几年来，宁芳兼顾工作和学业，渐渐进入了专业思考和研究的状态，克服了种种困难，完成了对许地山的一次深入的阐释。宁芳主要把握住了许地山内在精神、灵魂层面与现实之间的关系，并进行文化的、哲学的和美学的梳理和阐发，以此发现这位现代作家的创作在复杂历史、文化境遇中"异质性"写作的独特性。特别是，以"落花生"的命意，阐释许地山的精神重生，挖掘出许地山创作的文学之根——传统儒道文化铸就的写作面向，以及许地山写作超越俗世的、逼近"澄明之境"对于生命的诠释。宁芳有着极好的阅读力和感受力，她诗性地描述出杰出的现代作家许地山于乱世中那种飘摇、游弋的生命状态。她还将其界定为在"此岸"与"彼岸"之间完成人生"补缀"的审美状态，进而阐发许地山是如何实现文学叙述诗学建构的、充满苦涩的生命历程，包括许地山的灵魂承载力和生命哲学。

论文答辩的时候，答辩委员会主席、南京大学王彬彬教授素以严格、严谨、"不客气"著称，被认为是学生们最难过的"一道关"，但王彬彬教授对宁芳的论文给予非常高的评价。直到这时，我最初对她的某些忧虑才真正地消除。

在宁芳身上，我能感受到一种理想的力量和自强的精神，这是她那一代人里少见的，值得珍视的。更重要的是，她是一位更懂得感恩的人，这同样是十分难得和值得珍惜的。记得2017年晚秋的凌晨，在美国波士顿康科德小镇姐姐的家里，我审读完宁芳的作品。晨曦出现之时，我十分疲倦，但我内心却充满了欣慰之情。

《文化意蕴中的诗学建构——许地山创作论》是宁芳对许地山"独特之处"的又一次虔诚地深入和延展，可谓许地山研究的难得之作。

我曾下决心不为别人的著书立说作序，觉得自己还远没有那样的资历。但是，这一次就算是"破例"吧。因为，我觉得这一切都是值得并且是有意义的。

2020 年 12 月 19 日

前　言

　　许地山是中国现代文学史上一位独特而具有重大影响力的著名作家，他以多重的文化追求和勤勉的思考，深厚的文学功力和出众的才情，创造了别具一格的文化建树和文学成就。虽然他的作品数量并不很多，但其文学实践和艺术追求却表现出不凡的特质，为我们留下了深刻的文学记忆。他是五四时期文学研究会的创始人之一，却也是"五四"作家群中的一个"异质性"存在，更是同时代作家中具有自己独特情理结构的写作者。许地山自1921年发表第一篇小说《命命鸟》开始，至1941年病殁于香港，此二十年间，他始终以一种独特的方式，存在于人们的文化和文学视野中。许地山虽然不归属于任何派别，却无时无刻不在为促进新文化运动的发展极尽所能，以他的研究、写作和思考，形成了自己的美学风范和特质，直至生命的最后一刻。也许杰出的作家都是在飘摇和游弋的生命状态下，仍能做到自我剖析、自我约束，在不断求索的途中，生发出诗意、诗意之美，这种生发是纯粹的、敞亮的。所以，许地山的漂泊、游弋、磨砺，是精神的纯净过程，是诗意的漂移，是心灵结构的漂移，是心灵结构之新与诗意结构之新，而其最终生成的文本，仿佛诗意般若，构成一个作家对世界充满诗性的回响。他对理想执着追求，对人生感悟深刻，其生命形态也更为超脱。而他的"生本不乐"的人生苦思和存在境遇，看似悲观，却有着最为旷达的内核。浪漫与现实，平凡与传奇，历史与社会，传统与异域，宗教与世俗，在他的作品中，都在一定程度上发展到一个和谐而耐人寻味的境界。同时，许地山以他的诗文，建构了一个纯洁澄明的文学世界。他不为历史注脚，不为政治附势，而是用他的温婉和圆融"软化"现实的残酷，用他的博爱和超达包容人性的窘迫。爱是他最大的信仰，生死、苦乐、爱憎，都化为肥料溶解在这片诗意的大地上。许地山及其创作的成就和思想意义、美学价值，还需要深入认识，而且是更准确的认识。对于他的进一步研究，将有益于对中国现代文学做完整性的分析、建构，更有助于丰富我们对中国现代文学史的深入理解、引申和新的阐释。

　　本书试图综合许地山现已出版的所有作品，全面爬梳和探寻他的创作实践和精神旨归：透过许地山早年的生活经历，努力探索他独特的生命追寻——颠沛流离的早年生活经历，趋异与求存的文化境遇，如何影响着他个人的命运轨迹，又是如何渗透、沉潜到他的文学创作中，继而形成了他独有的思想状态、精神结构和美学气质；从中国传统文化入手，探寻许地山个人和创作的精神之根——作为中国传统文化核心的儒道文化，不仅是许地山从小接受的传统教育，影响着他成长过程中的知与行，更是他不断往返的精神腹地，进而研究许地山如何以更加思辨的方式来研究、整合、吸纳和发扬，内蕴为修身治国的根本和文学创作的精神之根，以内在的厚重超越俗世的心灵观照；通过许地山的苦难书写及其对苦难意识的表达，探索他的生命哲学——许地山的苦难书写从个人体验出发，向人类整体性苦难辐射，用一种博爱精神包容人类所有的苦难，震醒沉睡的灵魂，从苦难中崛起，偿还人类共同的"债"，以此探究个体的精神感悟，追寻生命的价值和存在意义；通过对许地山的文本细读，梳理小说中的人物形象谱系——许地山如何以"摆渡者"的姿态，按照这些人物形象各自的方式，从"此岸"与"彼岸"完成人生的补缀；从审美体验的角度，分析许地山创作中的诗学建构——异域风情所具有的想象特质，恰到好处地成为许地山理想安放的空间，许地山如何在他的文学世界中为人类搭建诗意的空间。许地山的小说和随笔，甚至研究文字，表现在形式创造上，并不投之以"苦吟"的心血似的举重若轻之感，而是灌注和涌动着那种源于自然与生活本身的韵律，诗情、诗性随性自然地流淌出破空、跌宕之美。同时，我们在这样的文本中，也看到了一种复杂的生活、多变的时代，以及一种大历史如何独自进入一个鲜活的灵魂之内，这也让我们与其一道，穿越时间和记忆的河流，触摸遥远的岁月和生命的梦醒时分。

目　录

第一章　许地山创作研究的历史流脉 ……………………………（1）

第一节　延宕：单向维度向多重视野的延宕 ………………………（1）

一　"异国情调"引发的早期评判 …………………………………（1）

二　"宗教色彩"导致的评价争议 …………………………………（2）

第二节　兜转：浪漫主义与现实主义的兜转 ………………………（5）

一　"浪漫主义色彩"的评价转向 …………………………………（5）

二　"二分法"评价渐成主流 ………………………………………（6）

第三节　铺展：生平叙事向独立主题的铺展 ………………………（8）

一　生平的考证促进研究的复苏 …………………………………（8）

二　创作阶段的划分开阔研究的视野 ……………………………（10）

第四节　交叠：包罗通达与类别细化的交叠 ………………………（12）

一　对宗教意识的聚焦 ……………………………………………（12）

二　对人物形象、异域文化及比较研究的拓展 …………………（15）

三　对生命哲学与审美内涵的开掘 ………………………………（19）

第二章　"落花生"：精神重生中的许地山 ……………………（22）

第一节　颠沛流离："生本不乐"的生命求索 ……………………（23）

一　四方流离的早年岁月 …………………………………………（24）

二　求学、求职与求索：变故中的价值取舍 ……………………（26）

第二节　趋异与求存：复杂文化境遇中的"异质性"写作 ………（31）

一　救亡与启蒙的双重变奏：现代文学思潮的萌生 ……………（32）

二　五四新文化风潮下"人的文学"的勃兴 ……………………（34）

三　文学研究会中的"异质性"存在 ……………………………（36）

第三章　文学的精神之根：传统儒道文化铸就的写作面相 ………（41）

　　第一节　思接千载的儒学和道教文化研究 …………………（42）

　　第二节　逼近澄明之境：超越俗世的生命诠释 ……………（47）

第四章　超越苦难的灵魂承载：许地山的生命哲学书写 …………（57）

　　第一节　"债"：苦难意识的灵魂担当 ……………………（58）

　　　　一　借自然景物的描写折射人生的苦难 ………………（59）

　　　　二　直抒现实生活逼仄中的人生苦难 …………………（61）

　　第二节　"爱"：表达生命的温度与宽度 …………………（64）

　　第三节　"通"：呈现信仰的终极指向 ……………………（70）

第五章　命运之网的"补缀"：许地山小说的形象谱系 …………（75）

　　第一节　穿越时空和命运的存在意识 ………………………（76）

　　　　一　历史禁锢与时代浪潮中的毁损 ……………………（77）

　　　　二　情感积淀与灵魂嬗变 ………………………………（79）

　　第二节　从"此岸"到"彼岸"的命运建构 ………………（85）

　　　　一　安命与知命的"顺从" ……………………………（85）

　　　　二　宿命与独立的"徘徊" ……………………………（91）

　　　　三　革命与自主的"反叛" ……………………………（95）

第六章　"诗意的栖居"：文化意蕴中的诗学建构 ………………（100）

　　第一节　回忆的诗学 …………………………………………（101）

　　第二节　异域想象的诗意栖居 ………………………………（108）

附录1　许地山年表 …………………………………………………（120）

附录2　许地山作品名录 ……………………………………………（122）

附录3　许地山研究辑录 ……………………………………………（134）

参考文献 ……………………………………………………………（164）

后记 …………………………………………………………………（175）

第一章

许地山创作研究的历史流脉

1921 年，许地山在《小说月报》上发表了他的文学处女作《命命鸟》后，关于许地山和这篇小说的文学评论也紧随其后，层出不穷。《小说月报》在改革过程中专门增加了《创作批评》专栏（后又改为《读后感》专栏），刊发了一些讨论许地山作品的文章。如潘垂统的《对于〈超人〉〈命命鸟〉〈低能儿〉的批评》（原载 1921 年 11 月《小说月报》第 12 卷 11 号）、吴守中《批评落华生的三篇创作》（原载 1923 年 5 月《小说月报》第 13 卷 5 号）等。许地山作品中独特的异域风格、浓重的宗教意味和对当时文学号召的响应，吸引了很多研究者对他的关注，可以说，关于许地山的生平、文学创作等的研究，在同时期作家中算是比较早的。时至今日，近百年的时间里，关于许地山的研究从未停止，经历过时间的淘洗，许地山的作品逐经打磨，其中所隐藏的光芒也逐渐散发出来，如同一面多棱镜，在不同的阶段里呈现出不同的层面和万象形色。

第一节　延宕：单向维度向多重视野的延宕

一　"异国情调"引发的早期评判

关于中国现代作家作品的研究，是很难脱离当时的历史背景和社会现实的，尤其是同时期的评论，必然带有彼时很鲜明的时代特征，因而时间的相近性，也就必然导致未经时间过滤所产生的一定的局限性。许多评论也就难免或多或少地带有思考和阐释的粗粝感，但却在很大程度上呈现出与作品同时代更有效的审美尺度。1921 年开始，随着许地山一系列短篇小说的发表，其作品中所呈现的异国情调和传奇色彩最先受到关注。《命命鸟》《商人妇》《缀网劳蛛》等故事的发生地分别为缅甸、新加坡、印度、马来西亚等，这样特殊的地理环境，让许地山的作品在以中国为文学地理背景的其他作家中脱颖而出。沈从文认为，许地山将缅甸和其他南方国度里的僧侣、社会场景、家庭等"异方风物"整合成为异国情调，在品读小说《命命鸟》以及《空山灵雨》中收录的一类散文时"总觉得这是另外一个国度的人，学着另外一个国度里的故事"①。茅盾认为，"许地山作品里没有现代都市的生活。他的《命命鸟》充满了'异域情调'，背景在缅甸的仰光，……《商人妇》是新加坡和印度，《缀网劳蛛》在马来半岛；《换巢鸾凤》的背景是在中国了，可是'山大王'的生活，也带点'异域情调'的味儿，最近他再拾起创作的笔，好象还是'积习难忘'"②。成仿吾在《〈命命鸟〉的批评》一文中提出："本来真的艺术，决不为地方色彩所无损"，但是"为补救国民艺术的单调起见，这种异乡的情调，也实不可少"。在出现一部分肯定的声音的同时，还有更大一部分的声音，是对许地山作品的质疑，"异域"如同一把双刃剑，在增添作品新鲜感的同时，在某种程度上（或者说在某些评论者看来），"异域"也会产生隔离感。成仿吾在肯定《命命鸟》艺术丰富性的同时，也对这种"丰富性"的价值提出了质疑，尖锐地指出小说"不幸被地方的与时代的色彩蒙蔽了"，他认为许地山的异域情调是"在地方与时代的薄膜上现出了的假象""没有把这层薄膜下的实在教给我们""由这篇作品，寻不出作者自己想揭起这层薄膜的何等的努力"③。显然，这样的批评和研究，更加充分地体现了那个时代的社会、文化、政治和文学的真实风貌。

二　"宗教色彩"导致的评价争议

对于许地山的创作，在现代文学的语境中是一直存在争议的，而争议最大的点就是关于许地山作品中的"宗教色彩"。"宗教色彩"对于五四时期作家的创作来说并不罕见，与许地山同时期的作家作品中，都或多或少带有一些宗教的意味，但是像许地山这样作品宗教色彩浓厚并存在一定

---

① 沈从文：《论落华生》，载周俟松、杜汝淼编《许地山研究集》，南京大学出版社1989年版，第219页。

② 茅盾：《落华生论》，载周俟松、杜汝淼编《许地山研究集》，南京大学出版社1989年版，第186—193页。

③ 成仿吾：《〈命命鸟〉的批评》，载周俟松、杜汝淼编《许地山研究集》，南京大学出版社1989年版，第217—218页。

争议的作家并不算多。成仿吾认为，《命命鸟》中主人公的心态和行为与佛教的真谛有出入，因此他判定小说所透露出的宗教信仰是浅薄的，他透过小说所营造的异域幻境、敏明和加陵一同赴死的结局、小说对人物心理的描述等方面分析，得出这部小说"只显出了一些无意义的宗教的色彩，并且只是宗教，没有传出什么情绪"的结论。阿英在肯定《空山灵雨》对小品文运动的价值的同时，也提出了许地山小品文的境界"不是完全与现代思想契合的，基于他的思想与生活，反映在他的小品文中的，是一个很混乱的集合体"①。1930年沈从文在《读书月刊》第1卷第1期上发表的《论落华生》是关于许地山研究的第一篇论文，对其作品进行了深入的论述，沈从文十分欣赏许地山用"异教特殊民族生活"作为创作的基本，以"佛经中邃智明辨笔墨"使散文发展到一个和谐的境界，最终把"基督教的爱欲，佛教的明慧，近代文明与古旧情绪，揉合在一处，毫不牵强地融为一片"，在沈从文看来，融合着多个宗教精华的"最散文的诗质"② 才是许地山风格的特异之处。

对许地山了解较为深入的、评论最多并且研究兴味最浓厚的是茅盾。在一篇以访谈录为形式的、较为全面系统的作家论中，茅盾从评价许地山为人的"怪癖"到评述他作品"别致得古怪"却又"充满了泥土气"，指出了许地山作品"虽然喜欢用'异域情调'材料，可是他在那些小说里试要给一个他所认为的'合理'的人生观"的特质。从人生观的构筑到生命哲学的阐发，茅盾更加关注许地山作品的内在特征，他认为在五四初期的这些作家之中，许地山是"顶不'回避现实'的一人"，他虽然尝试着构筑自己"合理"的人生观，却又并没建成什么"理想"的象牙塔，这种人生观是"多少带点怀疑论的色彩"的，而且"怀疑论者的落华生不会相信宗教"③。关于小说中的人物形象，茅盾指出"作品中主人公的思想多少和宗教有点关系"，甚至一些人物是明显"厌世"的，虽然早期作品中的人物都是"随着'命运'播弄的"，如《缀网劳蛛》《换巢鸾

---

① 阿英：《现代十六家小品》，载周俟松、杜汝淼编《许地山研究集》，南京大学出版社1989年版，第213页。

② 沈从文：《论落华生》，载周俟松、杜汝淼编《许地山研究集》，南京大学出版社1989年版，第219页。

③ 茅盾：《落华生论》，载周俟松、杜汝淼编《许地山研究集》，南京大学出版社1989年版，第186—193页。

凤》《商人妇》，并且在"被播弄中发明了她们的自慰和哲学"，但是再看春桃时"那简直是要用自己的意志去支配'命运'了"①！茅盾虽然也是从社会历史学的角度进行评价，但也明确关注到了许地山小说中的宗教情结，"作品中主人公的思想多少是和宗教有点关系"，并进一步分析，"《商人妇》的主角惜官在基督思想里得到了生活下去的勇气"，《缀网劳蛛》里的尚洁靠自己对基督教义的理解才有胆量面对生活的困苦；《黄昏后》更体现一种"爱的宗教"，在《换巢鸾凤》中，和鸾对祖凤"一定要发达"的这种"幻想"就是"她的宗教"。茅盾认为，许地山小说中的人物，虽然不是宗教徒，却有着胜似宗教徒一般虔诚的信仰与朴素的感情，"他们是有点什么在代替了'宗教'"②。尽管茅盾指出了这种宗教思想，但他并没有展开论述，而且最终肯定了许地山的现实主义风格，这与当时的社会历史背景有很大关系。当时的社会剧烈变动，民族矛盾日益加重，在救亡压倒一切的历史年代中，宗教思想是与时代主潮相抵触的，因此，茅盾虽然从客观上承认了许地山作品中的宗教意识，但出于社会与时代的考虑，就将这种宗教意识背后所隐含的怀疑色调看作"五四"落潮时代的反映，而没有进行深入细致的研究。

在 1935 年出版的《中国新文学大系·小说一集》（导言）中，茅盾又提出了关于许地山的"二重性"的人生观："一方面是积极的昂扬意识的表征（这是五四初期的），另一方面却又是消极的退婴的意识（这是他创作当时普遍于知识界的）。"这种思想上的二重性使得许地山的作品也显现出了二重性："浪漫主义成分是昂扬的积极的五四初期市民意识的产物，而写实主义的成分则是五四的风暴过后觉得依然满眼是平凡灰色的迷惘心理的产物。"③

许地山病逝后，1941 年 9 月 21 日，茅盾在香港《大公报》发表《论地山的小说》专论，他由《命命鸟》带有的浪漫主义色彩在五四初期"颇堪注目"谈起，联系到"易卜生主义"对中国文学的重要影响，评价许地山小说是在浪漫主义的风度之下，有着一副"写实的骨骼"。文章指出许地山的热情"常为理智所约束，故不常见其喷薄"，他对人生的态度

---

① 茅盾：《落华生论》，载周俟松、杜汝淼编《许地山研究集》，第 186—193 页。
② 同上。
③ 茅盾：编选《中国新文学大系·小说一集》（导言），良友图书印刷公司 1935 年版，第 25—26 页。

"异常严肃"，他表现在外的又常常是"爱说爱笑爱诙谐"①。在茅盾发表此文当天，香港文化界编印了《追悼许地山先生纪念特刊》，其中收录了柳亚子、郭沫若、陈寅恪、杨刚等人的悼念文章20篇，该特刊及当时散见于《大公报》《星岛日报》《南洋周报》等刊物上的老舍、郁达夫、胡愈之等人的悼念文章，都是当时研究许地山生平及创作思想的珍贵文献。

第二节 兜转：浪漫主义与现实主义的兜转

一 "浪漫主义色彩"的评价转向

1949年7月，中华全国文学艺术工作者代表大会举行，这标志着我国新民主主义革命时期的文学历史由此结束，社会主义时期的文学历史从此开始。新中国成立后的短短几年中，许地山的文学作品以选集的形式多次出版。1951年7月，开明书店出版了《许地山选集》（由杨刚作序）；1958年12月，人民文学出版社又出版了《许地山选集》（由郑振铎作序，分上下卷），杨刚与郑振铎都在序言中对许地山其人其作进行了评介。20世纪五六十年代，当时的主流话语是运用马克思列宁主义、毛泽东思想、阶级论的批评方法，以毛泽东《在延安文艺座谈会上的讲话》精神为指导，走文艺政治化、社会化的路线来进行研究，所以这一阶段的文学研究就不可避免地打上了这种时代的烙印，文艺工作者对许地山作品的评价出现了转向，对其早期作品里所体现出的浪漫主义色彩予以质疑和否定，而对于以《春桃》为代表的后期作品所体现出的现实主义则评价较高，这一时期，研究者们更加关注许地山身份的转变，即从一个倡导人道主义的小资产阶级人士进步为无产阶级的先锋战士。

杨刚认为《许地山选集》所收录的15篇作品，按照排序可以大致显示出许地山"从空想走到现实的一个有发展性的思想内容"，他认为许地山早期作品中带着命定论的浪漫主义"基本上是不健康的"，许地山"徘徊于现实和空想之间，有时企图逃避（《黄昏后》），有时企图以主观幻想来解决现实的问题（《枯杨生花》）。这种思想状态不能不产生他对既

① 茅盾：《论地山的小说》，载周俟松、杜汝森编《许地山研究集》，南京大学出版社1989年版，第194—195页。

存现状根本的妥协和承认的态度"。究其原因，杨刚认为是许地山小资产阶级的身份以及所受的佛教影响。对于许地山较后期的作品，杨刚则认为其平民主义和人道主义思想较为明显，同时浪漫的、空想的成分也逐渐褪色，现实的成分在他的小说里不断加强，并且通过对《春桃》《危巢坠简》《归途》的分析，指出许地山"对一般人民有深厚的同情，可是对于人民的运动和斗争却因为他的哲学而抱着怀疑，加以回避"。杨刚进一步指出，许地山对当时的社会情况并不能算作了解，甚至对国家的来路和前途也是茫然、悲观的，"他只是努力地依靠着他从平民主义出来的对受压迫人民的同情，从人道主义出来的正义感支持自己，甚至于强迫自己一天一天的来接近现实；他很痛苦，有时是很迷乱的来接近他本来不愿接近的现实；他的这种努力并非白费，抗战帮助他跨了很大的一步。在这时候他放弃了佛经研究，也不多写作，而尽力参加民族解放的实际行动，努力于人民的工作。"①

二　"二分法"评价渐成主流

最开始提出"二分法"这种说法的是茅盾，而到了 20 世纪 50 年代，"二分法"的说法一时成为主流。王瑶在其评述中基本上沿袭了茅盾的关于许地山一面是积极昂扬的，一面是消极退隐的"二重性"的结论，在《中国新文学史稿》一书中，他评价许地山"对人生有些怀疑的色彩，但并不悲观"②。

杨刚也认为，相比之下，许地山的《春桃》才是"平民主义的成就"，是比较难得的、现实主义的作品，因为在形式上也没有许地山在早期小说中出现的传奇性色彩。并且，杨刚认为许地山"基于他的落华生式的感情内容，对于朴实的劳动人民有相当深的了解与爱好"。就这样，杨刚把许地山的后期创作归属到了"无产阶级的道路"上，并认为"他的道路也和闻一多先生的道路基本上没有什么不同。他是中华民族值得骄傲的一个正直的有血性的儿子"③。

丁易的观点与杨刚相近，1955 年，他在《中国现代文学史略》中先以《缀网劳蛛》为例，指出许地山思想上既带有"不健康的命定论的浪

---

① 杨刚：《许地山选集・序》，开明书店 1951 年版，第 2—4 页。
② 王瑶：《中国新文学史稿》，开明书店 1951 年版，第 90 页。
③ 杨刚：《许地山选集・序》，开明书店 1951 年版，第 2—4 页。

漫主义倾向"，同时兼具"现实的平民主义思想的因素"，在后期的作品中，许地山平民主义思想有了进一步发展。丁易认为《春桃》"虽然不能从阶级关系上去分析问题，但却写出了劳动人民纯洁的品质和高贵的阶级同情"①。

1956 年，刘绶松在《中国新文学史初稿》中从阶级政治的角度对许地山及其创作进行了评述，指出"由于小资产阶级知识分子的特性和他对于佛教哲学的长期沉浸，作者早期的思想很明显地存在着虚无主义和自然主义的倾向"，而许地山"虽然没有让自己在'云封雾锁'的人生路程上坠落到颓唐感伤以至于绝望的深渊中去"，但"支持和鼓舞着他的不是对前途的'乐观'的信念，而是一种听自然安排的'达观'的想法"②。另外，刘绶松还指出许地山早期的作品中"显露着他对于劳动人民的朴素深厚的感情"，《缀网劳蛛》中的尚洁到土华以后，"便在珠船里工人们身上去探求'那些灵性的珠子'"，正是由于许地山对于劳动人民的这种深厚感情，他的创作才能逐渐走向后期坚实的现实主义的道路。

起笔于 1961 年，由唐弢主编的《中国现代文学史》对许地山早期作品格调的总结是"宗教色彩和对现实生活的大胆反映，出世思想和平民主义，相互纠结在一起"③，结合小说集《缀网劳蛛》收录的一些作品，唐弢指出许地山笔下的人物既有对宗教的虔诚，以及"命定论"的思想，又对生活有着"坚韧厚实"的毅力。而面对不合理的现实，以往作品里的人物很少进行正面反抗，这种不足终于因为《春桃》的出现而获得弥补，标志着创作上的"重大进步"。

在新中国初期的一些现代文学史的论著中，对于许地山及其作品评述的篇幅并不大。台湾地区出版的一些论著，对许地山的介绍也都比较概略。相比之下，旅居美国的华裔学者夏志清和香港学者司马长风在他们各自的文学论稿中对许地山的关注度较高，评价较为翔实。

1961 年，夏志清在其《中国现代小说史》中专设章节评论许地山，指出许地山是个"生性浪漫的作家"，他所关心的宗教经验是慈悲或爱。许地山"给他的时代重建精神价值上所作的努力，真不啻是一种苦行僧

---

① 丁易：《中国现代文学史略》，北京：作家出版社 1955 年版，第 247—248 页。

② 刘绶松：《中国新文学史初稿》，北京：人民文学出版社 1979 年版，第 158—159 页。

③ 唐弢：《中国现代文学史》（第一册），北京：人民文学出版社 1979 年版，第 202—204 页。

的精神，光凭这点，他就已经值得我们尊敬，并且在文学史中应占得一席之地了"①。夏志清着重评析了《缀网劳蛛》和《玉官》两篇小说，赞扬了小说《玉官》是"在浅薄的思想和唯物主义泛滥的时代中不可多得的一个重申精神力量的寓言"②。

　　1975 年，司马长风在香港出版的《中国新文学史》中肯定了许地山作品的独特价值，并认为许地山的作品"正因为有虔诚的宗教情感，才能写出常人所无的深刻情操"③。夏志清和司马长风由于身在当时主流意识形态之外，从而发掘出了许地山作品超越时代价值的独特之处。

　　尽管"两分法"的评价在新中国成立后的一段时间里渐成主流，但是这一时期里关于许地山创作的研究与评价存在着一定程度的同质化和片面性，主要显现在许地山作品中的浪漫主义被视为消极的成分遭到过度放大，被视为消极的、迷信的宿命论而加以批评。研究者和评论家着重挖掘的是文学作品的现实意义，开发其教化功能和斗争性，对许地山小说的艺术性和思想内涵的发掘严重不足。此后，由于国内政治运动对文艺的严重影响，关于许地山的研究在 20 世纪六七十年代里基本处于停滞状态。

第三节　铺展：生平叙事向独立主题的铺展

一　生平的考证促进研究的复苏

　　党的十一届三中全会之后，伴随着改革开放、思想解放的潮涌，关于现代文学作家及作品的评价与研究出现了一些转机，开始了从文学政治化向文学本身回归的艰难历程，对于许地山的研究也逐步复苏并走向丰富。1978 年，薛绥之以一篇《论许地山》重新启动了对许地山的研究。文章对许地山的生平加以归纳，对其文学创作经历和作品特点作以概括，认定许地山是一位宗教家、印度文学家和爱国主义者，他作品的题材和风格

---

① 夏志清：《中国现代小说史》，刘绍铭等译，广西师范大学出版社 2014 年版，第 66—72 页。

② 同上书，第 66—72 页。

③ 司马长风：《中国新文学史》，昭明出版社 1975 年版，第 166 页。

"在中国现代文学史上，是独树一帜的"①，但是文章也指出许地山人生观的矛盾性及其世界观的局限性在作品中也都有所反映。此后的一个时期，关于许地山的各类研究与评论频繁见诸报刊。从中国知网文献收录的情况来看，1978 年至 1989 年间，在期刊杂志上以许地山为研究对象的文章共有 36 篇，同时在 80 年代末还出现了关于许地山的研究论文集《许地山研究集》（由周俟松、杜汝淼编著，南京大学出版社 1989 年出版）、传记《追求终极的灵魂：许地山传》（宋益乔著，福建海峡文艺出版社 1988 年出版，该书于 1998 年再版，由作者进行了进一步修改和扩充，改版后名为《许地山传》，仍由海峡文艺出版社出版发行）和《许地山评传》（王盛著，南京出版社 1989 年出版），成果尽管不算多，但研究的切入点、评述的客观性等方面都有较大的变化。1989 年 9 月，王盛出版的《许地山评传》虽然笔墨不多，但对许地山生活经历、思想品格结合主要作品进行了论述，是该时期相对周全的一部论著。

从当时的很多研究来看，1978 年以来，结合作家生平总结其作品特色是文艺研究领域较为盛行的批评方式，对许地山生平事迹的总结与挖掘也是这一时期许地山研究的明显特点，这种基于史实的努力，关于许地山研究局面的深度和广度都得到了拓展。许地山的夫人周俟松女士结合与自己共同生活的经历，先期对许地山的生平进行了披露，其在 1980 年《新文学史料》同一期中接连发表《回忆许地山》（周俟松著，发表于《新文学史料》1980 年第 2 期）和《许地山传略及作品》（周俟松、边一吉著，发表于《新文学史料》1980 年第 2 期），文章先是零星回顾了许地山参加五四运动游行活动以及许地山、周俟松二人的婚恋经历，介绍了许地山创作童话、在燕京大学求学时期的文学创作、二人回访台湾、转聘香港大学等经历和细节，第二篇文章条分缕析了许地山成长经历和创作的关系，概述了其几部重要作品、作品集的基本内容和特点，定义了许地山是"知识分子从彷徨、苦闷走向坚定积极的一种典型"②。关于许地山的生平也有一些问题历来说法不一，直到 80 年代后才得到澄清，如许地山的籍贯问题，有称其原籍福建，也有称其原籍广东，还有避而不谈只称"生于台湾"，王盛 1984 年发表《许地山籍贯考辨》一文，对各种说法进行查

①　薛绥之：《论许地山》，《徐州师范学院学报》1978 年第 3 期。

②　周俟松、边一吉：《许地山传略及作品》，《新文学史料》1980 年第 2 期。

证，确定其祖籍广东，生于台湾的基本事实。此外还有关于许地山出生年份的记载，很多文献记录存在出入，有的记录是 1893 年，也有的文献记录是 1894，经与中国科学院紫金山天文台《新编万年历》核对，换算公历应为 1894 年 2 月 8 日，这一问题在 1989 年出版的《许地山研究集》中才予以澄清。

二　创作阶段的划分开阔研究的视野

这一时期出现的关于许地山创作风格、特点、选材、宗教色彩、文学主张等研究文章中，基本都会用很大的篇幅记述许地山的生平，将其生活经历与创作经历结合考察，并倾向于划分阶段来进行分步总结。大多研究者一般以 1928 年为分界，将 1921 年至 1928 年划分为第一阶段（或称前期），1928 年以后为第二阶段（或称后期），还有的研究者进一步将第二阶段又细分为两个阶段，并以 1935 年为界，将 1935 年至 1941 年划分为第三阶段。王文英、朱立元 1980 年在文章中肯定许地山是"进步作家""正直的爱国主义战士""坚强的爱国主义者"[1]，并将许地山创作分为前、后两个时期，结合社会背景和个人经历，认为许地山前期（五四时期）作品富有人道主义、平民主义感情，显示了"反帝反封建的民主主义精神"，后期（20 年代末期以后）"奋不顾身投入民族解放斗争中去"，体现了爱国主义热情。黄修己在《中国现代文学发展史》指出，尽管《命命鸟》《商人妇》《缀网劳蛛》等作品题材是有批判性的，但是受害方常能自我解脱，于是"一切痛苦都被消溶"，认为许地山在作品中宣扬的思想"不是泛爱，不是感伤，而是容忍、宽恕"[2]，这种宿命论的支撑成为小说消极的一面，而许地山第二时期的文集《危巢坠简》是"现实主义的成熟之果"。

有些研究者还专门针对某一个分期深入研究，比如宋益乔的《论许地山的后期创作》，先概况了许地山"落花生主义"的思想内涵，着重分析了 20 世纪 30 年代以后许地山关于现实主义文学的主张、思想动态和创作特点。针对后期研究的还有香港大学的黄维樑，1987 年在《五邑大学学报》发表《继续塑造美好女性的形象——许地山在香港的创作》，概括

---

① 王文英、朱立元：《略论许地山的创作》，《中国现代文学研究丛刊》1980 年第 3 期。

② 黄修己：《中国现代文学发展史》，中国青年出版社 1988 年版，第 109—110 页。

了许地山自 1935 年起在港 6 年的经历，简要总结了许地山小说中的女性形象，在充分肯定这些"美好的女性形象"时，认为许地山是在"通过作品寄托他对女性的看法和他对宗教的看法"①。1987 年，章秀定重启许地山早期小说的"二重性"研究，他以"花生外面装得古里怪气的"②为题，先将许地山与冰心、庐隐进行比较，指出许地山既有"爱"又有"哀"，指出其早期小说并不完全回避现实，主题上显示出的积极的一面，具有反封建的思想意识和"五四"的时代精神，同时，章秀定还关注到许地山小说透露出的作者对"人生多痛苦"的观点，并最终提出不论是传奇性的故事情节还是宗教色彩的描写，许地山早期小说都在浪漫主义的底色下体现着创作的二重性。对许地山早期作品研究的还有束因立的《从〈空山灵雨〉看许地山早期人生观》（《安徽师范大学学报》，1986 年第 2 期）、袁凯声《许地山早期小说的浪漫主义倾向》（《许昌学院学报》，1986 年第 1 期）等也是按照分阶段讨论方式来具体把握许地山创作进程，但是都把研究的重点放在了许地山的早期作品。

关于许地山创作的艺术特色的总结，也开始作为独立的话题而被提出，黄牧总结许地山创作风格是"取材新奇，想象奇特，强烈的宗教色彩，浓郁的异域情调，在淡淡的抒情中蕴含着深刻的人生哲理，语言平实、质朴、蕴藉、委婉"③。刘济献《中国现代文学》概括许地山的艺术特征为"海外生活的题材，异国情调的描写，曲折离奇的情节结构，植根宗教的奇特想象，主观感情的有意突出，象征手法的运用于宗教哲理的渲染"，与文学研究会其他现实主义作家不同之处是带有"比较浓厚的宗教因素的浪漫主义色彩"④。

---

① 黄维樑：《继续塑造美好女性的形象——许地山在香港的创作》，《五邑大学学报》1987 年第 1 期。

② 章秀定：《"'花生'外面装得古里怪气的！"——评许地山早期小说创作的二重性》，《河南大学学报》1987 年第 5 期。

③ 黄牧：《许地山创作风格简论》，《河北学刊》1986 年第 4 期。

④ 刘济献：《中国现代文学》，黄河文艺出版社 1988 年版，第 154 页。

第四节　交叠：包罗通达与类别细化的交叠

1990 年以后，对于许地山的研究持续升温，从 1999 年至 2009 年，十年间的发文量形成了许地山研究的一个高峰。2004 年，恰逢许地山诞生 110 周年，一些内地研究者们在南京举办专题学术研讨会，其中也包含了港、澳、台以及海外的一些学者。目前，中国知网收录的论文中，篇名精确出现"许地山"字段的期刊论文有 391 篇，专门研究许地山的学位论文 51 篇。结合相关的专著，综合可见，90 年代以来，对许地山的研究更显开放性，而对于以往研究过的方面和一些原有的观点，在加以复述之外更加深入且细化。

一　对宗教意识的聚焦

许地山自幼受到笃信佛教的家人影响，且长期进行着宗教方面的研究，不论是作家本人还是其作品均与宗教结下不解之缘。在前文分析中可以获知，早期研究者、批评者对许地山作品中的宗教因素褒贬不一，有人认为许地山的宗教思想成为作品进步意义的羁绊，使读者陷入了消极、沉沦的思想泥淖，批判性不足；也有人认为作品中出现的宗教元素丰富了文学的内涵，拓宽了接受视野；还有些研究者基于对许地山的作品分期，以 1928 年为界，认为中后期作品以现实主义为主要特点，宗教元素消失殆尽，因而对于许地山中后期作品的研究著述中也鲜见关于宗教意识的总结。

此种情况在 1990 年以后峰回路转。1990 年至 2019 年间，研究许地山作品宗教因素的文献占总量的三成以上，更多的研究者认为宗教情结是不可割裂的特色贯穿于许地山文学创作始末。即使被广泛认为是现实主义作品的短篇小说《春桃》，也被很多研究者觅得宗教情结的踪迹。

（一）关于许地山基督教意识的研究

王本朝从许地山的生活经历和学术研究出发，提出许地山对宗教发展观和生活需要论有三种不同的言说方式，一是作为比较宗教学研究者的考辨、分析；二是作为有宗教信仰的人站在现代社会立场，采取理性信仰的反思与被反思；三是以文学诗意地表达和审美。又以《春桃》《解放者》

《东野先生》为例，指出许地山小说表现"基督的世俗精神与人间情怀"①，并不呈现宗教教义和《圣经》原文，而是将宗教融于世俗化的精神和行为。

　　杨剑龙与王本朝观点有所不同，他认为许地山正是借鉴了《圣经》文本，才创作出"天路历程"的叙事模式。《圣经》中，大多数人物在面对不幸与苦难时，大多是秉持"持之以恒，自有善果""忍耐到底，必然得救"的信条。而许地山笔下的人物一般都历经着种种磨难与坎坷：惜官与亲人久别、被贩卖、奔波逃亡；尚洁被诬陷、被刺伤、离家出走；玉官艰难的守寡、生活坎坷；麟趾出逃、被强掳、被欺骗、被抢；等等。这些人物都经受着人生的不幸、生活的苦难，而这些人物又大多能够在不幸与苦难中坚持希望、不放弃，因此杨剑龙认为"这种叙事结构显然受到《圣经》的影响"②。

　　（二）关于许地山佛教意识的研究

　　哈迎飞认为基督教对许地山的影响"更多的停留在表层的题材上，未能渗入作品的深层主题"③，许地山是"以道为基础来接受、取舍佛教的人生观和价值观"④。

　　王喜绒从"为人生"的角度指出，许地山与同时代的其他作家"为人生"的方式不同，"主要借用佛家参禅悟道式的方法，引导人对生的种种悲苦之实相，进行形而上的'妙悟'，一旦'开悟'就可'一世解脱'"⑤，他认为许地山是想描绘一种理想化的人生境界，进而守住精神上的澄静、健康和平和，使得初看不完美的人生褪去所有的悲情。

　　刘勇以总结许地山的恋苦情结为出发点，剖析许地山既认同苦难又超越苦难的"生本不乐"是为"乐"和"苦中作乐苦亦乐"的特殊心理，他认为许地山的这种心理正是佛教文化的"妙处"，是"佛教文化本身的

　　①　王本朝：《20世纪中国文学与基督教文化》，安徽教育出版社2000年版，第136—142页。

　　②　杨剑龙：《"五四"新文化运动与基督教文化思潮》，上海人民出版社2012年版，第362页。

　　③　哈迎飞：《"五四"作家与佛教文化》，生活·读书·新知三联书店2002年版，第241页。

　　④　同上书，第249页。

　　⑤　王喜绒：《也谈许地山早期创作的"为人生"》，《兰州大学学报》1996年第2期。

积极因素在引发他（许地山）的正确思考"①。

（三）关于许地山道家意识的研究

专门从道教角度研究许地山的文章相对较少，屈指可数不足十篇，而且都是从道家思想作为出发点。"道教"是宗教形态，"道家"则强调的是一种思想形态。道家思想内容更为深刻驳杂，可以说道教思想出自道家，研究者们也大体认同道教对许地山的影响首先是因为道家思想的植入。郭济访总结出了许地山与道家人生哲学如出一辙的"破网哲学"，从《商人妇》《缀网劳蛛》《换巢鸾凤》《归途》《法眼》等多部作品中提炼出两个系列的人物，将两种处世态度与庄子、老子的观念相比较，从而指出许地山是以道家的人生哲学作为其最为重要的参照系，许地山"充分选择了道家哲学柔、顺、忍、韧的精神实质"，而这些正是"实现人物强弱辩证转化最为深厚的哲学底蕴"②。

杨金芳从"无为""不争""柔弱"三个论点来阐述许地山"在忙迫中求裕如、动荡中觅安闲、痛苦中寻超逸的具有浓郁道家文化色彩的艺术世界"③，并且从中国传统文化积淀和社会现实的影响两个方面对许地山秉持道家思想的原因进行了分析。

黄林非是以单篇散文《暗途》为例，从作品中的"灯"这一意象开始分析，认为许地山描写主人公吾威弃灯走暗途的寓意是"放逐清醒的自我意识"，要全身心接触自然才能彰显生命的"本真"和"逍遥"，凭借许地山在《道家思想与道教》一文中的观点："人生底最大困难是生活底机械化"，黄林非指出《暗途》在"启示人们从无限之境把握对象，从而实现对具体和有限的把握"④，反映出许地山与庄子和道家文化密切的精神联系，都是在审美地、诗意地看待人生。

（四）关于许地山"泛宗教"意识的研究

很多研究者并不倾向于研究某一家宗教对许地山的影响。宋益乔在20世纪80年代末就曾评价许地山是"亦儒、亦佛、亦道、亦基督"⑤，因此有很多研究者有意识地拨开宗教的迷雾，以"泛宗教"的观点进行

---

① 刘勇：《中国现代文学的心理学研究》，北京大学出版社2006年版，第94页。
② 郭济访：《论道家思想对许地山的影响》，《中国现代文学研究丛刊》1992年第1期。
③ 杨金芳：《论许地山小说中的道家文化价值取向》，《管子学刊》2006年第1期。
④ 黄林非：《许地山作品的道家文化意蕴》，《名作欣赏》2011年第26期。
⑤ 宋益乔：《追求终极的灵魂：许地山传》，海峡文艺出版社1989年版，第90页。

综合考究。

张霆从许地山成长的时代背景与自身经历这一视角切入，分析了中国传统儒道文化、佛教文化、基督教文化及欧美近代文化带给他的深刻影响而导致的其创作中多元文化的价值取向。

王盛自 20 世纪 80 年代起致力研究许地山，曾出版《许地山评传》，1998 年 3 月，他将若干单篇文章结集为《落华生新探》，探讨了许地山与现代作家、文人之间的许多问题。在文集收录的《再论春桃》一文中，王盛着重分析春桃的行为与宗教情绪有无关系、文章是浪漫主义作品还是现实主义作品等争议问题，指出许地山具有"宽泛"的宗教概念，"从来都不固执于某一宗教教义"，所以许地山的作品处处"弥漫着宗教气息，充满了宗教精神"①，春桃身上所具有的佛家的慈悲、基督教的博爱、道家所谓"避"与"顺"等特点是与惜官、尚洁等人物形象一脉相承又有所发展的。

郭济访认为许地山在文学创作实践中表现出的宗教理想是一种"对新的宗教精神的追求"，"新的宗教"未必产生大影响，但却是富于实践价值的现实存在，体现着"五四"的思想精神。文章援引《春桃》为例，认为许地山在批判旧道德的同时，用儒道互补的方式践行"新的宗教"，"旨在鼓吹一种自然合理、合乎人性、朴素健康的新道德"，又提到许地山首先通过《命命鸟》表现对封建礼教的"不合情理"给予强有力地批判，而《读〈芝兰与茉莉〉因而想及我底祖母》这篇文字则主要控诉了封建礼教的罪恶，唤醒人们奋起抵抗封建礼教的决心和勇气。道德伦理批判是许地山的重要角度，他这些特立独行的精神气质源于许地山自身具备儒学精神与佛学精神，并致力于重构传统文化和宗教之间的关系。②

二　对人物形象、异域文化及比较研究的拓展

（一）对于女性形象的持续关注

沈从文在 20 世纪 30 年代就将许地山的散文称为"妻子文学"，而一直以来，许地山作品的女性形象都是研究者、接受者讨论的重要话题。孙玉生详细地将许地山女性题材作品归纳出三类：第一类缅怀亡妻，第二类

---

① 王盛：《再论春桃》，《落华生新探》，南京大学出版社 1998 年版，第 37 页。
② 郭济访：《论许地山的"新宗教"》，《山东师范大学学报》1991 年第 6 期。

颂扬妇女传统美德,第三类宣扬女性思想解放。顺着这三条线索,孙玉生对许地山创作"女性题材"作品的思想动因进行了分析,并指出许地山对早逝妻子林月森的缅怀是动因的原始基础,许地山以"敏锐的智慧和思辨认识到了女性的社会价值和功用"①,反映出许地山有着进步的人生观和妇女观。

张从容将许地山的刻画女性形象与五四时期诸作家的作品相比较,找寻其独特的艺术价值。她认为许地山笔下的女性形象是自成体系的,都是在"低吟浅唱的情感中揭示人物命运"②,从《命命鸟》到《缀网劳蛛》,许地山或以敏明的梦境表达人生哲学,或是以主人公的回响获得了痛苦的领悟,这些女性形象都是在看似含蓄的情感中释放出理性的光芒。

20世纪40年代,日本学术界对许地山笔下"春桃"的人物形象评价甚高,认为春桃可以开创"日本战后民主主义的新女性形象"③。80年代时,有研究者评价春桃形象是"属于未来的妇女形象"④。90年代以后,从专题研究许地山作品人物形象的文献数量来看,专门解析"春桃"人物形象的文章占比达三成。

人们对《春桃》比较主流的评价是认为"春桃"是典型的现实主义人物,她侠义、善良、坚韧的性格具有劳动人民的本质特征。近些年来,对这些主流观点也不乏质疑的声音。罗燕并不认同许地山塑造的女性形象,她认为许地山着重于传奇,过度观照神性、佛性,并非关注的是爱恨歌哭的人之常情,因此对于女性的性格刻画不够深刻,指出许地山塑造的女性形象"只能是一种超越的存在而不是她感性生命的存在"⑤。逢增玉也关注到了《春桃》中一些叙述和小说所张扬的"现实性"的矛盾之处——春桃的思想行为与现实中底层的劳动妇女有着巨大的反差,对此,逢增玉给出的解释是许地山"浪漫主义的'理想化'和追求宗教思想的

---

① 孙玉生:《绚丽斑斓的"女儿国"——对许地山"女性题材"作品的探讨》,《牡丹江师范学院学报》2001年第5期。

② 张从容:《时代激流中的一湾清泉——论许地山小说中的妇女形象》,《辽宁师范大学学报》1994年第6期。

③ [日]宫本百合子:《春桃》,《近代文学》1946年第2期。

④ [日]加藤千代:《许地山记事(一)——平民性和民间传说性》,《都立大学人文学报》1980年第3期。

⑤ 罗燕:《虚构的神话——略论许地山小说中女性形象塑造的不足》,《江西广播电视大学学报》2008年第2期。

'内化'"①。

长期以来，大多数研究者和文学接受者们对于许地山塑造的个性鲜明、气韵不凡的妇女形象表示赞赏，并且围绕着这些女性形象，还衍生了一些关于女性观、家庭观、婚恋观等的探讨。

（二）关于许地山异域话语的研究

许地山作品中以缅甸、印度为背景的《命命鸟》《醍醐天女》，以南洋为背景的《商人妇》《枯杨生花》《海角底孤星》《缀网劳蛛》等篇章都曾以新颖的域外风情受到研究者和接受者的重视。20世纪90年代以来，对许地山异域话语的研究并不很多，一些关于异域特点的挖掘与整理往往隐含于宗教思想研究当中，其深度和广度有很大的拓展空间。

王盛是国内较多关注许地山的研究者，1993年，王盛在《许地山笔下的东南亚风情》一文中概括了许地山异域题材创作的三个特点："'真'气扑鼻""清澈空灵"和"遂智明辨"②。黄雯是在许地山与陈衡哲小说比较中概括了许地山小说的异域特色是以描写异域"明媚景物和独特的风土人情"③为主，并且异域的奇妙景物和主人公的命运、当时的心境构成了新奇和抒情，共同服务于情节的曲折性。

从文学史学术研究的层面来看，许地山是国内最早开始研究和综论印度文学的学者，在印度文学的译介及中印文学比较方面也做出了贡献。薛克翘、冯新华等人都撰文提到了印度文化、印度诗人泰戈尔对许地山的影响。还有的研究者认为许地山作品以缅甸、印度、马来西亚、新加坡以及东南沿海为背景，也属于宽泛意义上的"南洋"空间，故基于晚清文学中的"南洋叙事"，以许地山的南洋叙事为例，概括中国现代文学新的异域话语的生成。颜敏指出，许地山对异域风景的书写虽然有着类型化倾向，但是不同于晚清的实录，而带有写意和想象元素，是许地山建构的有其个人色彩的想象图像，隐含着他本人甚至是"五四"知识分子们对异域空间的观察和理解。同时，许地山笔下的南洋并不是"世外桃花源"，只是一个南洋人奋斗、挣扎着的生存空间。因此，其认为许地山突出的是

---

① 逄增玉：《乱世尘缘中的超俗入圣——许地山小说〈春桃〉新解》，《名作欣赏》2010年第9期。

② 王盛：《许地山笔下的东南亚风情》，《世界华文文学论坛》1993年第2期。

③ 黄雯：《心灵向世界洞开——陈衡哲和许地山小说异域特色比较》，《贵州民族学院学报》2004年第1期。

人的主体性，所要"解救"的也是个人，许地山笔下的南洋是"不同文化融合生长的天然牧场"，南洋人"由晚清'沉默的他者'转变为有反思精神的启蒙者"①。

（三）关于许地山的比较研究

关于许地山的比较研究起步较晚，1984 年，陈平原发表的《论苏曼殊、许地山小说的宗教色彩》是最早的一篇关于许地山比较研究的文章。进入 20 世纪 90 年代以后，又出现了很多将许地山与鲁迅、老舍、丰子恺、冰心等作家进行比较的研究成果，主要研究方向集中于宗教意蕴和人物形象的对比。

1993 年，刘桂瑶以"雷先生"（许地山《铁鱼底鳃》）与"秀哉名人"（川端康成《名人》）、"春桃"（许地山《春桃》）与"驹子"（川端康成《雪国》）为例，对许地山和川端康成创作中的佛禅宗教人格所蕴含的不同的文学本质观进行了比较，挖掘出二者创作差异的质因是不同的民族文化心态与家庭文化环境。2002 年，王珊也对许地山与川端康成的创作个性进行了比较，指出许地山虽熟谙佛家经典，却没有被自己渲染的宗教气氛所淹没，始终把改造社会、拯救人类作为自己的奋斗目标。川端康成则醉心于佛教禅宗的去世思想，以虚无来看待人生，所以，他的小说既不求反映现实的"真"，也不求拯救人心的"善"，而是迷恋于对"美"的创造。

2001 年，王黎君对许地山和丰子恺的创作特征进行了比较，首先观察到两位作家因为对佛教有着不同的把握方式进而抱持着不同的宗教态度，指出二人有着不同的人生目的及价值取向：许地山"要以佛去救世，以佛家的忍去强化人们的生存意志"②，因而观照现实的苦难人生；丰子恺则憧憬理想，着意疏远成人的世界，用儿童世界的纯洁、美好来隐喻佛家的彼岸世界——完美的存在方式。

2003 年，赵晓珊将许地山的道家思想与加缪的存在主义进行了对照，指出尽管两位作家在作品中都表达了对人生荒诞境遇的深刻体验，然而对待荒诞的态度却迥异，许地山意为退守，加缪则更加进取。

---

① 颜敏：《异域话语的重新建构——许地山的南洋叙事及其意义》，《中国比较文学》2013 年第 3 期。

② 王黎君：《从佛境眺望人生——许地山丰子恺创作审美特征比较》，《绍兴文理学院学报》2001 年第 4 期。

2004 年，李洪华将鲁迅与许地山作品中的女性形象进行了对比，指出了两位作家思想情感、心理气质以及审美趣味方面的不同。同年，张桃洲又将许地山、无名氏和张承志三位作家的作品进行对比，指出在 20 世纪的中国文学中，宗教因素有三种表现形态：许地山作品中的宗教"灵性"；无名氏张扬其宗教浪漫主义的"理念化"色彩；张承志试图以一种"清洁的精神"同他置身的世俗世界进行对抗。

三　对生命哲学与审美内涵的开掘

综观研究成果可见，对许地山作品所蕴含的生命哲学、审美内涵的挖掘，往往依附于对他的宗教意识研究。众多研究资料在研究的思路和分析方法上，多倾向于以二元对立的思维模式对许地山作品的内涵进行诠释，在具体研究实践中，呈现出以下几种论证框架。

首先，在大多数中国现代文学史论书籍、作品集序言和研究论文中，充斥着"二分法"的评价，即许地山既受宗教影响消极出世，同时又带有平民主义、写实主义、人道主义思想等，而且对后者的认可程度趋居主流。比如，隋清娥撰文提出：许地山并"没有导向对现实人生的否定与憎恨，而是通过平衡心灵、净化情感，进一步强化生存意志和行动的欲望"①，她认为，对许地山的生命哲学中或多或少存在着的宿命论、不可知论等消极因素应该予以宽谅，要重点关注的是许地山的积极精神，看人物如何以韧性和执着来顺应命运、把握现实，这才是真正的"人的文学"，也是"美的文学"。孔令环也认为许地山前期很多作品沉郁的格调给人以压抑感，甚至《归途》集多个惨景于一瞬，在令人不忍目见的同时或有失真之嫌。许地山消极厌世的情绪源于宗教观念的推衍，虽然不足取，但是也揭示出"另一种痛苦"的存在，即凡人"精神感情的痛苦"和"精神世界的荒芜与苍凉"②。沈庆利结合基督教、佛教的教义主张，着意分析了许地山的死亡观。许地山笔下的普通人虽然都遭受苦难和不幸，但许地山并非为了表现苦难而表现苦难，许地山通过创作所要表达的信念是"在承认人类自身局限（包括生命局限）的前提下，更加务实地进取，凭着坚强的意志不懈地奋斗，并在这种奋斗和进取之中感受到生命

---

① 隋清娥：《只求耕耘，不问收获——论许地山早期小说的哲学意蕴》，《聊城师范学院学报》2000 年第 6 期。

② 孔令环：《论许地山的"生本不乐"观》，《中州学刊》2003 年第 4 期。

的欢乐和美好"①。

其次，一些研究者对许地山作品持有"外衣说"观点，即许地山作品穿着宗教和异域风情的"外衣"，而内在体现着作者的现实观和生命哲学。比如舒增付认为宗教情结和异域色彩都是许地山的写作手段，只有现实主义才是作品的终极指向，而大多数人容易忽略的是许地山所表达的处于内在的"顺应或者抗争不幸后的坦然与自主意识"②，当敏明、尚洁、惜官、春桃以自己的方式对抗苦难和挫折时，不论结果是否圆满，她们的存在就是意义。

第三是以"发展论"观点提出宗教思想只作用于许地山早期创作实践中，后期许地山作品多表现出革命现实主义。比如朱崇娴指出，在肯定许地山"为人生"的创作观念时，并不意味着认同其全部小说的人生观，因为受到宗教思想的影响，许地山前期小说的人生观是"积极与消极并存""精华与缺陷同在"的。1927 年以后，许地山对现实的批判更加有力，不论是《春桃》《东野先生》还是《人非人》，"用倾注深情的笔触，描写社会底层的普通人"③，《铁鱼底鳃》更可谓体现爱国主义和现实主义不可多得的佳作，因此朱崇娴评价许地山"始终是个追求光明、积极探索人生的作家"④。

以上仅是关于许地山其人及其作品较为集中的几个研究维度。其实2000 年以来，还有若干新锐观点散见于报端，涉及许地山小说的话语张力审美、叙事模式、两性和谐观等领域，还有的研究者从生态美学、古典诗学、心理学、法律制度、婚姻制度、伦理道德等视角对许地山作品进行了多维解读。尽管存在争议，但这些论述都体现出了文学研究方法和观念的不断更新与进步。

研究者们大多以 20 世纪 30 年代为分水岭，将许地山的创作分为前后两期，虽然其前期作品和后期作品在表现内容和创作风格上存在很大的差异，但是，笔者认为从精神旨归上来看，它们是一脉相承的，不存在任何

①　沈庆利：《死的向往与生的坚定——论许地山的生命哲学》，《郑州大学学报》2002 年第3 期。

②　舒增付：《论许地山小说中的"自主"生命意识》，《山西师范大学学报》2008 年第 S1 期。

③　朱崇娴：《许地山小说审美特征论》，《河南财政税务高等专科学校学报》1999 年第8 期。

④　朱崇娴：《论许地山小说新、奇、美的艺术境界》，《山花》2010 年第 6 期。

的分界。我们真正要探究的是许地山的精神脉络。近一个世纪的研究多是在异域风情、宗教色彩、人生观等几个单一的范围内反复兜转，容易忽略许地山其人与其文学创作本是一个整体，他独特的精神气韵贯穿着他的整个人生和整体的文学创作。

许地山所有的创作都在指向更高的理想追求，他的选择越发彰显他的独特性，颠沛的童年、异域的生活经历、宗教的影响以及传统文化的熏染等所有的积淀都是为了向人类的存在这样的终极问题一步步逼近：究竟什么样的存在才是最理想的存在？许地山一次次向灵魂深处叩问，又一次次用他那充满诗意的文字来作答。我们每走近许地山一步，就要求我们必须具有更高的审美感受力，才能看清他描绘的那幅充满诗境的美景，他搭建的那座理想的精神家园需要我们有真实而纯粹的心灵，浸润着诗意的灵魂才能真正地走进去。与其说许地山是文学家、宗教学家、民俗学家，不如说许地山是一位"美学家"，他的"美学"是一座我们永远不能登顶的高峰，只能在努力攀登的路上力求每一步都可以看得更高，走得更近。

第二章

"落花生"：精神重生中的许地山

在许地山最著名也是最重要的散文《落花生》中，父亲告诉他的孩子们，花生的颜色虽然并不鲜艳，也不像那些好看的果实炫耀地挂在枝头，但它的用处却非常多，"它只把果子埋在地底，等到成熟，才容人把它挖出来。你们偶尔看见一棵花生瑟缩地长在地上，不能立刻辨出它有没有果实，非得等到你接触它才能知道"，这就是许地山的"落花生"精神最初的起点，做有用的人，不做伟大、体面的人，则一直被认为是"落花生"精神的内核和灵魂所在。人们常常忽略或误读"父亲"的这段话，其实，"父亲"所描述的落花生生长结果的样态，在很大程度上，恰好与许地山精神世界的建构曲线相暗合。也许颠沛流离的人生际遇如同"瑟缩地长在地上"的花生，所以，我们也就不能因为表面的"生本不乐"就断定许地山的"命格"。实际上，对于许地山而言，生命的真谛恰恰就在于他颠沛时的期许和四处流离时的寻求，在于经历种种境遇之后的韧性生命的存在状态，这就是埋在地里的"落花生"，只有被人挖出来的时候才展现出自己真正的样子，唯有这个样子，才是精神重生后真实的许地山。这样的生长周期，对于落花生来说，是它从发芽到结果的整个过程，而对许地山来说，就是他完整而丰富的生命历程。在整个的生命历程中，许地山的成长环境和创作经历，确实是至关重要的。如果从系统论的角度来说，我们可以把一个作家看作一种系统化的文学存在、文化存在，同时也是一种精神存在。作家的生活环境、成长经历、创作动机、作品构成、文学主张及艺术特色等，分别组成了这个系统的不同部分，并且它们会随着时间的累积而不断地发生变化，倘若我们要深入地研究作家作品，就必须以一种动态的思维方式来探究其中的每个组成部分，然后形成综合的精神和审美评判。这其中，作家的生平和创作经历，是无论在何种变化的情况下都无法跳脱的根本所在。这些生命的体验和人生阅历，不仅为许地山的创作提供了丰富的素材，也深刻影响和推动着许地山对于民族、历史、文化、生命等诸多问题的深入而广泛的思考，而这些思考，必将丝丝缕缕地渗透到文学作品中，进而形成一种哲理和文化的升华。在这里，我们会仔细地思考、辨析和阐释许地山的写作发生和文本内涵，考量许地山的个人经历、人生经验和遭际，以及他早期的精神、思想状态和美学意识，特别是在他个人命运的轨迹上所构成的积累、蕴积和精神发酵，继而形成的他独特的精神结构和审美气质，尤其是许地山作为一个独特的作家，其内在意蕴的厚重，在思与行、生与死、现实与理想、生命与信仰之间所呈现出的生命形态和文化尊严。因此，走进他早年的经历，应该是充分把握他精神和艺术空间，追寻和探索他灵魂和叙事隐秘的重要途径之一，也是真正厘清和梳理许地山写作发生学的密匙和途径。

第一节　颠沛流离："生本不乐"的生命求索

当写下"颠沛流离"这四个字的时候，我们会强烈地意识到一个作家所遭遇的苦难和不幸，但这些苦难和不幸对于创作可能却是一种幸运。所谓国家不幸诗人幸，似乎已经成为某种文学兴盛的理由。但是，在论述许地山的写作时，经历、经验和命运，可能应该做别样的解释。无论如何，一个作家的基本生命状态、经历及其形成，依然是无法绕开的节点。可以说，"生本不乐"，是开启许地山散文集《空山灵雨》的四个字，多年以来，它似乎也成为众多研究者试图对许地山文学创作定调的依据，被看作许地山的宗教观、人生观、哲学观的集大成。而且，我们又总是习惯于剖析字面背后蕴含的深层意义，而往往忽略文字表面最简单的真实。"生本不乐"四个字，如果排除我们刻意地赋予它的所有的深层意蕴，单单从字面意义上来理解的话，我们就会感受到，这其实就是许地山生命初始的真实写照。许地山在《空山灵雨·弁言》中说道："自入世以来，屡遭变难，四方流离，未尝宽怀就枕。"① 我们从中能够体味到，这根本不是文人的感时伤怀，而是作者对于自己经历和命运的最真实的概括。毫无讳言，许地山的生活经历就是如此。"生本不乐"加上"屡遭变难，四方

---

① 许地山：《空山灵雨·弁言》，商务印书馆民国十六年（1927）7 月版，第 1 页。

流离"，这是正文与骈言的一种沉郁的呼应和重叠，是自我的对话和灵魂的独白。试问，如此的境遇谁又会"乐"得起来呢？如何而乐呢？生命的面向，又该遭遇何等的孤寂？是否"无乐"更接近生命的本真？我们在他的文字中，偶尔也能感受到沉郁恣肆、幽深桀骜的性情脉络，这种精神状态或美学倾向，与他的"苦"和"乐"，又存在怎样的辩证关系？他文字中的诸多元素，丝丝缕缕从文本中发散出来的时候，与他人生不同时期的积累，又有着怎样的关联和影响？其实，生命的可贵，终究还是在于经历和经验的沉实和"抓地"，许地山的文学创作，也正因为这样的人生经历而风格独具，特立独行。所以，考察许地山的文学创作，必须仔细梳理他独特的人生经历。

一　四方流离的早年岁月

我们尤其应该对许地山的早年经历做一些梳理和回顾，也许，只有对许地山这样的作家进行细致的观照和真诚的敬重，才是进入他的文本世界和生命美学的重要端口。

光绪十九年十二月二十八日（1894 年 2 月 8 日），许地山出生在台湾省台南府城延平郡王府旁的窥园里。父亲许南英，为其取名为许赞堃，字地山。因为他是丑时出生又排行老四，所以乳名叫叔丑，后来从事文学创作取笔名落华生。许地山出生不到一年，中日甲午战争就爆发了。1895年签订的《马关条约》，将台湾割让给了日本，许地山一家被迫于 1896年迁离台湾。"当日出城底有大伯父一支五口，四婶一支四口，妪和我们姊弟六口，还有杨表哥一家，和我们几兄弟底乳母及家丁等七八口，一共二十多人。先坐牛车到南门外自己的田庄里过了一宿，第二天才出安平乘竹筏上轮船到汕头去"[①]。当时，许地山的父亲并没有和家人一起迁离，而是选择继续在台湾留守，后因台南被占领，才辗转又来到汕头与家人团聚。尽管那个时候的许地山还是一个在襁褓中的婴孩，但是国家的悲剧、家庭的变故，实际间接影响了他后来的成长，背井离乡四方流离的伤痛，就像印记一样潜在地烙进了许地山的内心。我想，对于任何一个人，尤其对一位作家来说，恰恰是命运的不可知性，无形中宿命般地将其引向了悠

---

① 许地山：《我的童年》，载周俟松、杜汝森《许地山研究集》，南京大学出版社 1989 年版，第 57 页。

远的个人历史的路径，生命的形态也就宿命般地在一定程度上决定了其日后作品的形态。

1897 年，因父亲许南英"到北京投供吏部，自请开去兵部职务，降换广东即用知县，加同知衔"①，所以，许地山随父母举家搬迁至广州，住在药王庙兴隆坊。四年后，许父又任徐闻县知县一年、阳春县知县六个月、阳江军民同知三年，1908 年赴三水县任知县，直至武昌起义前回漳州，又是三年。在多次的调任期间也曾反复搬回广州，许地山及其家人就随着父亲任职的变动而不断搬迁。在三水县的时候，家眷们也都住在衙门，年少的许地山，曾亲见各种案件和审判。"每逢盗窃或是奸杀案审问的时候，拷打的非常厉害。……有的打得皮开血流，有的只打到红肿，那就要看这个犯人事前对于板子手贿赂的多少而定。……女犯人大半都用皮尢打嘴巴，也有打得齿落血流的。打完了再提上是问，如果仍然不承认的话，县太爷就喝声再打。"每每看到这样血腥残忍的画面，许地山的内心都异常痛苦，他一方面同情这些遭受苦难的人，另一方面也暗暗立志要改变这样的制度和世界。

一般来说，从一岁到十几岁，应该是一个孩童成长最关键的阶段，很可能会决定一个人一生的走向，会镌刻下生命中最重要的精神轨迹，确立最早的灵魂图像。可以说，许地山因为在这种漂泊不定、颠沛流离的环境中成长，所以他一生漂泊不乐。战争迫使还是婴儿的他不得不离开家乡，承受亲人离散的悲伤，虽然遭逢封建社会的尾声，却也直接而深切地感受到封建制度和礼教的丑恶，虽出身望族，但也目睹底层人民的疾苦，也不得不过着贫苦困顿的生活。这就是许地山的整个童年。

童年经验对于一个作家来说，不是一个简单的人生阶段，而是一种未来价值取向的最初养成。"他的童年的种种遭遇，他自己无法选择的出生环境，包括他的家庭，他的父母，以及其后他的必然和偶然的不幸、痛苦、幸福、欢乐，他的缺失，他的丰溢，他的创伤，他的幸运，社会的、时代的、民族的、地域的、自然的条件对他幼小生命的折射"②，这一切都以整合的方式，影响着许地山的心理状态和精神维度的变化、调整，甚至于对许地山生活的感知方式和情感态度，以及在创作中所呈现出的审美

---

① 许地山：《窥园先生诗传》，载周俟松、杜汝淼编《许地山研究集》，南京大学出版社1989 年版，第 13 页。

② 童庆炳：《作家的童年经验及其对创作的影响》，《文学评论》1993 年第 4 期。

方式产生重要影响。进一步说，想象特征和艺术情趣也都直接地受到童年经验的引导和制约，可以说，童年经验是许地山人生和创作的奠基石。这一点，在其早期作品中我们所看到许地山对女性的刻画，对人生的感悟，以及作品中总是撇不开的悲伤情绪，都在一定程度上与这样的童年经验有关系。①

　　许地山值得重视的一段经历是，辛亥革命之后，许家从广州迁到福建，因家道中落，18 岁的许地山不得不开始自谋生活。最初与三兄许敦谷在福建海沧的一个小学里当教员，几个月后（1912 年），许家再次迁居至漳州，许地山也转为福建省立第二师范学校任教。1913 年，许地山离开家人前往缅甸任教两年多，于 1915 年 12 月回国，继续在福建学校里任教。此时的许地山已经不再是幼稚的孩童，离开家人故土，各种生命的滋味无形中浸润了他年轻的情怀，同时这也意味着经历正逐渐演进为经验，使得一个人开始真正地面对外面的世界，令其勇敢或无畏地迎接全新的生活，并有勇气宣告作为生命个体的正式独立。而青年阶段，也是许地山确立自我、形成人生观的重要时期。另外，缅甸的两年生活，为许地山打开了另一个世界。异国的风情和浓重的宗教氛围深深地吸引着他，这些也从某些方面影响着他对人生的思考和领悟，并且在他后来的部分创作中都有所体现，我们将会在后面的章节中有进一步的分析和阐释。1917 年，许地山考入汇文大学（即为后来的燕京大学）学习文学专业，从此开启了他全新的求学生涯。正是这个选择和经历，使许地山与文学结下了不解之姻缘。然而，流离让许地山宿命般地在不可抗拒的人生逡巡中生出离散的情怀，并且埋藏下在游弋、飘零的生命境遇中"慎独"的种子，以及游移、惘然的心理气质。也许，这也是许地山灵魂写作的开始。

二　求学、求职与求索：变故中的价值取舍

　　1923 年 8 月，许地山与谢婉莹、顾一樵、梁实秋、吴文藻、熊佛西等多位同窗，乘邮轮赴美国留学。在与大海相伴的二十多天的旅程中，大海的壮阔，人类在浩瀚无际中的渺小，给予了许地山很大的想象空间和创作灵感与冲动。《海世间》《海角底孤星》《醍醐天女》3 篇短篇小说和新诗《女人我很爱你》，就是在这期间完成的。9 月 1 日，许地山入纽约哥

---

① 童庆炳：《从审美诗学到文化诗学》，首都师范大学出版社 2014 年版，第 217—221 页。

伦比亚大学研究院哲学系进修宗教比较学。1924 年 2 月 10 日，许地山受顾一樵小说《芝兰与茉莉》的触动，在哥伦比亚大学图书馆检讨室一气呵成，写就小说《读〈芝兰与茉莉〉因而想及我底祖母》。同年还有《看我》《情书》《邮筒》《做诗》《月泪》等情诗，以及小说《枯杨生花》问世，并很快发表在《小说月报》上。可见，在求学的旅途中，许地山就在与自然的互动之中，萌发出强烈的写作冲动，爆发出书写内心和世界的深邃欲望。从这些文本中我们能够体会到许地山最初写作的忧郁、苦涩和悠远的伤世情怀。同时，我们也能感受到许地山早期创作已流露出了凝重而不失缥缈的端倪。

1924 年夏，许地山在纽约哥伦比亚大学获得文学硕士学位。继而又离开美国，转往英国伦敦并进入牛津大学研究院，开始进修宗教史、人类学和印度哲学。直到 1926 年夏，获文学、神学双学士学位。两年的英伦学旅，为后来许地山写作《道教史》《佛藏子目引得》《印度文学》等学术专著奠定了坚实而深厚的基础，他的《道家思想与道教》《大乘佛教之发展》《梵剧体例及其在汉剧上底点点滴滴》等单篇发表的文章，也大都基于此时期的研究积累。特别值得一提的是，许地山在牛津的硕士论文是关于《法华经》的介绍和研究，在准备这篇论文期间，他曾经写作了一篇介绍道教的论文，并且在世界基督教会上宣读，这篇论文让当时欧美的宗教学者十分震惊，并且称赞有加。这在很大程度上改变了外国人对中国佛教与道教的原始认知，进一步了解了中国传统道教文化和思想。更重要的是，这篇论文在一定意义上初步确立了许地山的哲学和宗教立场与意识，这成为他此后写作的精神和思想价值的导向。也就是说，世界观和审视世界人生的方法已经在悄然形成。他对于《法华经》的理解和阐释，他对"妙真如性"等明心见性、不依文解义的感悟，在后来的许多文本中都有明显的渗透和妙袭。

在牛津留学期间，许地山被同学戏称为"书虫"，因为他每说三句话必定引经据典，但其实更大的原因则在于许地山对读书的痴迷。"牛津实在是学者的学国，我在此两年的生活尽用于波德林图书馆、印度学院、阿克关屋（社会人类学讲室），及曼斯菲尔学院中，竟不觉归期已近。"这是"书虫"的真正由来。而在老舍的记忆中，是不能让许地山独自"溜出去"的。因为"他独自出去，不是到博物院，必是入图书馆。一进去，他就忘了出来。有一次，在上午八九点钟，我在东方学院的图书馆楼上发现了他。到吃午饭的时候，我去唤他，他不动。一直到下午五点，他才出来，还是因为图书馆已到关门的时间的缘故。找到了我，他不住地喊'饿'，是啊，他已饿了十点钟"①。许地山对于知识的"贪婪"，读书的忘我，他的朋友们都是有目共睹的，在国内就已如此，更何况面对国外更加浩瀚的知识海洋，他又怎能不放任自己"畅游"？这在一定程度上，让许地山的知识和文化储备进入了更高的层面，也为他的写作形成了雄厚的文化积淀。

关于留学的经历，值得一提的是，1926年夏许地山从英国回国取道印度，在罗奈城印度大学作短期逗留，学习佛学和梵文，并拜访了泰戈尔。1934年3月，他再度赴印，研究宗教和梵文四个月，回国前访问了孟买、果阿、马德拉斯等地。(薛克翘《许地山的学术成就与印度文化的联系》)，许地山的人生观和宗教观受到印度文化的深刻影响，他对印度文学作品的译介和研究也是具有开拓性的。

许地山曾经说："我觉得留学而学普通的知识，是一个民族最羞耻的事情。"在国外留学的许地山，对各种不同方面的知识广泛涉猎，不仅使他的学问比其他人更加扎实，最重要的是他的眼界和思想变得更加开阔，特别是面对中国和西方国家之间巨大的差距，许地山对祖国的现实状况、未来发展的道路都有着更清晰的认识和不一样的看法。"他绝对不是'月亮也是外国的好'的那种留学生。说真的，他有时候过火地厌恶外国人。因为要批判英国人，他甚至于连英国人有礼貌，守秩序，和什么喝汤不准出响声，都看成愚蠢可笑的事。因此，我一到伦敦，就借着他的眼睛看到那古城的许多宝物，也看到它那阴暗的一方面，而不致糊糊涂涂地断定伦敦的月亮比北平的好了"②。许地山对于中西文化的思辨能力，给予了老舍对英国的最初印象，他对国学和国粹的思考与辨析，也让自己更加了解中国文化与西方文化相比真正的精髓所在。我们从整体上研究许地山的创作时，大部分的研究者也常常会把1928年作为许地山创作的分水岭，认为1928年之后的作品与其前期的作品相比，在创作风格上有很大的不同。诚然，促使一个作家创作风格变化的原因有很多，但是许地山的改变与这段留学经历紧密相关，可以说这段经历是其思想转变的一种潜在的铺垫。

---

① 老舍：《敬悼许地山先生》，载周俟松、杜汝淼编《许地山研究集》，南京大学出版社1989年版，第419页。

② 同上。

虽然回国后的最初几年许地山的创作并不多，但是远赴重洋不仅让时间沉淀，更在空间上给予了许地山足够思辨和整理的距离，对知识的积累，对现实的再度审视，对历史的明鉴，对革命的坚定，对生命意义的重新定位等，都让我们看到了一个更加成熟且通达的许地山。也只有这样的许地山，认清了现实，坚定了理想，才能全身心地投身到职业生涯。这对于许地山的写作及其处理现实、生活、经验与审美的关系，对于他的文字与美学修辞，都有着精神气度上的影响。

虽然许地山的第一份工作是 1911 年就开始的福建小学教员，但其真正的职业生涯应该从 1913—1915 年他在缅甸仰光任教开始算起，更为关键的是，许地山在仰光两年多的工作、生活经历，对他的人生观和创作风格都产生了非常重要和深远的影响。异域的风光、古老的文化、浓厚的佛教色彩，整个缅甸这个国家给予了青年许地山太多难以想象的思考和精神改变。教课之余，许地山经常拜访当地的居民和僧侣，切身感受他们的日常生活和神圣信仰。许地山在发表作品之初，带有"异域情调"和"宗教色彩"的独特创作风格就受到了人们广泛的关注，成为许地山区别于同时期其他作家的显著特色，而这与许地山在缅甸工作的两年是分不开的。他的代表性小说《命命鸟》的故事原型，就是发生在仰光的一个真实事件。正是外面精彩的世界和生活打开了许地山的写作视野，他对世界有了更宽广和深入的认识，而缅甸特有的宗教氛围，更使许地山对人与生命的思考有了别样的领悟，这对他以后的创作来说都是至关重要的。这些经历无疑也丰富了许地山写作的异域文化元素，而这种异域性恰恰强化了许地山文本的异质性特征。

从缅甸回国之后，许地山于 1916 年开始在漳州的一所由教会所办的学校里教书，因这样的机会而加入了英国伦敦传教学会（简称伦敦会）。伦敦会对他的影响并非一时，许地山是由教会资助才得以进入燕京大学学习的。（燕京大学是由四个教会合办的，其中一个教会就是伦敦会。在许地山求学时期，燕京大学还没成立，许地山就读的是燕京大学的前身之一汇文大学。）① 后期从美国哥伦比亚大学毕业到牛津大学学习也与教会有一定的关系。他不仅因为加入伦敦会而更加直接地接触基督教的教义，也由此了解基督教在普通民众间是如何传播和布道的。许地山多年来关于宗

① 汤晨光：《许地山与伦敦会》，《中国文学研究》2007 年第 3 期。

教的研究都是致力于比较宗教学，不论是缅甸之行、印度之行，还是伦敦会的加入，对于他研究宗教来讲都是不可缺少的切身体会和直接经验。我们相信，这对于作为创作主体的作家而言，他在处理经验和想象生活并进行文学虚构的时候，一定会更加从容地面对人与世界之间最本质的关系，从而去发现历史和时代的某种必然性和偶然性。

尽管 1922 年许地山从燕京大学神学院毕业之后，就留在了燕京大学做助理。但从 1923 年到 1926 年，他一直在外留学，1926 年的 10 月才回国继续任教燕京大学，并于 1928 年升为燕京大学的副教授，1930 年擢升为燕京大学的教授。除了基本的教学工作以外，许地山把大部分的精力都投放在对宗教、哲学、人类学等方面的研究中。虽然这期间许地山发表作品的数量并不很多，但是在教与学、传与授、思与行、现实与理想之间，短短的几年却为许地山积累了丰富的体验和经验，所以，在离开燕京大学转到香港大学工作后，这个"不一样"的许地山才被我们发现。

1935 年夏，许地山因与燕京大学教务长司徒雷登意见不合被解聘。这几乎构成了当时一个非同凡响的大事件。在这里，已然可以感知许地山性格和价值立场中的独特品质。随即，他又受聘于香港大学，以主任教授身份主持文学院工作，他厉行教学改革，重组文学院，细分为文学、史学、哲学三系，重新设置课程，并亲自授课，深得推崇。许地山在香港大学的六年间，在改造香港教育、保护文化遗产、倡导语文运动和文字改革等诸多方面功勋卓著。1937 年 3 月 17 日，许地山创建中华全国文艺界抗敌协会香港分会，自己先后在香港《大公报》发表《"七七"感言》《一封公开的信》《今天》等杂文。1939 年，许地山筹划并成立香港新文字学会，举办"中国语文讲座"，撰写《国粹与国学》《中国文字底命运》《中国文字音义的变迁》《拼音字和象形字的比较》等专论宣传文字改革主张。因此，对香港的教育界、文化艺术界来说，许地山是享有盛名的核心人物，他曾担任过中英文化协进会会长、中国文化协进会常务委员、中华全国文艺界抗敌协会理事、中华全国文艺界抗敌协会香港分会理事兼总务、香港中小学教员暑期讨论班主任，"其它如港大中文学会，中国电影教育协会香港分会，新文字学会等，都是以他做中坚力量而得以发展巩固的"①。

---

① 宋益乔：《福建现代作家传记丛书：许地山传》，海峡文艺出版社 1998 年版，第 218 页。

　　虽然许地山学在燕京，教于燕京，与燕京大学有着深厚的感情，但是与燕京大学比起来，香港似乎更像是许地山的"理想阵地"。他把自己的热情，对未来的期许全部撒在了这片土地上，并以自己几十年积累的学识、智慧、经验，全力促进和提升香港社会教育和文化艺术的改革与发展。他工作之余的所有时间，不是在各种运动中疾呼民众奋起反抗，就是为青年学子们补习功课。为了民族解放、文化革新，他似乎永远不知疲倦。极大的热情和忘我的精神推动着他不断向前，从不停歇，也影响和感染着他身边的朋友与学生们。他的全力以赴是因为再无犹疑和牵绊，存在的信念、生命的意义、灵魂的归属对于此时的许地山而言再明了不过，当一切都变得通透的时候，任何事情都不能阻挡他全身心地投入为人类的命运奋斗的事业当中。而香港在恰当的时刻给予了他更加开放自由的空间去"大展拳脚"，如果说在燕京大学任教期间，让许地山更清楚地认识到现实，那么从北京到香港就是从现实向理想的跨越，香港就是他向现实宣战、实践理想的职业阵地。

　　许地山去香港后不到六年就去世了，从 1894 年到 1941 年，许地山的生命不过短短的四十几年，回顾了他的整个人生后，我们再回头看《空山灵雨·弁言》中的"自入世以来，屡遭变难，四方流离，未尝宽怀就枕"这句话，当然会深深地理解他的内心。在另一篇作品中，他提到自己儿时读书，读到"今丘也，东西南北之人也"①（《读〈芝兰与茉莉〉因而想及我底祖母》）时不自觉地流下眼泪来，正因自身经历如此颠沛流离，看到这样契合心境的描述时才不免伤心难过。"生本不乐"，不是许地山能选择或是可改变的，历史背景、社会环境等各种因素，造就了许地山的人生际遇，仿佛注定了他要承受这些异于常人的苦难，才能获得人生的本味，领悟生命的奥义，才在人世间短暂地走这么一遭，却留下了能够经得起岁月品鉴的思想精华和文学珍品。

第二节　趋异与求存：复杂文化
境遇中的"异质性"写作

　　从 19 世纪中叶到 20 世纪中叶，长达一个世纪中，中国都面临着内忧

---

①　许地山：《花香雾气中的梦》，中国国际广播出版社 1995 年版，第 71 页。

外患，尤其是从晚清到五四期间，中西文化的碰撞和现代社会的急剧转型使内忧外患成为爱国知识分子亟待解决的社会、文化、精神问题。中国几千年的传统文化实际上已经失去了它原本的"统治"地位，不仅国家命运处于风雨飘摇之中，传统文化也面临着能否继续传承、将如何传承的问题；西方的各种哲学思想、政治思潮、文化理论大量涌入中国，中国的文化人和知识分子又该如何选择、如何借鉴？所有的知识分子，都期冀并试图以自己的知识权利和文学启蒙的影响力发声，在这样世相纷繁、众声喧哗、话语杂糅的特殊时期，在古代与现代、中国与西方、理想与现实、个体与国家等各种价值多元而紊乱的复杂文化境遇中，许地山会做出怎样的选择呢？他的文学创作又会以怎样的方式来表现他的文化思想、政治理想和社会愿景呢？

一　救亡与启蒙的双重变奏：现代文学思潮的萌生

1894 年，中日甲午战争爆发，1895 年，战争的惨败和丧权辱国条约的签订，让爱国知识分子坚定了救亡图存、变法革新的决心。1898 年的"百日维新"，虽然最后遭到了顽固派的强烈镇压而以失败告终，但是却激起了广大知识分子的爱国主义情绪、民主主义思想的启蒙以及文学革命的热情。19 世纪末 20 世纪初，"救亡"和"启蒙"成为整个国家面临的两大主题，而文学作为主要的革命阵地之一，一系列的变革措施就此展开。

鸦片战争时期，以龚自珍、魏源和林则徐等为代表的地主阶级知识分子，"百日维新"运动时期的康有为、梁启超、王韬、郑观应、谭嗣同等民族资产阶级代表都对封建传统文化革新有所推崇，实际上是想通过新民文学的载体，用文学来"新民"，改造国民精神，推动社会改革。"新民"作为一项文学主张为传统的文学功能注入了现代意识，让中国文学向现代文学迈出了第一步，对于中国文学思想、文学理论的建构有着重要的理论价值和实践意义。既然新民文学以改变国民精神为本，那么怎样迎合国民，怎样使文学从高台教化走向勾栏瓦肆而利于国民接受，成为新民文学倡导者关注的焦点。彼时所推行的新文体以及"诗界革命"有"崇白话而废文言"、变旧文体而令其"适用于今""通行于俗"的主张，于是这一时期的小说、戏曲受到了空前重视，但通俗化的小说和戏曲自然不能以其"通俗"和风趣获得倡导者的青睐，随着认识的不断深化，新民文学的倡导者着意提升小说的思想品位，加强其内容的政治化、现实化和社会化，反映社会、政治、科学、民主等内容的小说大量出现，也成为新派知识分子们披露封建世态，宣传新风尚、新思想的重器。虽然新民文学有着非常急切的政治功利性，但是也令人看到了"改良人生"的启蒙主义动机，体现出为了改变国民无知蒙昧状态的迫切愿望。

虽然这些变革发生时许地山还处于幼年，但是对他而言，变革的影响是深远的。可以说，许地山就是在这样新旧交替的文学环境中成长并接受教育的。许地山从四岁就跟着哥哥姐姐们一起学习，受吴献堂先生发蒙，后师从徐展云和倪玉笙先生，1906 年起入广州随宦学堂读书，师从韩贡三先生，韩先生对许地山的影响甚大，也是许地山最敬重的老师。当时，许地山在课余时间还跟随一位英国牧师学习英文。这一时期，思想的启蒙和文学的变革已经深入了教育行业，很多开明的知识分子将他们理解的新思想和新文学传授给自己的学生，许地山自然而然受到了他们的熏陶和教授。

除此之外，许地山的父亲也对许地山的一生有着至关重要的影响。许地山的父亲许南英，从台湾到广东等地历任多职，是一位爱国诗人，具有很强的开明性和进步性。他在为官期间除了奉行清正廉明之外，更积极地接受新思想、新事物。在阳江任职期间，"阳江新政自光绪三十年由先生渐逐施行，最重要的是遣派东洋留学生造专门人才，改濂溪书院为阳江师范传习所以养成各乡小学教员，创办地方巡警及习艺所"。而在三水县任职的三年，"力除秕政"，不仅设县政办公室，大大提高了办公的效率，整顿了舞弊之风，而且"县中巨绅，多有豢养世奴的陋习，先生严禁贩卖人口，且促他们解放群奴"①。许地山从小跟父亲生活在一起，父亲的爱国精神和誓死捍卫国土的勇气深深影响了许地山，而父亲施行新政、破除封建社会陋习的种种举动更可谓是言传身教。不论是老师的开蒙还是父亲的影响，都为许地山日后的思想形成和文学创作打下了稳健的基础，很多思想的萌芽、观念的产生，以及对新思想、新文化的包容开放的态度都是从这个时期开始的。救亡和启蒙的责任感深深地烙在了许地山的内心，他用自己的行动和创作实践着，在他的一些散文和杂文中，我们会看到一

---

① 许地山：《窥园先生诗传》，载周俟松、杜汝淼编《许地山研究集》，南京大学出版社1989年版，第14、15页。

个区别于小说创作的许地山，一改他温柔的笔触而变得严肃坚决，词句之间不容有丝毫质疑的可能，对国民性的批判，对战争的谴责，对所谓公理的揶揄，对青年的鼓励，一个肩负国家命运的民族斗士形象屹立在字里行间。

二　五四新文化风潮下"人的文学"的勃兴

在《被压抑的现代性：晚清小说新论》这本书中，王德威先生明确提出了"没有晚清，何来'五四'？"的观点，用疑问表示出强烈的肯定语气。虽然书中重点分析的是小说这种单一文体，但是从整个文化的发展上来看，"五四"的文化革命和新文化运动无疑是晚清或者说19世纪末20世纪初思想启蒙和文学改革运动的继续和发展。

辛亥革命虽然是一次伟大的资产阶级民主主义革命，推翻了数千年的封建统治制度，一定程度上改变了人们的封建思想和观念，但是革命受挫，令风雨飘摇的政局再次陷入混乱之中，现实更加黑暗，人们的生活也变得苦不堪言。以康有为为代表的保守派，认为政局混乱是因为传统道德的崩塌，力主恢复孔子权威，立孔教为国教。而以陈独秀为代表的激进派则认为政局混乱是因为政治革命没有与之同步的思想革命，民众思想中封建伦理道德依然如故，"政治界虽经三次革命，而黑暗未尝稍减。其原因之小部分，则为三次革命皆虎头蛇尾，未能充分以鲜血洗净旧污；其大部分，则为盘踞吾人精神界根深蒂固之伦理、道德、文学、艺术诸端，莫不黑幕层张，垢污深积"①。在这样的情况下，五四运动应运而生，从黑暗中撕开了一道口子，成为洗净这些"旧污"的"鲜血"。五四新文化运动是伴随着对辛亥革命的文化反思发展而来的。许地山与诸多的中国现代作家都从五四新文化运动中走来，这既是一场反帝爱国政治运动，也是一场文化运动，倡导民族自省和文化的扬弃，促进了现代精神的觉醒，在民族饱受列强欺凌的时代下呼唤着自强，因此五四时期以"人的觉悟"为主题的思想革命与接踵而至的"人的文学"的文学革命成为"五四"新文化运动的两面旗帜。虽然辛亥革命时期孙中山先生就曾提出人道主义的思想，但是真正被中国知识分子广泛接受，成为反对封建主义的思想武器应

---

① 陈独秀：《文学革命论》，载《陈独秀文选》（第一卷），上海人民出版社1984年版，第263页。

该是从五四运动前后开始的。而许地山真正深入了解人道主义方面的思想也正应该是在这一时期，在他进入燕京大学学习之后。

1918 年，周作人撰文提出了"人的文学"概念，并提出要"从文学起首，提倡一点人道主义"，同时对这种人道主义进行了释意："并非世间所谓'悲天悯人'或'博施济众'的慈善主义，乃是一种个人主义的人间本位主义"，"用这人道主义为本，对于人生诸问题，加以记录研究的文字，便谓之人的文学"①。较之许多"五四"先驱对新文学的空泛阐释，周作人的《人的文学》首次以"人的文学"定义新文学的性质，首次从创作上指出新文学须以"人道主义"作为指导思想、以"人道主义"反映人生。在文学创作活动中，周作人所提出的"人道主义"是富有现代理性和现代意识的。这种"人道主义"超越了慈善主义的狭义而倡导众人平等，在尊重人的前提下更加关注人的生存情况，体现于创作中则是再现"非人的生活"，表达对封建专制的批判和对理想生活的憧憬。彼时，体现人道主义思想的文学创作一般都呈现出对人类命运的关注和思考，充满着博爱精神、悲悯情怀、批判倾向和理性色彩。"人的文学"则从另一层面形成更加强调个人和非功利的个性主义的思潮，体现于创作中则是对作家自我的张扬，关注自我命运的主观精神。

虽然没有资料证明许地山人道主义思想与周作人的"人的文学"存在多大程度的联系，但是周作人的"人的文学"宣告了五四时期一大批青年作家的创作理想，许地山自然也在其中。1919 年 11 月 1 日，许地山与郑振铎、瞿秋白、翟世英、耿济之创办了《新社会》（旬刊），高举反帝反封建的鲜明旗帜，宣传新思想。该刊共出版 19 期，许地山在其发表了《女子底服饰》《强奸》《十九世纪两大社会学家底女子观》《劳动究竟》《劳动底威仪》《"五一"与"五四"》等九篇文章，广泛涉及了妇女问题、劳动问题、社会变革及文字改革等社会近况，不但引证丰富，论述也极为精辟。在原载 1920 年 2 月 1 日《新社会》第 10 号的《强奸》中，许地山为抨击侵略者和军阀士兵的暴行，从社会病理学、心理学分析施暴的四个心理原因，指出要医治强奸的毛病就要呼吁"母底庄严底恢复"，要"解除女子在家庭里头底束缚，教她们底身、心和男子一样刚强"。而在《"五一"与"五四"》中，许地山从人道主义角度对于"五

---

① 周作人：《人的文学》，《新青年》第 5 卷第 6 号，1918 年 12 月。

一"和"五四"两种运动提出了自己的看法:"我们从形式上看,这两种运动似乎是专为反对经济和政治底偏颇而生,但从精神上看去,就知道凡是强权不合人道底事情在这两种运动里头已经有了推倒它们底潜势力"①。"人道主义"在许地山的思想和创作中占有很重要的位置,某种程度上讲,他的一生都是在为人道主义而奋斗,不论是他的文学创作还是他为人权的平等而进行的实际斗争。他在1920年的《"五七"纪念与人类》中坚定而有力地说出:"教等等不合人道底主义在世界上绝迹""应当把人道在昏睡之中摇醒,叫它起来将一切的耻辱灭掉"。虽然许地山在实践中的表现比这样的语气要温和许多,但是却丝毫不影响他对人道主义的坚持,他的每一部作品几乎都举起了人道主义的大旗,不断地被这种思想感召而无私地奉献。回想周作人《人的文学》中的"超越了慈善主义的狭义而倡导众人平等"这句话,毫不夸张地说,它适用于许地山的任何一部小说。纵观他的小说,其中塑造的每一个人物形象,我们都无法用"身份"的高低贵贱来分门别类,所有的生命都是平等的,都值得受到尊重,许地山用他一生的文学实践贯彻着"人"的概念,人之为人就应该拥有作为人的基本权利和地位,不论作品中的人物形象如何,作者的情感如何,不论是完美的人格还是遭人唾弃的品行,许地山塑造了他们就会让他们"人"的属性最大化(排除许地山认为没有做人资格的人),不掺杂任何主观的情感,不表示怜悯,不塑造典型,只是给他们生命最基本的尊重。古往今来,奉行人道主义的作家数不胜数,但是每一位作家的人道主义思想都有不同的表现形式,与其说许地山用自己的创作践行着人道主义思想,毋宁说这就是许地山的独一无二的"人的文学"。

三　文学研究会中的"异质性"存在

五四新文化运动将文学的核心内容引向了"人的文学",以人道主义和个性主义为基础,将启蒙主义的路径铺展开来,而文学研究会就在这种新文化的启蒙下应运而生,成为最早的新文学社团,也是许地山进行文学研究和创作的重要阵地。

1920年,北京大学聚集了几位热衷新文学的"爱好者",商讨组建新文学团体。1921年1月4日,文学研究会于北京成立,发起者共12人:

---

① 许地山:《"五一"与"五四"》,《新社会》第18号,1920年4月21日。

周作人、沈雁冰（茅盾）、许地山、郑振铎、王统照、叶绍钧（叶圣陶）、孙伏园、耿济之、朱希祖、翟世英、郭绍虞、蒋百里。《小说月报》由沈雁冰做主编，改由文学研究会编辑，在研究会成立一周后于上海出版了第一期（12 卷 1 号）。也是在这一期革新后的《小说月报》上，文学研究会刊登宣言，明确创会的原则：一是"联络感情"，"我们发起本会，希望大家时常聚会，交换意见，可以互相理解，结成一个文学中心的团体"；二是"增进知识"，希望"造成一个公共的图书馆研究室及出版部，助成个人及国民文学的进步"；三是"建立著作公会的基础"，"相信文学是一种工作，而且又是于人生很切要的一种工作；治文学的人也当以这事为他终生的事业"[1]。从这份宣言来看，文学研究会急于要表达的并不是纯文学的主张，主要是张扬其关于社会、文化的一种思想认识和价值观念；适应新文学运动、发展、改革的现实需要，成为文学研究会的重要基础。他们对于新文学的创作主要有如下主张：

（一）"为人生"的文学观和现实主义表现手法

1921 年，文学研究会正式提出了"为人生"的文学观。最初"为人生"文学观的阐释是对周作人的观点的继承，强调"平民主义"。周作人受李大钊《平民主义》一文的影响写出了《平民文学》，"平民"所指的是"世间普通男女"和"一律平等的人类"，而"平民文学所说，是在研究全体的人的生活"[2]。后来沈雁冰在平民文学的基础上强调，"为人生"的文学"更能宣泄当代全体人类的情感，更能声诉当代全体人类的苦痛与期望"[3]。到了 1922 年，沈雁冰对"为人生"文学观就有了更加独到的见解，要"注意社会问题，同情第四阶级，爱'被损害者与被侮辱者'"[4]，同时将"平民"的概念具体化为含有无产阶级的"被损害者与被侮辱者"。可以说文学研究会的"为人生"的文学观对文学反映人生的内容做出了具体化的、新的探讨和延伸，不局限于周作人提出的平民文学"只应记载世间普通男女的悲欢成败"等说法，更加突出对社会现实的黑暗与人民大众生活疾苦的揭示，如同郑振铎所说："我们所需要的是血的

①　李欧梵：《中国现代作家的浪漫一代》，王宏志等译，新星出版社 2010 年版，第 12 页。

②　周作人：《平民文学》，《每周评论》第 5 号，1919 年 1 月 19 日。

③　沈雁冰：《新文学研究者的责任与努力》，《小说月报》第 12 卷第 2 号，1921 年 2 月。

④　沈雁冰：《自然主义与中国现代小说》，《小说月报》第 12 卷第 2 号，1922 年 7 月。

文学、泪的文学。"① 在五四时期，现实主义也称写实主义。文学研究会的作家们对于现实主义大都有着共同的追求，"为人生"的文学观本身即强调作家要更关注文学与现实的关系，迎合五四精神做出对现实的批判。文学研究会对于现实主义的表现主要强调真实性、理想性和作家的创作个性，希望文学能够从真实性的角度揭示人生，并且赋予人生以理想，实现对人生的导航。"文学一方面描写现实的社会和人生，他方面从所描写的里面表现出作者的理想。其结果，社会和人生因之改善，因之进步，而造成新的社会和新的人生。这才是真正文学的效用"②。

（二）文学应承担社会责任

虽然早期的文学研究会以呼吁文学革新为己任，但五四精神的流贯，使得同处于社会大变革历史语境下的文学研究会以及其他社会组织都不能摆脱"启蒙""救亡"的思想框架。文学研究会与"新青年"派有着一脉相承的追求、思想规范和中心命题，从成立之初就沿袭着"新青年"的精神传统，先后发表《新文学研究者的负责与努力》《文学者的新使命》等文章，对新文学的功能进行定位，以"为人生"的文学观明确文学特殊观照的对象，以现实主义的手法披露对社会现实问题，表达对这些问题的思考，而不论"为人生"还是"写实主义"都看重文学所能肩负的社会历史的责任。文学研究会以鲜明的责任感寻求立足点，文学的责任和作家的责任成为著书立说的理论根基，对"五四"落潮后的文学发展起了很大的作用。

众所周知，许地山是文学研究会的主要创立人之一。但是，有一个奇怪的现象，在众多研究文学研究会的资料中，很难看到对许地山的着墨，好像许地山并不属于他们的一流，而实际上许地山不仅参与了学会最初始的建设，还参与起草了读书会的简章，更是《小说月报》的主要撰稿人之一。那么，为什么研究者们对此会疏于提及？我们知道，许地山与文学研究会并无隔离，他早期大量的作品都是在《小说月报》上发表的，散文集《空山灵雨》中的作品，也是在《小说月报》上陆续发表之后才整合成集的。对于文学研究会"为人生"、现实主义、承担社会责任等文学主张，许地山也都充分参与并且用创作和研究积极地实践着。他在1921

---

① 郑振铎：《血和泪的文学》，《文学旬刊》第6期，1921年6月30日。
② 耿济之：《前夜·序》，载《前夜》，商务印书馆1921年版，第3页。

年发表的《创作底三宝和鉴赏底四依》中谈到对创作的见解时，提出了"创作三宝"——"智慧宝""人生宝"和"美丽宝"，而前两宝的内容直指"人生"。他认为，"创作者个人的经验，是他的作品底无上根基""创作者底生活和经验既是人间的，所以他底作品需含有人生的原素""即使他是一位神秘派、象征派，或唯美派底作家"他也需将所描那些虚无缥缈的，或是超越人间生活的事情化为人间的，使之和现实或理想的道德生活相表里"。在《怡情文学与养性文学——序太华烈士编译〈硬汉〉小说集》中更加强调文学对现实的书写，将文学分为"怡情文学"和"养性文学"，并将"怡情文学"定义为"在太平时代或在纷乱时代底超现实作品"，而"养性文学""是对于人间种种的不平所发出底轰天雷"，认为在当时那样的时代，不是读怡情文学的时代，而是只能读"那从这样时代产生出来底养性文学""作者着实地把人性在受窘压底状态底下怎样挣扎底情形写出来，为底是教读者能把更坚定的性格培养出来"。这后面的一句看上去仿佛是对文学研究会所倡导的"现实主义"完整的贯彻，正契合了文学所应当承担的社会责任。但是，这样的许地山为什么并没有被后来的研究者作为文学研究会的代表作家而着重研究论述呢？归根究底，是因为许地山的创作风格很难归入文学研究会的某一类文学创作的大旗之下。从《创作底三宝和鉴赏底四依》中可以看出，许地山提倡文学创作"为人生"的时候，是以个人经验为前提的。他强调创作必须以个人经验为基础，个人对人生的感受和体悟是文学最好的素材，而这应该算是许地山与文学研究会关于"为人生"所略有不同的地方。他的人生、他的个人经验都是与众不同的，儿时生长的环境、早年间的颠沛流离，异国的生活经历，注定了他有不一样的人生，加上他多年对宗教学的钻研，自然会产生不一样的人生哲学，而这投射到他的作品中便使其很难与同时期的作家为伍了。许地山对于文学研究会或者说整个中国现代文学都是一种异质的存在。

20世纪初期的中国文学处于极速的转折时期，作家们依据自己遵循的信念和现实的变化情况，在不同时期做出不一样的选择，表现出不一样的文化心态，在如此复杂的文化境况中，许地山的"异质性"书写，看似一直与文学主流保持着距离，但我们却忽略了潮流的易变性，而他却具有始终如一性。不论主流文学形态、意识形态如何变动，他的"异质性"从未改变。这虽然是他主观的选择却源于他先天的文学气质和气度。许地山在一篇散文中说："我愿做调味底精盐，渗入等等食品中，把自己底形骸融散，且回复当时在海里底面目""是一切有情的尝咸味而不见盐体。"① 如果说"落花生"精神，是赞誉许地山为人的谦卑质朴，那么"盐"的精神，就是他的包容性和稳定性：不论放入何处，形态如何变化，盐的味道不会改变；不论时事如何变化，文化的风向标又将向何方摆动，许地山对于生命的尊重、包容、诠释和超脱也都不会改变。他的文学创作，恰是对他本真的保护，如同回到海里的盐，把最本真的自我融散到每一次创作中，渗透至每一种文化里。不以主观的喜好对任何文化思想断章取义，保留对文化最开放通达的思辨，无痕无形却是最重要最有味道的，当其他作家争当时代的弄潮儿时，许地山依然是许地山，从未改变。许地山的"异质"是精神重生后的超脱，是"生本不乐"后的涅槃。在特殊动荡的历史时期，许地山的这种"异质"书写，也就成为中国现代文学史上不可多得的文学创作宝藏。

---

① 许地山：《花香雾气中的梦》，中国国际广播出版社 1995 年版，第 48 页。

第三章

文学的精神之根：传统儒道文化铸就的写作面相

《左传》中有一句话："国于天下，有与立焉。"说的是一个国家或者民族，之所以能够长久立足于世界上，必然有其"立"的根本。中华民族在世界的东方屹立了几千年，而其"立"的根本，就在于文化的薪火相传，历经时代变迁、沧海桑田而生生不息。文化是一个民族的血脉和灵魂。文化之本在于对传统的尊崇和敬畏，文化发展的本质则在于对传统的继承和创造。可以说，传统文化是民族精神形成和发展的坚实根基，是民族的精神之根，是国家发展延续的命脉。文学自古以来就是精神的盛宴，文学作品是作家的精神产物，更是对历史记忆的方式之一，以诗存史，以诗补史，所以我们常说"诗比历史更永久"。而对于生于斯长于斯的作家来说，不论受到任何他者文化的影响，传统文化都如同基因一般，决定着一个作家精神的内在特质，因而我们将一位作家的文化修养和精神修为视为其文学创作的精神之根。只是由于不同作家文化和基因的显隐性特质，在其作品表面上呈现出不同的美学和艺术形态。如果我们能从表面的纹理深入创作的基底，就会发现传统文化在作家的精神内核处所形成的基因链条及其文本内在的灵魂皈依。儒道两家文化在中国已经流传了两千多年，是中国传统文化极为重要的组成部分，对于出生在19世纪末20世纪初期的中国作家来说，虽然身处中国文化的转折时期，但不论从儿时所受的教育还是社会的大环境来看，儒家文化和道家文化对他们的影响都是其抹不去的印记。而这个印记对于许地山而言，更是生命的烙印，伴随着他的整个人生。儒道文化从根本上浸润了他的思想，是他做人作文的精神之根。对于许地山这样的作家来说，文化的积聚之于他自身，不仅是蕴藏在他精神深处的精神原动力，更是引领他进行文学创作的精神理念，也是体现他进行大胆创新、对生活和生命进行表达呈现的巨大修辞利器。尤其耐人寻味的是，纵观许地山文学创作的整体面貌和形态，他的文本之所以呈现出迥异于同时代作家的异禀，就在于他的文化研究和文化思考对于他写作的深深浸润，所以我们不能不从他对文化的研究及其传统文化的接受中来考量他的精神坐标和文化情怀，这是真正进入许地山文化和文学道场的不二法门。

第一节　思接千载的儒学和道教文化研究

许多传统文化研究者普遍认为，中华民族的精神内核主要聚焦在"天行健，君子以自强不息"和"地势坤，君子以厚德载物"这两句名言之中。而陈平原在一篇比较许地山和苏曼殊宗教色彩的文章中就曾提到，"天行健，君子以自强不息"这个简单朴素的信条，贯穿了许地山的一生，可以说正是他性格的核心部分①。我们暂且不论传统文化研究者们对于中华民族精神内核的分析是否主观色彩过于强烈，但我们不能否认，这一观点在很大程度上体现了深厚的学术传承和学术定力。同时，陈平原对于许地山性格内核的分析是客观可证的，许地山的人生信条与传统文化精髓相对应，两者不谋而合，正暗含着儒家思想对许地山精神和创作产生的根深蒂固的影响。一个人性格的形成，固然有先天的基因和后天的教育的影响，而几千年以来一个民族和国家文化性格的形成，则正是因循着祖先的基因密码一代代遗传下来的，当然，后天的环境和教育对作家的性格、人格会有进一步的塑造，这一点毫无疑问。"天行健，君子以自强不息"作为许地山性格的核心部分，在我们看来，不仅由祖先的基因决定，更是受家庭环境和所受教育的影响，在他成长的岁月中日积月累而成，这一点对于许地山尤其重要。

许地山出生在台湾的一个书香世家。嘉靖年间，许家从广东揭阳转到台湾居住的一世祖许超是蒙塾师傅。许地山父亲的祖父永喜公是个秀才，自己教授几个学生，过着书生的生活。而到了许地山的祖父特斋公，更是以儒学为业，兄弟们分家之后，"特斋公便将武馆街旧居卖掉，另置南门里延平郡王祠边马公庙住宅，建学社数楹"，并将此处取名为"窥园"，

---

① 陈平原：《论苏曼殊、许地山小说的宗教色彩（节录）》，载周俟松、杜汝森编《许地山研究集》，南京大学出版社1989年版，第292页。

开馆教授学徒。许地山的父亲许南英，就出生在这座"窥园"当中，从24岁到35岁都以教学为业，当时与父亲往来、交游的一些人物，也都是交大馆的塾师。虽然，许地山后来的成长主要是在中国的广东，但是祖辈几代人以儒学为业的家庭氛围，使儒学于无形中成为许氏家族传承的纽带，儒家思想如同家学家风一般影响着许家的每一代人；儒家思想规范下形成的人格品行，已经在祖祖辈辈的传承中变成了真正的基因，在许家世世代代遗传，经过了几代人的积淀，到许地山父亲许南英这一代，已经达到了集大成，这些特点以最显性的形式表现出来，也在很大程度上影响着许地山的性格和人格。

许南英是著名的爱国诗人，号蕴白（或允白），又号窥园先生。青年时期的许南英就想要通过刻苦学习考取功名，为国家效力。"光绪丙戌初到北京会试，因对策陈述国家危机所在，文章过于伤感，考官不敢录取"，而己丑年再去复试，又因为评论政治得失而落榜，直到第二年才中恩科会魁，授予兵部车架清吏司主事职。但是许南英却放弃了在京做官而选择回台湾服役。许南英的一生，辗转多地，历任数职，但是不论他身在何地、官居何位，在任期间都清正廉洁，务实勤勉，无私无畏，从不懈怠。他在徐州担任县官时，同时兼任书院掌教，常以"生于忧患，死于宴安"来警策学生。"人当奋勉，寸晷不懈，如耽逸乐，则放辟邪侈，无所不为。到那时候，身心不但没用，并且遗害后世。"许南英时常说"生无建树死嫌迟"，他认为人生无论做大事小事，都应该有所建树，才对得起社会。许南英以此作为人生的准则，并为之奋斗终生。①

可以说，父亲是孩子的第一位老师，也是其终身的老师，父亲的言传身教直接影响着孩子的人生信念，许地山是父亲基因的直接延续者，不仅许家的儒学基因在他的身上传承，父亲的人生准则也在他的人生中如影随形，时刻警醒鞭策着他。"生无建树死嫌迟"与"君子自强不息"内在的精神意蕴，必然是一脉相承的，它们如同种子一般在许地山的生命中生根发芽，随着岁月的增长，这颗种子把根深深地盘系在许地山的思想和灵魂当中，成为他思想之树最稳固的根基。虽然，他的时代与父辈的时代有着很大的、根本的不同，而且儒家文化已经渐渐地失去了它原有的统摄力和

---

① 许地山：《窥园先生诗传》，载周俟松、杜汝森编《许地山研究集》，南京大学出版社1989年版，第13、14页。

崇高地位，变动的环境也决定了许地山必然会对传统有选择性的扬弃，以适应时代和本心的需要，但是许家核心的基因却始终流传，生于忧患的境况从未改变，生当有所建树的志愿也一直激励着他，所以说，许地山的"思"与"行"依然与儒家文化有着深厚的渊源。

儒家思想对于许地山的影响，除了家族的传承之外，还有一方面，就是从小在私塾所接受的教育。许地山四岁开始，就跟着启蒙老师学习《三字经》《千字文》等传统基础知识，五岁跟随徐展云先生学习《弟子规》《明物蒙求》等典籍诗文，十一岁到十六岁，他又跟随倪玉生和韩贡三先生学习中国经史，系统地学习了《论语》《孟子》《老子》等经典著作。可以说，许地山的思想启蒙和教育，实际上是从儒学开始的，从家族的耳濡目染，到师从先生的强化教育，儒家文化的确为许地山打下了深厚的文化基础。

"古之欲明明德于天下者，先治其国；欲治其国者，先齐其家；欲齐其家者，先修其身；欲修其身者，先正其心；欲正其心者，先诚其意；欲诚其意者，先致其知，致知在格物。物格而后知至，知至而后意诚，意诚而后心正，心正而后身修，身修而后齐家，齐家而后国治，国治而后天下平。"《礼记》中这段流传几千年的名言，成为无数先贤今人的人生坐标和鞭策之语，更是许地山作为一个知识分子，带着深沉的责任感和使命感，完成自我约束、自我成就，实现人生理想的一世箴言。"明德""格物""意诚""正心"，这是古代君子的修为方式，也是许地山自我修为的努力方向。他还把自己的书斋起名为"面壁斋"，意思就是"心无二用、目不斜视地读书。这样才能专心致志，武装自己的头脑，才能广播知识，明晰道理，坚持革命精神经久不惑且愈坚"①。就是说，人只有知识累积到一定程度，才能形成真诚的意念，才能端正自己的思想。许地山一向严于律己、宽以待人，而他渊博的学识更是出类拔萃，给他的同辈师友留下了深刻的印象，这在学界是有共识的。"他见多识广，学问不小，闲聊起来，天文地理，都能说得头头是道，而且说的又风趣又诙谐"，"他不仅会说福建话、广东话、北京话，还懂得英文、德文和梵文"②。而许地山为人之真诚、行事之磊落、精神之浩然令人称颂。燕京大学当时的教务长

① 许地山：《旅印家书·十五》，载董义连选编《许地山散文》，上海科学技术文献出版社2013年版，第117页。

② 王盛：《许地山评传》，南京出版社1989年版，第18页。

是司徒雷登，毛泽东《别了，司徒雷登》中描述他"茕茕孑立，形影相
吊"，当时他还没有"挟起皮包走人"，在学校排除异己，专断独行，让
一所求知求学的神圣殿堂，变成了乌烟瘴气的政治场域，不愿妥协的许地
山毅然离开了燕京大学。虽然"我读在燕京，我教在燕京，我生活在燕
京，我尊敬燕京的老师，我爱护燕京的学生，对母校燕京是有感情的。但
是对燕京当局种种措施我不能容忍，我决心要离开"①。尽管许地山一向
平和处世，平淡为人，但他在理智、道义面前毫不软弱，坚决不与奸佞小
人为伍，不论外界的环境如何污糟不堪，他都始终保持着内心的纯净，这
就是许地山做人的根本和底线。因为具有高尚的道德品质和精神的自我超
越，不论多么复杂的环境，他都能保持本真，纵使矛盾困惑不断，他也始
终都能回到最初的原点。我们看到，在现代中国那种复杂的现实社会和人
文环境中，做人仍能至如此境界，实属难能可贵，这就是许地山对自己人
格建构，恪守儒雅、坦诚、高洁的人生操守。许地山在《原始的儒，儒
家，与儒教》中有这样一小段话："为什么要修身，为底是事亲，知人，
知天。以身为一切行为思想底基础"②。把自己的品德和学问都修炼好，
才是"知人""知天"的基础。许地山一生为人始终热情真诚，内心澄澈
透明，纯粹而容不得污脏，他知书而达理，知人亦知天，虽有苦痛却没有
怨恨，信念明确而坚定，行文章法有据，为文从容不迫，这就是许地山精
神的修为和灵魂的超拔。

　　我们常说，做学问首先要做人，以许地山的人格，做学问、精研思索
世界人生的重要问题，也必然会达到一种他人难以企及的生命和学术境
界。如果说，儒家文化对许地山的影响是他自小耳濡目染的，那么，道家
文化对其的影响，就是从他做学问开始的。许地山认为，整个的中国思想
有两个方面，分别为儒家思想和道家思想。儒家注重实际的生活，而道家
更注重玄想，从我国的生活习惯和宗教信仰来看，道家思想应该比儒家思
想对中国人影响更多。"我们简直可以说支配中国一般人底理想与生活底
乃是道教的思想，儒不过是占伦理底一小部分而已"③。儒家思想对于一

---

① 许地山：《旅印家书·十五》，载董义连选编《许地山散文》，上海科学技术文献出版社
2013年版，第116页。

② 许地山：《原始的儒，儒家，儒教》，载《国学与国粹》，贵州人民出版社2014年版，第
14页。

③ 许地山：《道家思想与道教》，《燕京学报》第二期。

般人来说，或许只是"伦理底一小部分"，但是，对许地山的影响却远不止这些。而道家思想作为影响中国人的另一思想体系，自然在许地山的身上也有所体现，最为显性的应该表现在许地山对道家思想和道教的研究之中。

陈寅恪曾经说过这样一段话："寅恪昔年略治佛道二家之学，然于道教仅取以供史事之补证，……至其微言大义之所在。则未能言之也。后读许地山先生所著佛道二教史论文，关于教义本体俱有精深之评述，心服之余，弥用自愧，遂捐弃故技，不敢复谈此事矣。"①陈寅恪的这段话，并无夸大的成分，许地山的道教研究在同时期的学者中是"一时无二"的，他出版的著作，直到今日也是道教研究的权威之作。在许地山开始研究之前，关于道教的研究，在中国古代文化的学术研究中一直都是比较薄弱的方面，究其原因，主要是因为与道教相关的内容过于庞杂，对研究者有很高的要求，研究道教的人，除了对道教有浓郁的兴趣之外，还要有深厚的学养、健康的身心、宁静的氛围，在当时的中国学者中，具备上述条件并且肯下决心去钻研的，除许地山之外可以说难有第二人。他付出了半生的努力，凭借对哲学思想天生的领悟力，在道教研究方面具有很深的造诣。他生前出版的著作有《道家思想与道教》《道教史》《扶箕迷信底研究》和《道藏子目通检》，另有几部著作在他去世前还没有完成，这对于中国整个的文化研究而言，是一个无法弥补的遗憾和损失。

进一步说，许地山的道教研究，并不是局限于宗教的范畴，"从玄想这方面看来，道教除了后来参合了些佛教思想与仪式外，几乎全是出于道家底理论"②，所以"道家底理论"也是他重点研究的对象。许地山对于道教的研究，正是从梳理道家思想开始的。在他出版的第一部关于道教的著作《道家思想与道教》中，我们看到的更多是与道家思想相关的内容，从原始道家思想开始，到道家思想是怎样形成的，整个研究逻辑清晰，论述详细，足可见出许地山所用的功夫和他渊博的知识功底。但是，无论怎样尽力保持客观性，都无法避免带上个人的主观色彩，做学问研究也是如此，只是所掺入的个人情感多少不同而已。尽管许地山在进行道教研究的时候是以宗教学家的身份最大化地保持着客观性，但个人的倾向性还是在

---

① 陈寅恪：《论许地山先生宗教史之学》，载周俟松、杜汝淼编《许地山研究集》，南京大学出版社1998年版，第367页。

② 许地山：《道教思想与道教》，《燕京大学》第二期。

他的研究中若隐若现。我们现在还无法确切地判断，许地山是因为先接受了道家思想然后去研究道家文化以及道教，还是因为对道家思想和道教的研究，从而使道家文化更加深入他的生活乃至人生，但我们至少可以肯定，许地山的个体思想与他对道家思想的研究，这两者是相辅相成互为补益的。

梁启超在苏州做讲演的时候，曾问下面的听众："为什么进学校？""为的是求学问。"又问："你为什么要求学问？""你想学些什么？"他自问自答说："为的是学做人。"① 我们在学校学的任何知识，在日常生活中获得的各种实践经验，所有的一切都是做人所需的手段。于许地山而言，不论是儒家文化根深蒂固的影响，还是道家思想研究的相辅相成，他对于传统文化的吸纳都是为了让自己做一个更好的人，提升自己的道德水平和人格修养，把接受的这些传统文化蕴化成他内在的精神气质，成为他永恒的精神之根。

第二节　逼近澄明之境：超越俗世的生命诠释

我们常说"文如其人"，作文如做人，人做得怎样可以从他的文中窥见一二，文章的个性与这个人的人格魅力是相通相融的。做人重在灵魂，而作文重在有意。一篇文章的"意"与作者的思想观念、生活经验、道德品质和人格修养紧密相连，息息相关，一个人拥有怎样的精神世界，决定着他的创作达到怎样的境界。君子的修为应用到现实中，无外乎是在做人做事的过程中求真求善求美，以求拥有澄明的心境和净化的灵魂。传统文化对许地山做人的影响投射到文学创作中，必然会让他在潜意识中去追求生命的高度，但是在上升的过程中，许地山究竟会遵从儒家的思想还是道家的思想？入世与出世，无为与有为，自然与修身，人道与天道，世俗与超然……儒与道的"实际"与"玄思"，许地山会在文中做怎样的调和？他会以怎样的方式去诠释生命，修葺灵魂的世界？

人与社会、自然如何和谐共处、统一起来，是古今中外文学家共同关注的话题。在文学的历史进程中，很多作家都喜欢把现实社会的污秽、喧

---

① 梁启超：《为学与做人》，载《文化的盛宴》，新世界出版社 2015 年版，第 1 页。

嚣、沉沦与大自然的清幽、纯洁、本真对立起来，也因此，古今中外的文人墨客们总是以批判的、鄙夷的目光去放眼社会，厌倦人世间的吵闹和喧嚣，而在自己的创作中表现出对宁静祥和的自然、返璞归真的生存状态的向往。生于战时，身处动荡年代的许地山，对这种自然宁静的向往必然更要多上几分。在《春底林野》中，春光的书写引人入胜："那里的桃花还是开着，漫游的薄云从这峰飞过那峰，有时会消停一会，为底是挡住太阳，教地面底花草在它底荫下避避光焰底威吓。岩下底荫处和山溪底旁边长满了凤尾草。红、黄、蓝、紫的小草点缀在绿茵上头。天中底云雀，林中底黄莺，都鼓起他们底舌簧。轻风把它们底声音挤成一片，分送给山中各样有耳无耳底生物。桃花听得入神，禁不住落了几点粉泪，一片一片凝在地上。"① 而林下那帮可爱的孩子们，捡拾着花瓣，融入这灵秀之气的美景中，快乐的本性和矫健的身影，就如同这春的林野一样自然舒展，此情此景如同进入了桃源仙境，让人流连忘返。身处如此美妙的林野之中，谁还愿意纠结外面的世界，去筹划未知的明天，就静静地享受这一刻的祥和是最好不过的了。

许地山的作品中单纯表现景色美的，《春底林野》是为数不多的一篇。孩子们的童趣让明亮的春光更添了一份温暖，万物的迷醉不禁让作者也迷惑起来。"或者，天地之心就是这样呢？"② 天地之心究竟是什么样？生活在天地之间的人们如果想要去窃听这奇妙的心跳，必然要涤去俗世的浮躁，还心灵的清澈。《疲倦底母亲》中，母亲怀中的孩子看着窗外的世界无比兴奋激动，一会儿说外面那座山很像我们家门前的，一会儿说外面的八哥和牛打架呢，一会儿又说母亲再这样睡会睡出毛病的，一会儿说让母亲听他唱歌。但是疲惫的母亲却完全感受不到孩子世界里的美妙，成年人被现实生活所累，身心都被庸常的烦苦填塞得异常拥挤，对周遭的环境早已麻木，但是孩子的内心是明净的、童真的，他们满怀新奇去感受这个世界的万事万物，把世界的美丽看在眼里，记在心里，世界也因为他们而美丽，这才是"天地之心"。

孩童永远是天真无邪的代名词，孩童的纯真是世界最美丽的景色，因为心境的清澈，所有的景色都保持着原初的本色——自然之色；不论现实

---

① 许地山：《春底林野》，载董义连选编《许地山散文》，上海科学技术文献出版社 2013 年版，第 38 页。

② 同上书，第 39 页。

的世界多么污糟不堪，都不能污染他们纯洁的心灵。相比于孩子，成人的世界是那样复杂，无处不在的黑暗造成了成长世界的苟且，在他们眼中，再美的景色也都失去了原本的颜色。许地山深谙人生的局限和无奈，但是他依然坚信，只有保持本真才能真正感受世间的一切美好。世间万物的美，都是因为展现了原本的面目才显得美丽，只有自然的美才是最美的，刻意营造的东西只会破坏原有的美丽，都是"美底牢狱"，大自然这个造物主早就设定好了美的定义，我们又何必画蛇添足，我们真正需要的是一双发现美的眼睛和纯净的心灵。许地山保持着顺其自然的人生态度，顺应生命的纹理而自然发展。当许地山在潜意识中将这种人生态度带入他的创作中时，我们会发现他塑造了这样一类形象：他们从不与命运抗争，以安时处顺的态度去面对人生的悲欢，不为外物或者他人的情绪扰乱自己内心的安宁。这些人物性格形成的原因有很多，在作品中，也体现为多种因素交织的结果，有的是因经受生活的苦难磨砺而成，有的是因为宗教信仰的引领，有的则是与生俱来的，虽然我们不能单纯地把这些都归入道家思想当中，但是不得不说在他们身上体现出的人生态度与道教思想有着割不断的联系。《道德经》中说："人法地，地法天，天法道，道法自然"，所有的法则都归于自然，只有顺其自然，万事万物才能以各自最好的形态发展。不论是许地山的天性使然，还是后天受道家思想的影响，他的"自然"与道家的"自然"相一致，追求生命以自然本真的形态存在，这样的思想主题，由点及面地散落于他的创作之中。

实际上，我们可以从许地山倾心写作，抒发人与社会、人与自然的内在关系，以及由此衍生出的生命情怀、人生道理、人性美好的种种玄思中，看到中国现代文学史中"抒情"一脉的张扬。在许地山的文本中，抒情同样构成了一种美学修辞，而且这种修辞强调人与外在世界的相互连接。"天地之心"的呈现，显示出抒情的实效性，它是抒情主体介入历史的能量，个人感性、生活和存在世界在抒情主体的内心，生成一股重大的力量，并生成一种生命的"境界"。人的内心及其复杂性，在质朴的、充满哲思的思索和抒发过程中，建立了一个现代文人的自为境界。无疑，许地山对生命、俗世与自然的感悟、理解和呈现，汲取了抒情作为中国文化、文学表征之精髓，这在很大程度上，拓展了中国现代文学"抒情"传统的视域。

《乡曲底狂言》中的"那个人"，虽然看起来古怪，却最值得人们深思。在这里，隆哥和村里人都不明白：为什么一个好好的人去了城市走一遭，再回来就变成了一个疯子？"那个人"自己也百思不得其解，为什么村里人会这样对他："我想我没有坏意思，我也不打人，也不叫人吃亏，也不占人便宜，怎么他们就这般地欺负我——连路也不许我走？""我"朋友的话语道出了所有疑惑背后的真理："认真起来说，我们何尝不狂？要是方才那人才不狂呢。我们心里想什么，口又不敢说，手也不敢动，只会装出一副脸孔；倒不如他想说什么便说什么，想做什么便做什么，那分诚实，是我们做不到的。我们若想起我们那些受拘束而显出来底动作，比起他那真诚的自由行动，岂不是我们倒成了狂人？这样看来，我们才疯，他并不疯。"① 多么通透的解释，不符合人们虚伪的标准就是"疯"，这样的"疯"似乎更加随心惬意，更加自然不受拘束。按照自己的意愿真诚地活着，这有什么错？文中的"疯"与"狂"由贬义向褒义转化，其实暗含一种讽刺，是对那些不敢做自己，因刻意地伪装而遗失了本性的人们的嘲讽。这里的"那个人"与鲁迅《狂人日记》里的"狂人"好像有一种"疯""狂"的精神相通。《面具》如同是《乡曲底狂言》的注脚，每一个活在俗世里的人，仿佛都戴着一张"面具"，把自己真实的情感隐藏在"面具"后面，用一副虚假的嘴脸示人："你褒奖他的时候，他虽是很高兴，脸上却装出很不愿意底样子；你指摘他的时候，他虽是懊恼，脸上偏要显出勇于纳言的颜色。"许地山发出感慨："人面到底是靠不住呀！"② 而这感慨背后潜在的是对人存在状态的拷问："为什么人不能以本真的状态存在呢？"

在《暗途》中，主人公吾威深夜从朋友家离开，因为山路崎岖，野兽常常出没，所以朋友好心相劝，要其带上灯照明。但吾威坚持不用灯，"满山都没有光，若是我提着灯走，……那照不着的地方越显得危险，越能使我害怕"，他孤身一人在黑暗中前行，"初时虽觉得有些妨碍，不多一会，什么都可以在幽暗中辨别一点""时常飞些萤火出来，光虽不大，

① 许地山：《乡曲的狂言》，载董义连选编《许地山散文》，上海科学技术文献出版社 2013 年版，第 66 页。

② 许地山：《面具》，载董义连选编《许地山散文》，上海科学技术文献出版社 2013 年版，第 70 页。

可也够了"①，这一晚的夜路主人公走得颇为顺利，安然地回到家中。"暗途"中的"暗"是相对的，人为地去驱散黑暗反倒会让黑暗更显晦浊，如果顺其自然，黑暗中也可以辨出光亮来。主人公的名字叫"吾威"，与"无为"谐音，这让很多研究者猜测是作者有意为之，用以隐喻和暗示无为自然才是安然惬意度过一生的最佳方式。人生就如同在黑暗的山路中行走，人为地想去达到某种目的，有时候反而会适得其反，还不如顺应自然，回归本真，与自然做到有机融合，才会显现出生命的真正意义。这也是有研究者从生态美学的角度，对许地山的创作进行研究的一个入口。

许地山的散文大部分都带有寓言的性质，一个极短的故事或者一小节生活片段，其中往往隐藏着丰富的人生哲理和对世界的深入思考。他把对生命的认识建立在人与自然、人与宇宙的关联当中，然后朝向自我，在这关联之中体味人生，寻找人生的终极意义。或许在许地山看来，以人的日常生活作为表现对象，格局还是显得太小，只能撑得起一小片人生的重量，只有身在茫茫大海之中或与日月争辉的时候，自我才能与自然和宇宙齐肩，才能实现人道合一，超越现实世界，获得审美的自由和精神的解放，人生的意义才会更加明晰和凸显。

许地山在《道教史》中，有一段关于庄子的论述："庄子所求的是天然的生活，自然自适如不系之舟，漂流于人生底大海上，试要在可悲的命运中愉快地渡过去。"② 如果熟悉许地山的作品，当读到这段论述时，许地山的《海》就会立刻从脑海中跳脱出来，仿佛《海》就是他对庄子人生态度的复现。当我们漂浮在茫茫的大海中，我们的意志和能力都无法显现，希望和自由也完全消失，不知道要到什么地方去，也不知道有什么地方可以到达，茫然无措的我们又能做什么呢？眼看着毁坏的大船在海中一点点沉没下去，救生的小船却只能在海上盲目漂浮，面对几近绝望的朋友，"我"却异常冷静："我们只有把性命先保住，随着波涛颠来簸去便了。""在一切的海里，遇着这样的光景，谁也没有带着主意下来，谁也脱不了在上面泛来泛去。"③ "我"看得很明白，在"超乎我们的能力和

① 许地山：《暗途》，载董义连选编《许地山散文》，上海科学技术文献出版社 2013 年版，第 18 页。

② 许地山：《道教史》（上），上海古籍出版社 1999 年版，第 76 页。

③ 许地山：《海》，载董义连选编《许地山散文》，上海科学技术文献出版社 2013 年版，第 22 页。

意志之外"在"风狂浪骇的海面上"除了任海浪颠簸，还能有什么办法呢？在许地山来看，在自然的无常面前，更显人类的渺小和无能为力，顺其自然，不意味着绝望悲观、自我放弃，只是有时候人只能让命运来决定自己终究的去向。

许地山对于庄子思想非常认同，在《海》这篇作品中所表达出的观点，很多人认为是"可悲的命运"，因此批评许地山的创作具有悲观主义倾向，认为他的创作中消极情绪十分浓重，流露出消极无为、回避现实的人生态度，带有宿命论的色彩。其实不然，这是对许地山的误解，他们根本没有真正读懂许地山。《暾将出兮东方》中"你何尝了解我"，如同许地山自己对他人的发问，有多少人了解许地山呢？不论黑暗与光明怎样变化，只要心中的信念坚定，何必强求被人理解？《海》中最先要保住的是"命"，在沉船的关键时刻没有比保住性命更重要的事情了，不管最终漂向何方，只要"命"在，就会一直活着，这是一切理想希望的附丽。而在文末，"我"对朋友说："你不帮着划吗？""我们尽管划罢。"虽然嘴里说随着海浪漂浮，但是手里的桨却从未停下来。这才是真正的许地山。"以出世之精神，做入世之事业"，用这句话来形容许地山再贴切不过了。以道家的"无为自然"作为精神的底蕴，而以儒家"积极入世"的态度作为人生前进的动力，只有从精神上超越世俗，才会拥有豁达的人生态度，全力以赴去破解现实的困顿。

许地山在《原始的儒，儒家，与儒教》中说："儒底道理底精华处到底是那一点呢？我可以说是在君师底理想上头。我们所学所问，不是专为学问而学问，是要致用底。致用是在齐家，治国，平天下上头。学底是古典谟，而功业在当世，所以说，'修己以安百姓'，'修己正南面'。这儒底君师理想，弥漫了我们民族几千年底头脑里头。我们常以为单是学问不能算为学问，必得把他现于实用才算，历来在政府有势力底，所谓负有经时济世底才干底都是大儒者。"① 虽然许地山有着"书虫"之称，但他绝对不是书呆子，学以致用、儒家的治国平天下一直以来都是他的理想。许地山生活在大变革的时代，西方列强的入侵、抗日战争的爆发使整个国家都面临着生死存亡的危机。思想文化的变革、政治经济的动荡，让处于水深火热中的人们被裹挟着在硝烟炮火中求生存。而作为有识之士、有志之

---

① 许地山：《原始的儒，儒家，与儒教》，《国粹与国学》，岳麓书社 2011 年版，第 17 页。

士，许地山经世救国的理想从未消磨，随着世事的变化，反而更加坚定，他用自己平和冲淡的呐喊，以行动，以文字，唤醒沉睡中的人们，凝聚起巨大的力量，共同为家国天下的美好发光发热，倾尽全力。

在五四运动中，少年意气的许地山作为学生代表，带领着队伍冲到东交民巷、栖凤楼，手持着标语高声呼号，正如他在青年节对青年们的讲话中所说的那样："大学生对于社会和政治底关心，是我们自古以来底传统理想，因为求学目的是在将来能为国家服务，同时也是训练各人对于目前的政治与社会问题底态度与解答。当国家在危难时期，尤其须要青年对于种种问题，与实况有深切的了解与认识。他们得到刺激之后，更能为国认真向学，与努力做人。"① 这是许地山对青年人的期望，也是他在青春岁月里所展现的热血自我。十几年之后，许地山已不再年轻，告别了血气方刚的年岁，历经岁月的磨洗和沉淀，但是他的斗志却丝毫未曾消减。

"从这一时期的许地山身上，再也找不到丝毫过去那种温文渊穆、高雅脱俗的影子。人们现在看到的，是一个热情奋发的社会活动家。因为到处奔波，他经常显得风尘仆仆，眼睛里布满血丝；经常在街头、集会发表演说，又使他喉咙嘶哑、衣履不整。开会、募捐、题词、讲演、联络、交际……无尽无休，身边永远堆满了做不完的工作。"② 这是许地山在香港进行抗战活动的日常写照。他的精神和毅力一直鼓动着他人生的风帆，他似乎永不疲倦地为民族的解放而奔走奋斗。七七事变，宣布了抗日战争的全面爆发，各行各业的爱国人士，全国各族人民都投入抗日救亡的热潮当中。而作为香港知名的文化人士，许地山更是毫不犹豫地走向街头，与学生们、爱国知识分子们一同宣传抗日，仿佛当年那个在东交民巷的热血沸腾的学生代表重生一般。他在《"七七"感言》中说，在"真人类"没有到达的阶段，战争是不可避免的。但是，"凡用非理的暴力来侵害他人底，如理论道绝底期候，当以暴力去制止它，使畜道不能在光天化日之下猖獗起来"。他在文中把很多人比作动物，甚至连动物都算不上，是"畜道在人间底传染""我们中间底'人狗'、'人猫'，最可恶的有吠家狗引盗狗，饕餮猫与懒惰猫。两年间的御日工作可以说对得人住，对得祖宗天

---

① 许地山：《原始的儒，儒家，与儒教》，载《国粹与国学》，岳麓书社 2011 年版，第 17 页。

② 宋益乔：《追求终极的灵魂：许地山传》，海峡文艺出版社 1989 年版，第 181、182 页。

地住。但是对于打狗轰猫这种清理家内底工作却令人有点不满意"①。说出这番话的许地山让人震惊，这还是那个曾经温文尔雅又带着孩童气的许地山吗？还是那个写出《命命鸟》中纯真爱情的他吗？还是那个写出《商人妇》中那任命运愚弄一再隐忍的惜官的他吗？还是那个在《缀网劳蛛》中把人生看作补缀的蛛网的他吗？还是那个在《空山灵雨》中充满对妻子的思念，弥散着浓浓的忧愁的他吗？

　　这就是许地山，也唯有此，他才是许地山。有人认为这个时期的许地山是因为看清了政治形势，坚信只有共产党才能带给民众新的希望，才能彻底解放全中国，因为有了明晰的前进方向，许地山才不再悲观，不再迷茫。其实，这种断然分割的观点，忽略了许地山一直以来都是民族民主斗士这一事实，革命的精神和坚定的斗志在他的血脉里一直流淌，后期的创作不过是他蓄势已久的爆发，是喷薄的力量。他在散文《生》中曾经自我剖白，把自己比喻成一管笛子，曾经是长在林中的竹子，鸟儿的歌声、猛兽的长啸、风雨雷电都把发声的方法教给了他，他把这些都记在了心底，当他变成笛子的时候。这些美妙的声音就会发出来了。那么，这个时期我们看到的许地山就是变成笛子的时候，竹子不是一天长成的，细心地梳理许地山的作品就会发现，这种累积和转变的过程早已形成清晰的脉络，体现在他的文学创作之中。

　　《公理战胜》发表于1922年的《小说月报》，但是内容写的却是1918年。这篇散文是对帝国主义者玩弄的所谓公理战胜的把戏（实质是侵略）进行嘲讽："你这灿烂的烟花，何尝不是地狱底火焰？若是真有个地狱，我想其中的火焰也是这般好看。"② 用如此犀利的措辞，来表达作者内心的愤怒，他们的"战胜"是用无数可怜者的牺牲换来的，胜利的脚下是堆积的皑皑白骨。而《"五七"纪念与人类》发表于1920年，他在文中提出，所有的国耻其实都是属于整个人类和世界的，欺凌者和受欺凌者一样，自身也不能免掉羞耻，所以他认为人们都不必为这个日子忧伤，"应

---

　　① 许地山：《"七七"感言》，载董义连选编《许地山散文》，上海科学技术文献出版社2013年版，第149—150页。

　　② 许地山：《公理战胜》，载董义连选编《许地山散文》，上海科学技术文献出版社2013年版，第68页。

当把人道在昏睡之中摇醒，叫它起来将一切的耻辱灭掉"①。高喊着要把昏睡的人们摇醒，要背起全人类的羞耻的许地山，彰显了治国平天下的深重抱负。《上景山》和《先农坛》两篇短小的游记，作者一边游山玩水，一边回忆曾经的历史，看似闲散，实则处处是对现实的忧虑。用充满着揶揄讽刺的口气描述曾经辉煌的建筑："怎么一个那么不讲纪律底民族，会建筑这么严肃的宫廷？"而看着现今的满目疮痍，被战争践踏的历史遗迹，不觉地就发出这样的疑问："在我们底政治社会里有这样的熏风和暖日吗？"②为了人民的解放，生于忧患的许地山将文字变成最锋利的武器，句句刺向"忧患"的心脏，身份由"书生"向"斗士"转换，拿起武器，随时准备战斗。陈平原说得极好——"斗士式的书生""书生气的斗士"，书生为斗士做理想的铺垫，而斗士为理想去改变现实，"斗士式的书生"和"书生气的斗士"在许地山的创作中相互交叠。

　　杂文和散文最能明确地表达出一个作家的观点或思想，小说与这两种文体比起来好像略显含蓄，不过小说中隐含的深刻人生哲理和意蕴却是其他文体很难达到的。它们之间存在着相辅相成的关系，如果没有许地山前期小说中那些活得通透、将人生的苦乐一并承受的人们，又何来后期小说中那些为了民族解放而不惜付出生命的坚定不屈的形象呢？如果没有《商人妇》《缀网劳蛛》，自然不会有《玉官》；如果没有《空山灵雨》中那个多愁善感的"我"，又何来《东野先生》和《铁鱼底鳃》中那两位可敬可爱的人？东野先生（《东野先生》）如同许地山的自画像，他把自己善良纯正的品性和无为自然的人生境界全部导入"东野先生"的身上，而把对革命事业的热诚和坚定、治国平天下的理想抱负全部倾注在"雷先生"（《铁鱼底鳃》）的身上；东野梦鹿的性格带着许地山的影子，而许地山的精神在雷先生的身上也熠熠生辉。综上来看，可以说儒家思想和道家思想在许地山的思想中合而为一，相互补充，许地山以儒家的有心体道家的自然，以道家的无为言儒家的修为，以道为体，以儒为用，将本体与外相、宇宙与人生、自然与社会融为一体，构筑出自己的生命体系。

　　在《造成伟大民族底条件》一文中，许地山这样说："人类底命运是

① 许地山：《"五七"纪念与人类》，载董义连选编《许地山散文》，上海科学技术文献出版社 2013 年版，第 135 页。

② 许地山：《上景山》，载董义连选编《许地山散文》，上海科学技术文献出版社 2013 年版，第 161 页。

被限定的，但在这被限定底范围里当有向上的意志。所谓向上是求全知全能底意向，能否得到且不管它，只是人应当努力去追求。"① 这就是许地山的一生，虽然限定在"生本不乐"的命运中，但是在认识到生命的缺陷与生活的困苦之后，依然保持着向善、向前、向上的美好心灵。正如罗曼·罗兰所说："世界上只有一种真正的英雄主义，那就是在认识生活的真相后依然热爱生活。"许地山一方面用尽笔墨描写人生的超然无为，书写人生的孤苦无常；另一方面又正视现实，不逃避，不放弃，以一种积极入世的心态去面对生活，面对社会，面对自己。许地山的一生都在苦苦追寻人生的终极意义，苦闷、彷徨、困惑、犹疑过后，他仍旧饱含着面对人生苦难的勇气，以最大的限度获取自由，从而抵达内心的澄明之境，完成对生命最好的诠释。

---

① 许地山：《造成伟大民族底条件》，载董义连选编《许地山散文》，上海科学技术文献出版社 2013 年版，第 142 页。

第四章

超越苦难的灵魂承载：许地山的生命哲学书写

我们都认同或相信，所有的哲学都是在回答生命及其存在意义的问题，并且最终是在探究人生的终极意义和价值所在，探索人与世界的关系。因此，哲学所担当的使命是从整体上和思辨上对世界本质性和结构性的把握与抽象的呈现。而文学的价值和意义，则是对世界和人生所做出的形象的把握。文学不仅是对世界和人生、人性基本状态的描绘，更是对世界、人生和灵魂细部的呈现。一个作家在他的文字里所描绘和表现的人与生活，都是源于他对其所看到、感受到的世界的不满意，他要在文本里建立一个新的世界，新的结构。因此，在这个虚构的文本世界里，埋藏和蕴藉了一个作家对于这个世界和人的建议、期待、愿望，包含了作家对于生命奥秘和人性复杂性的洞悉和表达，有作家自身对人生和人性的理解和宽容，还有作家超越现实和生活的灵魂承载。可以说，在真正的文学和杰出的文本创作中，一定都有哲学。而文学的表达，又绝不只是哲学思想或对于世界和人生的哲理思考，也不是对哲学思辨的某种简单的阐释或延伸，而是对"思"和"诗"的调解与中和。它在另一个层面或形式上，呈示出这个世界和人生的丰富性和复杂性。在这里，我们看到，许地山的生命历程虽然短暂，文学书写的体量也不够庞大，但是，他所创造的文学文本却足以支撑起哲学的分量，其中充分地体现出许地山的生命哲学。昆德拉用一本长篇小说讲述了什么是"不能承受的生命之轻"，而许地山以其一生的经历、经验和文本建构告诉我们，崇高的个体生命所应该承载的重量，应该是对苦难和现实的超越。有些时候我们会觉得他让自己背负了过于沉重的负担，仿佛要撑起整个人性的世界，但也正是因为如此，上苍才赋予了他不同常人的智慧和悟性以及大爱的能力和过人的才华。所以，无论生活经历了怎样的苦痛，他都能用爱来包容，他在把爱播撒出去的同时，也获得了内心的宽广和精神、灵魂的提升，如同普希金的一句诗：

"生命的驿车即使负载很重，它也在轻快地行进。"① 无疑，许地山这个负载着生命和灵魂"辎重"的"生命的驿车"，在爱的驱使下，在自己的文本世界里，已经留下了自己独特而深刻的生命车辙。因此，我们说许地山爱的承载，就是精神的承载；生命的承载，就是灵魂的承载。

第一节 "债"：苦难意识的灵魂担当

对于苦难的书写，始终是古今中外作家热衷、迷恋的母题。人类历史进程本身就是一场没终止的超越苦难和寻觅自身出路的漫长旅程。生活在内忧外患的现代中国，作家们对于苦难的书写是必不可少的。当然，每个作家书写的方式、试图透过苦难附着和追寻意义的方式不同。苦难对于许地山而言，除个人经历之外，更是他文学创作的灵魂所在。许地山关于人生苦难的书写，不是单纯地对苦难进行的文学表达，他真正的目的在于唤醒人们内心的苦难意识，发掘人生和存在的勇气。苦难意识不同于苦难，苦难存在于现实生活中，是人类生存境遇中无法规避的本质属性，由于作家的生存境遇不同，生活的文化氛围不同，经历的苦难不同，自然会产生不一样的苦难意识。其实，它更是一种精神感悟，是对人的生命价值和生存意义的内在的追问，是作家对人类、世界乃至文学本身的一种哲性思辨和艺术升华。把苦难和苦难意识，对应到许地山的创作当中，苦难就是整个人类欠下的"债"，而苦难意识就表现为对"债"的承担和偿还，这是近乎宿命般的呈现和表达，它不是一个人生、人性的公约数，而是对一个个生命个体的理解和体悟，是一种审美阐释，更是一种精神超度。

许地山有一篇散文的名字就是《债》。"我所欠的是一切的债，我看见许多贫乏人、愁苦人，就如该了他们无数量的债一般。我有好的衣食，总想先偿还他们。世间若有一个人吃不饱足，穿不暖和，住不舒服，我也不敢公然独享这具足的生活"②。人生活在这个世界上，一生中会欠下许多的"债"，其中有父母的"债"，夫妻的"债"，儿女的"债"，朋友的"债"等，而我们的生命历程却因为这些人的恩情和无私"施舍"，才得

① ［俄］普希金：《普希金抒情诗选》，刘湛秋译，四川文艺出版社 2015 年版，第 66 页。
② 许地山：《债》，载《许地山经典全集》，哈尔滨出版社 2016 年版，第 191 页。

以顺畅、快乐和幸福。但是，这些"债"对于许地山而言都太"轻"了，它太局限于私人的生命范畴。许地山背负的是整个人类的"债"。世间"一切的债"，他都要用自己的肩膀和力量担当起来。这样的苦难意识，不仅代表着许地山自我意识的觉醒，更是他生命意识的重要组成部分。许地山所谓的"债"，换一种说法，就是生命存在的责任，他承担的是社会的责任、历史的责任、现实的责任，甚至是生命中无法替代的使命。而这份责任用文学的形式表现出来，就是对苦难及其超越的不遗余力的书写。苦难是一切"债"的根源，只有苦难深入灵魂深处，才能有足够的勇气去承载，而许地山文学创作的力量就是把苦难直接铺展开来，超越它，然后从中获取无穷的生的力量。

从人类文化学的角度讲，我们甚至可以把苦难这个概念理解为个体生存上的困苦、生理上的疼痛，精神上的无助、孤独、苦闷、彷徨和绝望，以及社会的动荡不安、自然的灾害、国家民族的动荡等；而从自然界的角度，可以理解成为不可抗因素引起的自然环境的破坏、生态的毁损等。显然，关于苦难的定义多种多样，莫衷一是。那么，许地山所谓的"债"，又是哪一种苦难？人与苦难之间，存在着怎样难以厘清的关系？而他是如何在作品中加以表达，以及他选择以怎样的方式来"还债"呢？

一　借自然景物的描写折射人生的苦难

在许地山的创作中，有这样一类作品，它们没有复杂的故事情节，而是单纯以大自然为主题，通过对自然界动物、植物和现象的描写，反映人生的苦难。看似平常的写景状物，其实是以物写人，以自然喻人生，自有深意在其中。表面上是描写自然界中的生存路径，实际上是从生物链中撷取人生的真谛。许地山描写的自然苦难，是以人的意志和精神为轴心的，与其说是自然的苦难，不如说是人从自然界中感受到的苦难。自然界的无限广大，无论是人还是其他生物的生命的短暂、存在的迷茫与困顿、对死的恐惧和生的无奈，许地山都能够凭借自己的想象，用文字充分而细腻地表达出来。

对于弱小的蝉来说，天空落下来的雨滴就是灾难的开始。"松针穿不牢的雨珠从千丈高处脱下来，正滴在蝉翼上。蝉嘶了一声，又从树底露根摔到地上了。"被雨滴打湿的蝉，已经失去了飞翔的能力，只能从地面慢慢爬到树枝上。但是，地面并不是它生存的地方，太多危险等待着它。

"你看，蚂蚁来了！野鸟也快要看见他了！"① 在这样的情况下，蝉原本就短暂的生命又能维持到什么时候呢？这是怎样的一种恐惧和无奈，就像有一只无形的邪恶之手，以阴谋玩弄人们的命运于股掌之中。小小的生命，面对八面来风，四方受敌，处处险境。如果这真是"玩笑"，那也是罪恶的玩笑。在这里，蝉的遭遇和处境正是当时中国底层劳苦大众的命运写照。整日哀鸣的蝉，正是整日劳苦、挣扎着的人们，真是"屡遭变难"。整日思考人生路向而不得解的许地山，完全沉浸在对生命无尽的思考里。

散文《梨花》中写道，"你看，花儿都倦得要睡了！""待我摇醒它们"②。花儿被细雨穿入，慵慵懒懒，昏昏欲睡，偏又被闲情之人摇落，"花儿的泪都滴在我身上"，而人们却觉得那是"银片满地"的美景，觉得好玩，落下的花瓣有的被踩在泥里，有的粘在身上，有的浮在池面被鱼衔走，最终的命运就是离开枝丫化作春泥。在许地山的笔下，梨花承天地之灵，自顾自地开放与凋谢，不伤人伤物，令人赏心悦目，可谓自然界的美好之物，但它依然要承受生之苦难，这种苦难也许是自然界的风雨，也许是人类的游戏。人类的苦难遭遇与梨花又何尝有异，人不以表征之美丑、德行之优劣、境界之高低而被区别对待。苦难不是所谓的修炼修为就可以避免的，苦难无法选择。

在《山响》中，那山峰的覆盖物——"它的衣服"，从灰白变成青绿，变成珊瑚色和黄金色，耗尽了它们的一生。在它们已经无力为山峰"挣体面"的时候，它们发出了"饶了我们吧，让我们歇歇吧"的哀求，这山峰就如同当时的统治者，他们榨干了劳苦大众的最后一滴血，成全着自己腐烂、病态、无所作为的生活。面对被榨干的人们，他们也会发出如山峰一样的声音"不穿你们也算不得什么。横竖不久我们又有新的穿"③。黑暗的社会，民众没有起而反抗，给了他们这种肮脏的自信和无耻的优越感，他们知道，一茬茬，一代代，总有人以生命来滋养和装饰他们。不过，山峰还能给"衣服"以给养，而当时的统治者呢，他们能给人民的只是灾难和愚弄。

---

① 许地山：《蝉》，载董义连选编《许地山散文》，上海科学技术文献出版社 2013 年版，第 2 页。

② 同上书，第 23 页。

③ 许地山：《山响》，载董义连选编《许地山散文》，上海科学技术文献出版社 2013 年版，第 9 页。

　　在《光底死》中，许地山写道："光离开他底母亲去到无量无边一切生命的世界上。因为他走的时候脸上常常带着很忧郁的容貌，所以一切能思维、能造作的灵体也和他表同情；一见他，都低着头容他走过去，甚至带着泪避开他。光因此更烦闷了。他走得越远，力量越不足；最后，他躺下的地方，正在这块大地。"① 作者把海边日落的情景描写为光的死去，把一个开阔、光明世界的逐渐暗淡，看成光的奄奄一息，最终投入大地的躯体，完成了生命的轮回。同时，文中写到"几位聪明的天文学家"对光的诅咒，他们拒绝光明，如同封建社会拒绝理想的光芒。整篇文字充满了悲伤、阴郁、压抑，烘托出光的绝望，也流露出作者对自然、对社会、对人生的绝望，这是挣扎中的绝望，也是"顺从"中的绝望。一吟三叹，荡气回肠，引人深思。

二　直抒现实生活逼仄中的人生苦难

　　对苦难的表达，其实也是文学对生活本质的一种呈现，但是，文学中对苦难的表述从来不是单纯的，而是包含着对创作背景和时代特征复杂的投射。从这个意义上说，文学作品里的苦难书写一定是以现实生活为脚本的。

　　许地山的处女作、新文学第一篇充满"异域情调"的小说《命命鸟》，书写了爱情婚姻不得自由之苦。主人公敏明和加陵真挚的爱情在封建时代注定以一种悲剧收场。二人的父亲因为所谓的生肖相克而反对他们结合，敏明的父亲甚至想动用巫术离间他们的感情。阴魂不散的封建礼教压抑人性，人的行为和精神备受束缚和折磨。这些有形或无形的封建刽子手，毫无理由地把"爱不得"的苦施加于如同敏明和加陵一样美好而无辜的年轻人身上，无论他们如何真诚地向往、努力地反抗，想换取恋爱婚姻的自由，但旧道德的余孽顽强地逼迫他们，年轻的他们看不到爱的希望，也灭了生的希望，"他们走入水里，好像新婚的男女携手入洞房那般自在，毫无一点畏缩"② 。在这里，没有爱的人生就是没有希望的人生，因为活着没有希望，所以他们才能坦然地走向死亡，也走向未知的希望。

　　《街头巷尾之伦理》则展示了社会的欺凌冷漠之苦。作品描写了灰色

---

　① 方锡德：《许地山作品新编》，人民文学出版社 2012 年版，第 175 页。

　② 徐逎翔、徐明旭：《许地山选集》，海峡文艺出版社 1985 年版，第 18 页。

世界的街头景象，跳跃而鲜活。从一辆骡车写起，反讽地写到法律与道德，"这城的人对于牲口好像还没有想到有什么道德的关系，没有待遇牲口的法律，也没有保护牲口的会社。骡子正在一步一步使劲拉那重载的煤车，不提防踩了一蹄柿子皮，把它滑倒，车夫不问情由挥起长鞭，没头没脸地乱鞭，嘴里不断地骂他的娘，它的姊妹"①。连人都不能享受法律的保护，何谈一头牲畜。紧接着出场的是一个瞎乞丐，哆哆嗦嗦，踉踉跄跄，被突如其来的汽车吓得撞到了巡警，乞丐忙着往胡同口躲，又被胡同口里冲出来的一大群狗撺咬，然后碰到作为族长的叔叔，被叔叔恶毒地打骂。此时，巡警大骂、叔叔大骂、狗大吠，真是一首无情的交响曲，而此时的市民只是默默地站一旁看热闹，这与鲁迅先生笔下那"伸长了脖子"看同胞被日本人砍头的"鸭子群"的情景有什么不同？在这里，我们看不到制度，看不到法律，看不到道德，更看不到亲情，看不到同情。作品通过对警察、军人、市民、流氓等人物形象的描写，清晰而无情地刻画了当时灰暗的兽性社会——欺负贫弱，以人为畜，人性冷漠，道德沦丧，严厉地批判了缺乏正义感和同情心的伦理关系和恶风陋俗。

小说《海世间》书写了社会民众心灵无法安放的漂泊之苦。船渐渐远离陆地，"一切远山疏树尽化行云。割不断的轻烟，屡屡丝丝从烟筒里舒放出来，慢慢地往后延展。故国里，想是有人把这烟揪住罢。不然就是我们之中有些人的离情凝结了，乘着轻烟家去"②。在当时的年代，船是必不可少的交通工具。各种各样的船、各个国别的船，把中国人，尤其是东南沿海的中国人，以不同的方式载到海外，之后其中一些人从此留在了海外，就这样他们成了华侨，有些人到死都留在异国他乡。特别是在南洋，在那样的千岛之国，人的生存、夫妻儿女间的联系，都依赖于这些船只。其实正是由于旧中国苦难深重，才造就了一代代民众被迫流亡，同时这些流亡的人们又被载着停靠在整个华侨社会的埠口，不得不在别族中间靠自立求生。这种船与岸、家与国、故与乡不仅是现实意义的孤舟陋船，更是一艘心灵意义上的孤舟陋船。

许地山的最后一篇小说即被郁达夫认为是"苍劲坚实的写实主义"的《铁鱼底鳃》，书写了知识分子理想无处安放、无法实现之苦。主人公

---

① 许地山：《街头巷尾之伦理》，载《许地山经典全集》，哈尔滨出版社 2016 年版，第292 页。

② 许地山：《海世间》，载《许地山经典全集》，哈尔滨出版社 2016 年版，第 205—206 页。

雷先生是一位 70 多岁的老科学家，正直不阿，富有爱国心。为了使国家不再受帝国主义的欺凌，他忍受着被歧视的痛苦到外国海军船坞去做工，偷偷观察潜艇的构造，发明了一种新式鱼形潜艇。他置个人极端困顿的生活不顾，将研究成果献给国家，为抗战效力，但是当时的政府根本不重视、不屑于他的作为，他空有精湛的技术和一腔的爱国热情，在战乱中四处辗转，历经艰辛。在后来的一次逃难中，他的模型和图纸不幸掉进大海，雷先生也悲愤投身入海，和自己的理想一同生死。许地山通过对雷先生这一人物形象的塑造，揭示了旧中国知识分子的悲惨遭遇。在当时的社会背景下，知识分子不可能实现自己的抱负和人生理想，他们所做的任何努力都不过是黑暗社会的祭奠而已，他们以为靠自身的学识、付出和热情，可以建功立业，救家国于水火，其实到头来遭遇的不过是更大的不被理解、不被肯定、不被接受的痛苦。

　　无论是借自然的景物折射人生的苦难，还是直接书写现实生活中的苦难，对于苦难的叙述，往往会使作家把他个人的人文关怀与对苦难的深度思考联系起来，为作品镀上一层深深的悲剧色彩，而这种悲剧的指向几乎都是对于社会、民族乃至人性的反思，以及对人生理想的一种追寻。书写苦难，并不只是把伤口撕开了给人看，更多的是为了引起疗救的注意。许地山书写的最终目的，并不是苦难，而是在于对苦难的承担和超越。弗兰克说："个人对苦难的认知态度可以增强个人的苦难承受和超越的能力，通过个体的积极自我认知，改善自我对待苦难的态度，依赖从苦难背后看到的希望，给予自我承受苦难的信心。"生命不止，苦难就不会停止，在人的一生中，苦难如影随形，无论我们如何感叹命运的不公，都要正视生命中的苦难，并勇敢地承受这些苦难。人生的完整就在于可以承受苦难，我们不仅要有这样的勇气，更应该具备这样的能力，并从苦难中获得生命的力量。

　　此时，我们再回头看《债》，岳母对"我"说："好孩子，这样的债，自来就没有人能看得清，你何必自寻苦恼？你多念一点书就知道生命即是缺陷底苗圃，是烦恼底秧田。若要补修缺陷，拔出烦恼，除弃绝生命外，没有别条道路。然而，我们哪能办得到？"[①] 一句"我们哪能办得到"似

────────────

① 许地山：《债》，载董义连选编《许地山散文》，上海科学技术文献出版社 2013 年版，第 29 页。

乎否定了"我"的一切努力，但是许地山却偏要"一意孤行"，岳母又哪里能理解得了许地山的想法？真正的知心人还是他的妻子："你自己也早已把你底牢狱建筑好了呢。""你心中不是有许多好的想象；不是要按照你底好理想去行事么？你所有底，是不是从古人曾经建筑过底牢狱里检出其中底残片？或是在自己的世界取出来底材料呢？自然要加上一点人为才能有意思。若是我底形状和荒古时候的人一样，你还爱我吗？我准敢说，你若不好好住在你底牢狱里，且不时时把牢狱底墙垣垒得高高的，我也不能爱你"[1]。许地山"嘲笑"妻子把自己困在"美底牢狱"的时候，却不知他早已把自己困在了"牢狱"中，就是他所谓的"债"。他因为住在这座"债"的"牢狱"中而获得妻子深深的爱，他也因为这座"债"的牢狱，而可以把更多的爱分享给世人。

第二节　"爱"：表达生命的温度与宽度

　　人的生命最初诞生就是有温度的。受精卵在母亲温暖的子宫中，逐渐发育成一个婴孩的形态，他的每一步成长，都是母亲用爱和心血哺育的，所以"爱"是人类先天的本能，也是生命最初的温度。只是当这个生命脱离母体，呱呱坠地，成为一个独立的个体之后，生命的形态因为时间、环境、遭遇等各种原因而发生了复杂的变化，从而导致不同的生命具有了不一样的温度和状态。而在这个过程中，"爱"的能力、方式、程度也都有所变化。"爱"虽然可以简单地解释为"对人或事有深挚的感情"，但"爱"或许是人类最复杂的真实情感。爱的表现形态各式各样，绝非简单的喜怒哀乐所能表达，人类对它的感知和认识，亦不是文字或者语言能够阐述清楚的，一个"爱"字包含了丰盈的意义。对于我们普通人来说，或许它只是我们日常生活中的亲人之爱，友人之爱，恋人之爱，这些纯然之爱我们最容易感知到的，与我们有着最直接的联系；但是对于极少的一部分人来说，他们的爱已经超越了世俗的界限，是一种"大爱"或者说是"博爱"。许地山就是这极少中的一位，他的爱没有"级别"，不分地域，更不掺杂私欲。它可以卑微到尘埃里，也可以高昂着头颅深入宇

---

① 许地山：《美底牢狱》，载《许地山经典全集》，哈尔滨出版社 2016 年版，第 23 页。

宙，可以私密到夫妻之间的窃窃私语，也可以宽广到向整个人世间播撒。对许地山而言，"爱"不仅代表一种温度，也是生命的价值；爱是一种享受，同时也是对痛苦的承受和担当。因为有爱，才能从精神上把人从苦难中彻底地解脱出来。

荷尔德林的《生命的历程》中有这样几句话："我的心奋力向上攀越，但爱却/优雅地把它拽落；他屈从痛苦/可我穿过生命的弓/返回我来的地方。"① 这几句诗总是会让人想到许地山的一篇散文《爱底痛苦》。看似是姐姐与弟弟之间的嬉闹，姐姐咬着弟弟的手臂，捧起他的双颊，边摇晃着身体边打她的小腿，虽然没有用什么力气，但是，小孩子柔嫩的肌肤还是感觉到了疼痛，弟弟哭了起来，这时候姐姐又急忙抱着弟弟，笑着哄着，连声叫着好弟弟好孩子，表明自己是疼爱弟弟的。一旁坐着的牛先生把这一切看在眼里，有感而发记在了日记当中："人都喜欢见他们所爱者的愁苦；要想方法教所爱者难受。所爱者越难受，爱者越喜欢，越加爱。"② 这句话的后面，还附了一段关于男女爱情的比喻。但是这里面蕴含的哲理，已经远远超越了爱情和亲情。爱往往都是与痛苦相伴的，痛苦使人们去寻求爱，就像此文中受了欺负的孩子跑到牛先生处告状一般，而人们又用爱来化解痛苦，如同牛先生对孩子的安慰。因为痛苦的存在，人们才能更深刻地感受到爱，以及触摸到爱的意义。在《爱就是刑罚》中，沉迷于自己事情的丈夫，忽略了新婚妻子需要陪伴的感受，所以受到了惩罚。丈夫委屈地问妻子："我从来没有受过这样的刑罚！……你底爱，到底在哪里？""你说爱我，方才为什么又刑罚我。使我孤零？"妻子告诉丈夫："爱就是刑罚，我们能免掉么？"③ 感受不到爱的丈夫剩下的只有"孤零"，当妻子对丈夫实行刑罚的时候，恰恰是一种对爱的表达，丈夫自认为感受到的是刑罚的痛苦和委屈，其实也是爱。

在《慕》中，陈先生一次又一次送礼物给吴素霄，表达对她的爱慕之情。第一次送的是父亲留下来的金刚石，那是他所有的财产，却被姑娘一手扔出了窗外；第二次送了一幅画，那是他生平最得意的画，却被姑娘顺手撕得稀烂；第三次送的是一张自己的照片，附上文字："尊贵的女友：我所有的都给你了，我所给你的，都被你拒绝了。现在我只剩下这一

---

① ［德］荷尔德林：《荷尔德林诗集》，王佐良译，人民文学出版社 2016 年版，第 221 页。
② 许地山：《爱底痛苦》，载《许地山经典全集》，哈尔滨出版社 2016 年版，第 5 页。
③ 许地山：《爱就是刑罚》，载《许地山经典全集》，哈尔滨出版社 2016 年版，第 16 页。

条命，可以给你，作为我最后的礼物。"① 这位陈先生倾尽所有来表达对心仪姑娘的爱意，所有的财产、生平的最爱……直到再没有"最爱的"可以拿来送给姑娘，只剩下最宝贵的生命，那张照片代表的是陈先生，也代表着陈先生的生命和灵魂。这是一段怎样的苦恋啊，甚至需要生命来献祭，虽然，整篇小说都是通过女佣和夫役的对话来讲述故事，并没有对男女主人公进行正面描写，但是我们依然可以透过文字，看到那渗入生命的爱和这份爱背后那颗悲痛欲绝的心。从某个角度讲，《荼蘼》是散文版的《慕》，不过男女主角的位置互换了一下，这一回单相思的是女主人公师松，因为宗之随手送给她的一枝荼蘼便认定这是宗之对她表达的爱意，"呀，宗之的眼、鼻、口、齿、手、足、动作，没有一件不在花心跳跃着，没有一件不在她眼前的花枝显现出来!"② 师松甚至因相思而病倒。而在《命命鸟》中，加陵与敏明是一对多么般配的璧人，彼此内心懵懂生发着纯洁的爱意，不仅没能相亲相爱，反而一同走入死亡之湖。本应该美好的爱情，最后演变成一场凄美的悲剧，用年轻的生命书写出世间最纯洁的爱。

爱情，应该是许地山关于"爱"所关涉的最多的一面，《空山灵雨》中有许多关于爱情的美好记忆，留给回忆者的只有满心的伤感。常常是前一篇我们还因一对恋人对彼此浓浓的情义而深深地羡慕，后一篇就可能沉浸在对逝者怀念的悲痛感伤之中，"爱情"似乎让许地山越陷越深，爱得越深无形的痛苦也就越深。

许地山对于亲情的书写并不多，与《归途》中掺杂了太多功利的母女之情相比，《女儿心》中女儿对家人的感情则十分纯粹，几十年的苦苦找寻，"所不改的是她总没有舍弃掉终有一天全家能够聚在一起的念头""每次卖艺，总是目光灼灼注视着围观的人们，人们以她为风骚，她却在认人。多少次误认了面貌与她父亲或家人相仿佛的观众。但她仍是希望着，注意着，没有一时不思念着"③。女儿麟趾无时无刻不盼望着和家人团聚的日子，如果能找到家人，她宁愿放弃眼前的一切，在儿时那间茅草房里与家人住一辈子。在散文《读〈芝兰与茉莉〉因而想及我底祖母》

① 许地山：《慕》，载《许地山经典全集》，哈尔滨出版社 2016 年版，第 194 页。
② 许地山：《爱底痛苦》，载《许地山经典全集》，哈尔滨出版社 2016 年版，第 14 页。
③ 许地山：《女儿心》，载《许地山经典全集》，哈尔滨出版社 2016 年版，第 236 页。

中，许地山认为，中国是爱父母的民族，中国人的创作在表达情感的时候，无论是文学还是艺术，大多都是以"我"和"我底父母或子女"为题材，是属于纵的，延续性的，"描写亲子之爱应当是中华人底特长""爱亲底特性是中国文化底细胞核"。所以，在许地山的创作中，"无论什么也都以这事为准绳：做文章为这一件大事做，讲爱情为这一件大事讲"①，虽然许地山的创作从数量上看，其作品爱情的比重远远大于亲情，但是在他的心里，亲情的分量要远远大于爱情，或者说爱情也包含在亲情里。其实无论是爱情还是亲情，"爱"是这些情感中最核心最本质的部分，当"爱"超越了亲情、爱情、友情等边界的限定，超出了私人情感的范围，它就成了大爱，是至高无上的爱。许地山的这种大爱超越了世俗伦理，平等地撒向世间的每一个角落，他奉献爱的同时也完善了自己，延展了生命的宽度。

《商人妇》中，最具有这种大爱的品质的，不是主人公惜官，而是带领着惜官走进这个宽广世界的阿嘎利马，她是买惜官做第六个妾侍的印度商人阿户耶的第三个妻子。在惜官刚开始知道自己已经被丈夫林荫乔卖了的时候，慌乱的她，身边只有阿嘎利马在不断地安慰，惜官随阿户耶回到印度之后，总是受到其他妻子的欺负戏弄，只有阿嘎利马一直保护着她。她不仅教会了惜官在印度的日常生活，而且教会了惜官念孟加里文和亚剌伯文，以及如何写字。在惜官怀孕痛苦异常的时候，只有阿嘎利马时常陪伴，真心地安慰她；后来阿嘎利马因为周济隔壁的寡妇被阿户耶看见，认为她玷污了自己，也玷污了阿户耶和清真的盛典，一气之下将她休了，阿嘎利马还能安慰惜官说："你不必悲哀，过两天他气平了，总得叫我回来。"② 惜官的前半生经历了太多的苦难，在老家等待丈夫无怨无悔地度过了十年，换来的却是丈夫的另娶与抛弃，以及被卖给他人做小妾的结局；嫁给阿户耶后，也时常受到欺辱，是阿嘎利马不断地用爱来抚慰她千疮百孔的心，用爱来温暖她，让她免掉很多苦痛，得到精神上的慰藉，才有了活下去的勇气。

其实阿嘎利马的"爱"还是具有一定的局限性，受身份等级的约束，一开始她对隔壁的寡妇抱有一种轻视的态度，后来因为惜官的感化才解开

①　许地山：《读〈芝兰与茉莉〉因而想及我底祖母》，载《许地山经典全集》，哈尔滨出版社2016年版，第297页。

②　许地山：《商人妇》，载《许地山经典全集》，哈尔滨出版社2016年版，第109页。

心结。可以说，惜官的一些品质恰好补充了阿噶利马的缺陷，两个人加起来才够得上"大爱"，而《缀网劳蛛》中的尚洁和《春桃》中的春桃，以及《人非人》中的陈情，他们是爱的集大成者，是最无私的奉献者。

《缀网劳蛛》中的尚洁应该是许地山塑造的所有形象中最能体现大爱的人物。她的爱，不以等级、身份、亲疏、贵贱加以区分，无论是伤害她的长孙可望还是船上"找她开心"的工人，都一视同仁，好像她的存在，就是为了用爱去感化他们，让他们的生命更加完整。自我反省后主动认错的长孙可望，与从前相比判若两人，让人厌恶的坏习性一扫而光。再次出现在尚洁面前时，彬彬有礼的长孙先生很难让人联想到之前拿着刀刺向尚洁的那种疯狂。而那些原本粗陋低俗的船工们，与尚洁往来的三年，不仅学会了一些英吉利语和基本的知识，内心的邪恶也早已不再。尚洁对待每一个人都是如此，用爱面对世界，以包容之心对待他人，她不认为人的本性就是恶的，犯了再多错的人都应该给他们机会改正，而尚洁的无私的爱就是治愈这些"恶"的灵丹妙药。

与尚洁相比较，春桃的爱或许没有那么高尚，却十分"接地气"，也更加接近我们的现实生活。春桃与李茂的新婚之夜，李茂被胡子绑走，后来几经波折，双腿残废，待二人再相遇时，春桃已与逃难中相识的刘向高同居，春桃该如何选择？在那样动乱的年代，《春桃》的故事源于现实又超越现实，更容易被大众所接受，所以才能得到广泛的好评。春桃对于向高的感情，毋庸置疑是爱情；而她对李茂的感情，与其说是夫妻之间的情分不如说更似亲情。当她决定要三个人一起生活的时候，这种爱情、亲情便超越了世俗的意义，上升为无私的人性之爱。也只有这样，她才能在纷繁复杂的世界里保持一颗纯净的心，才能超越性别的界限，不在乎世俗的眼光，以博大的胸怀去帮助他人，温暖他人，同时也让自己的内心得到最好的慰藉。

《商人妇》《缀网劳蛛》和《春桃》，这三篇里的"爱"不加任何掩饰地浮现在字里行间，甚至要溢到文字之外。许地山对"爱"的表达，大多都是直接抒发，让人们浸在那饱含爱的浓意当中，但也有个别作品，尽管书写的爱与其他篇章相比有过之而无不及，甚至于格局更大，但是却因为主客观的需要，作者把这种爱收敛起来，不仅不能从容表现，甚至要用相反的方式加以隐藏。许地山刻画了一些身处特殊年代、在特定的历史背景下、拥有特殊身份的一些特殊形象，他们的牺牲和爱只能是沉默的，甚至于还要遭人误解，但他们无所畏惧，坦然面对，因为他们心底有大爱，无论以怎样的面貌出现，爱都是不变的。其中最具有代表性的作品就是《人非人》。

《人非人》中的陈情是一个谜一样的女子。"陈情这女子到底是个什么人呢？""性格也奇怪，但至终不晓得她一离开公事房以后干的什么营生。"这是文中男主人公胡可为内心的疑问。办公室里的人认为陈情就是一个妓女，应该"鸣鼓而攻之"，免得留在同仁当中出丑，老胡也在晚上见过一个"看起来很像她"的女子，浓妆艳抹伴着一个男人一同进了万国酒店；但是白天的她却是"不但粉没有擦，连雪花膏一类保护皮肤的香料都不用。穿的也不好，时兴的阴丹士林外国布也不用，只用本地织的粗棉布"①，同一个人有着截然相反的两种面目。为了革命事业，她心甘情愿以地下工作者的身份加入"要命党"，即使他们的功绩最终没有得到承认。她宁可出卖自己的肉体，也要善待牺牲者的家属，纵使遭到非议，她也毫不动摇，因为她始终坚信自己所做出的所有牺牲都是值得的。正如题目"人非人"，白天的陈情，是一个真真正正的陈情，而晚上的陈皮梅，是陈情放弃了做人的基本底线，以"非人"的心态应对一切，她内心的苦痛和忍耐力，并不是当时的普通人可以理解和包容的，在这里，陈情的爱超越了世俗的伦理道德，是一种超拔的爱，一种渗着血泪的爱。

爱，既可以是爱情、亲情、友情，也可以是超越小爱的界限而向自然、宇宙、人类无限延展的大爱，它们都有着共同的作用，就是要让世间沉浮的人们获得心灵的依怙，从而可以善待自己和世界，用爱填满生命的空间。爱不仅可以抚慰人们心灵上无形的创伤，甚至积蓄着改造世界的巨大能量。许地山希望通过爱化解世间的一切苦痛，让每个人心中都充满爱，用他的大爱换取世人的小爱，愿世界从此再没有战争、贫穷、邪恶。这些作品中的形象，不论男女或多或少都带有许地山的影子。许地山则是把自己的思想灌注到这些人物的身上，通过他们来传达他对这个世界和人类的希望。爱是许地山生命的温度，也在无形中延展着他生命的宽度，他用这样的"爱"去偿还人类所有的"债"。

---

① 许地山：《人非人》，《许地山经典全集》，哈尔滨出版社 2016 年版，第 213 页。

第三节 "通"：呈现信仰的终极指向

在许地山以往的研究和评价中，"宗教"二字可能是出现频率最多的词汇。必须承认，宗教色彩在许地山的创作中具有相当的分量，尤其是许地山前期的创作，宗教意识渗入其间，清晰可感。小说《命命鸟》的地理背景，缅甸浓厚的佛教氛围，为整篇小说打下了宗教的底色，敏明的幻境和那意味深长的结尾荫翳缥缈。作为许地山发表的第一篇小说，读者很难不把许地山这个名字和虔诚的佛教信徒联系在一起。而在接下来发表的《商人妇》《缀网劳蛛》等几篇小说中，我们会惊讶地发现，佛教并不是许地山信奉的唯一宗教。仅《商人妇》中就涉及佛教、伊斯兰教和基督教三种教派，人们一下子还难以知晓该如何把许地山在宗教上归类、归派，索性就统称其为"宗教"。而今我们回头来看，不禁要问：许地山究竟信奉哪一种教派？由于成长环境的原因，许地山从小最受佛教的影响，如果说许地山信奉佛教似乎是自然而然的事，但后来许地山又加入了基督教会，甚至一生都与教会保持着紧密的关系，那是不是也可以说成年后的许地山改为信奉基督教了呢？1927 年，《燕京学报》发表了许地山的《道家思想与道教》，成为许地山著名的道教研究专著，因此，许地山是否与道教有着千丝万缕甚至更深的联系呢？

这一系列关于许地山宗教信仰的问题，似乎并不好作答，很难明确地梳理出脉络。实际上，随着岁月的积淀、社会的变迁、知识的累积，许地山对历史的鉴别、对现实的明辨、对人生的感悟，始终处于不断的变化之中。越是后来的创作，我们越难看出其明显的宗教痕迹。《春桃》中的三个人，没有一个表达过自己有什么宗教信仰；《解放者》中，虽然有寺庙有和尚，但是落脚点并不在佛教上；《铁鱼底鳃》《人非人》中，几乎都见不到任何教派，但是这些作品中的主人公，却都有着坚定的信念，并且以此来规范自己的行为，他们虽然没有所谓的上帝或者神的指令，却一样有高尚的追求和精神品格。

《玉官》可能算是一个特例。玉官有很长一段传教士的经历，但是如果把玉官定义为一名虔诚的基督教徒也很难有说服力。玉官的形象，是许地山塑造的女性形象中最复杂也最接近人性真实的一个。最初玉官加入基督教，无非是因为贪图教会每个月给的薪水，而对教义的领悟和认同并不像真正的教徒一般毫无怀疑。"姑娘每对她说天路是光明、圣洁、诚实，人路是黑暗、罪污、虚伪，但她究竟看不出大路在那里。她虽然找不到天使，却深信有魔鬼，好像她在睡梦中曾见过似地。她也不很信人路就如洋姑娘说的那般可怕可憎。""对于教理虽然人家说什么她得信什么，在她心中却自有她的主见，……"①，玉官一方面到城乡各处去派送福音书、圣迹图，宣讲基督教的教义，一方面又认为破坏祖先的神位是大逆不道的行为，并且认为祖先的保佑与儿子的前程"大有关系"，所以她偷偷地把"神主"藏在了一个秘密的地方。在陌生的"凶宅"过夜的时候，恐惧的玉官总感觉"有鬼迫近身边"，于是下床从包袱中拿出《圣经》放在床头，虽然"口里不歇地念着西信经和主祷文"，但是仍然觉得一晚上"被鬼压得几乎喘不了气"，《圣经》并没有帮助玉官赶走身边的"鬼"，而早上看见陈廉枕边的《易经》才恍然大悟——"中国的鬼所怕的，到底是中国的圣书"②。虽然这听起来有些可笑，却让玉官内心安定了不少，这之后就经常把《易经》带在身边，那次回到家之后，更是把祖先的神主拿出来重新祭拜，竟然身体变得轻快了，精神也逐渐恢复了。几年之后，玉官的儿子建德病得很厉害，玉官夜晚做梦，梦见去世的公公婆婆站在自己的面前，"形状像是很狼狈，衣服不完，面有菜色"，玉官自然就联想到是多年没给公婆上坟的缘故，之后与陈廉趁夜色一同去祭拜以此换取精神上的慰藉。这种行为显然与基督教的教义相悖，玉官的"主见"无非是还没有完全祛除封建迷信的思想，她的"主见"与其说是哪个教派，不如说是"现实"，只要能解决现实的问题她就信奉。基督教能帮助她满足生活的基本需求，她便成为基督教的传教士；《易经》能帮助她驱赶夜晚的"鬼"，她就常把《易经》带在身边；听说佛教对往生者的祭拜和超度可以减少子孙后代的罪孽，她就虔诚地去祭拜祖先。她与其他普通女人并无什么区别，她也希望有一个人来陪伴疼爱，遇到陈廉也会怦然心跳，成为婆婆的她也和普通人家的婆婆一样，也希望儿媳妇孝顺，茶饭伺候，也会吃媳妇的醋抱怨儿子有了媳妇忘了娘。《玉官》四分之三的篇幅中，玉官都是一个地地道道的普通人，就信仰而言，她既在宗教之中，也游离

---

①　许地山：《玉官》，载张弘主编《许地山小说经典全集》，时代文艺出版社 2003 年版，第 225 页。

②　同上书，第 228—230 页。

在宗教之外，她一直遵循着世俗的利害规则。玉官的身上体现着普通人的特性，人性原本就是复杂多面的，宗教能改变的是人的思想，是一种精神力量，以此来作为人类行动的准则。但是，一旦上升到精神层面的时候，也就意味着和现实生活还存在一定的距离。思想的盛宴解决不了现实中的饥寒交迫，柴米油盐酱醋茶之类的事情，还是要借助生活的智慧，而玉官的形象恰好填补了这段距离。宗教不再是高高在上的神圣画像，不再是不食人间烟火的塑像造型，玉官让宗教变得世俗化。"宗教世俗化的同时，也就是世俗的宗教化。主人公不再进教堂，不再布道，可他们的一举一动都合乎教义。宗教由外在的宣扬变为内在的感情体验，并通过行动自发地表现出来。宗教并没有被扬弃，而是采取更隐蔽更有效的形式而已"①。陈平原先生这段话，对许地山后期作品中宗教色彩的分析是十分精准的。其实，作品何尝不是背后作者真实情感的体现呢？把宗教世俗化的不是作品中的这些人物，而是创造了这些人物的许地山。

　　无疑，宗教观贯穿于许地山的整个创作，我们不能也不应该单独提出某种教义来分析其在作品中的映现，或是对号入座，寻找作品中某种思想是受了某个宗教的影响。我们不否认，许地山在不同时期有可能更倾向于某一宗教，但严格意义上讲，许地山并不算是任何宗教的信徒，他更多的是用研究的热忱对待每一个教派，不局限于任意教派。许地山在《宗教的生长与灭亡》的演讲中说过："我信诸教主皆是人间大师，将来各宗教必能各阐真义，互相了解。宗教底仇视，多基于教派的不同，所以现在的急务，在谋诸宗教的沟通。"② 许地山是这样说的，也是这样做的。无论是宗教家的身份还是作家的身份，他都致力于在各个宗教之间进行沟通。这也是为什么越到后来的创作，就越难察觉其中的宗教痕迹。被许地山融会贯通后的宗教，打破不同教派之间的壁垒。他并没有把宗教的信条生搬硬套到他作品中的某一人物或某一环节，而是将各种宗教的思想吸收进自己的思想中，再将之糅入作品，每一句话、每一种感怀、每一份情绪，都伴着他对宗教的理解。宗教以"更隐蔽更有效的形式"，隐匿在许地山的创作当中。表面上看，许地山的宗教意味渐渐清淡了，但并不是说他脱离

---

①　陈平原：《论苏曼殊、许地山小说的宗教色彩（节选）》，载周俟松、杜汝淼编《许地山研究集》，南京大学出版社 1989 年版，第 286 页。

②　许地山：《宗教的生长与灭亡》，载方锡德编《许地山作品新编》，人民文学出版社 2012 年版，第 343 页。

了宗教。实际上，他已经把这些宗教思想吸收并内化到自己的灵魂深处，正像陈平原先生所说，变成了"内在的情感体验"。许地山在研究和体验的过程中吸收理解，并渗入自己对人生奥义的领悟，融会之后找到了属于自己的宗教观，它不同于任何一种宗教，而是许地山自己的生命哲学。

人生的路很长，信仰也有很多种。在几十年的生命体验中，人的信仰也会因世事无常而有所改变，并不是只有宗教信仰才称得上是信仰。冯天策先生在《信仰导论》中将信仰分为原始信仰、宗教信仰、哲学信仰，按此来看，可以说许地山的信仰已经从宗教信仰上升为哲学信仰。

自 1987 年许地山的《落花生》一文被选入小学语文教材，三十多年来，"落花生"精神一直被传承和颂扬。"人们要像花生，因为他是有用的，不是伟大的、好看的东西。"花生吃完了，但是父亲的这句话却深深地烙印在"我"的心里——"人要做有用的人，不要做伟大、体面的人"[1]，这虽然是许地山儿时的感悟，却影响了他的一生，成为他的为人准则。他把这种精神带入文学创作中，他精心塑造的人物大都是有用而不伟大、不体面的：《解放者》中的绍慈、《人非人》中的陈情、《缀网劳蛛》中的尚洁、《东野先生》中的东野梦鹿和妻子志能……他们不是时代的弄潮儿，既不是富可敌国的商贾，也不是带兵冲锋的将军，他们虽然普通，却都在为社会默默地奉献自己的力量。再没有比"'不争'的'斗士'和'柔软'的'强者'"[2] 更矛盾的了。可许地山居然把这种矛盾统一起来了。许地山笔下的人物没有一个是威武雄壮、咄咄逼人的英雄，都是柔弱卑微的小人物。但这些貌不惊人、才不出众的小人物，不可欺侮、不可屈服，默默地走着自己的路[3]，平静地迎击每一个平地突起的波澜。月圆月缺，潮涨潮退，多少锋芒毕露的弄潮儿退下来了，"他"却仍旧默默地、一步一个脚印地走下去。这就是许地山，一个不争的斗士和柔软的强者，这是性格使然，却也是许地山的精神修为。他把一切思想和精神的隔断打通之后，柔软和强硬、斗争与顺势已经不再是正负极的对立关系，而是负重更大的弹簧，它所积蓄的力量是不能用表面上的重量来衡量的。越往它上面增重，它看上去越是向负向压缩，它积蓄等待反弹的力量

---

① 许地山：《落花生》，载《许地山经典全集》，哈尔滨出版社 2016 年版，第 4 页。

② 蔡少薇：《许地山和他的小说创作》，《对外经济贸易大学学报》1999 年第 2 期。

③ 崔淑琴：《试论许地山小说的浪漫传奇色彩》，《湖南工业职业学院学报》2006 年第 2 期。

却向正向成倍地增长。"债""爱""通"这三个字，足以撑起许地山的整个人生，这是他无私奉献为之奋斗的思想基石。虽然他不愿做伟大体面的人，但他的生命哲学已经将他推入伟大和体面当中，他想默默无闻，但是他的才能和热情注定了他不可能默默无闻。即使我们用"民国散落的文化遗珠"来形容许地山，也丝毫不为过，因为他的"散落"，注定要在后期大放光彩。

第五章

命运之网的"补缀"：许地山小说的形象谱系

从哲学的角度讲，"形象创造是文学艺术的最高价值标准"，因为"形象的创造直接面对现实历史生活本身，或者说，形象的创造就是对真实生活的'意向性追踪'"①。而对于作家来讲，形象的塑造源于他对现实生活的本质性把握，是基于生活、历史与文化想象的结果，作家的主体思想、审美理想与道德理想都是通过作品中"形象谱系"来呈现的。一部没有独特艺术形象、人物形象的作品，很难成为一部杰出的作品，一部作品倘若没有一个能够被我们记得住的形象，就很难有存在的生命力。因此，形象的塑造就成为文学写作中一个至关重要的问题，也是一个难题。作家对形象成功地塑造，不是简单地对现实中的人物进行平面化或历史化的文学处理，而是需要对一个民族的历史、一个时代的社会文化，以及这个时代所具有的独特的精神特质，进行更深层次的把握，只有这样，才能形成一个形象的谱系，成为具有时代性的生命象征符号。作家通过形象谱系，对生命进行美学的表达，进而形成自己的生命哲学。那么，对于许地山这位以灵魂承载苦难并超越苦难的作家来说，他建构了什么样的形象谱系，又是怎样建构的呢？他想通过这个谱系表达什么样的精神特质，又是如何表达的？对许地山小说中形象谱系的分析和梳理，不仅可以与他生命哲学的书写相互印证，更能从审美角度叩开一位作家个体生命深处的情感世界。因为人物形象的世界和作家的内心在一定程度上构成了一个奇妙的精神互文，息息相关，心心相印，作家灵魂的所在定然会成为形象的精神印痕。

"'我像蜘蛛，命运就是我的网。'我把网结好，还住在中央。"当不

---

① 李咏吟：《文学形象谱系与审美道德价值判断》，《吉首大学学报》（社会科学版）2006年第1期。

知因何原因"我"的网出现了破损时，"生的巨灵"出现了，并告诉我："补缀补缀罢。""世间没有一个不破的网"①。这样一段对话，看似有些奇怪地出现在许地山的小说《缀网劳蛛》的开头，没有人知道"我"是谁，也不知道"生的巨灵"又是谁，仿佛来自于另一个世界的声音，为俗世中的人们拨开命运的迷雾。命运，就是自己用尽一生所织出的网，这张网不会一直完整，会因为各种原因出现不同程度的破损，我们的人生就是要不断地对破损进行"补缀"，只有不断地修补这张命运之网，才会真正地拥有一个完整的人生。虽然这张命运之网出现在《缀网劳蛛》这部小说中，但是它网住的却是许地山作品中几乎所有的人及其命运，他们因不同的境遇织出了不一样的网，在各自人生的网络中存在着，挣扎着，前进着，延续着生命的力量。那么，这究竟是一张怎样的网呢？

第一节　穿越时空和命运的存在意识

在许地山为数不多的小说中，女性形象是一个独特存在的群体，不仅在数量上有绝对性优势，与同时期其他作家塑造的女性形象相比，也有很鲜明的独特性。在以往对形象谱系的研究中，我们总是希望可以通过作家的一系列作品把具有相近特质的人物形象进行类型化，然后再去探讨这些类型背后所隐含的作者对身份的认同，但是，对于许地山塑造的形象而言，与其用理论的套子去作品中找寻适应这个理论模型的人，还不如收束起某些研究中那些固有的目光，不要带任何目的，而是从生命体验的角度，单纯地用心去感受这些形象。他对女性形象的塑造，除了历史文化和社会环境影响之外，更多的是他情感累积的产物。20 世纪二三十年代的作家，偏重于对新女性题材的书写并不为奇，甚至可以说是一种普遍现象，但是，许地山书写的独特在于，他塑造女性形象的根本原因不在于为了书写社会进步的需求，除了对女性的尊重之外，更在于他对女性那种由内而发的爱。正如散文《别话》中的"人要懂得怎样爱女人，才能懂得怎样爱智慧。不会爱或拒绝爱女人底，纵然他没有烦恼，他是万灵中最愚

① 许地山：《缀网劳蛛》，载《许地山经典全集》，哈尔滨出版社 2016 年版，第 57 页。

蠢的人"①。我坚信，许地山就是那个懂得爱女性而拥有智慧的人。懂得女人，懂得人，懂得生命和生命的尊严，这是一个作家最重要的伦理感，是一个作家从个人进入现实、进入世界的心灵入口，因为任何一个作家，都是通过大写的"人"来建立这个世界的形象的。

一　历史禁锢与时代浪潮中的毁损

傅立叶认为，一个历史时代的发展如何，是可以根据妇女走向自由的程度来确定的。他甚至提出了这样的论断：妇女解放的程度，是衡量普遍解放的天然标准。傅立叶的观点一度被马克思和恩格斯引用，成为他们思想发展的重要理论基础。而对于中国来说，随着社会的发展，妇女解放的思想从最初的萌芽到被逐渐接受，虽然经历了曲折的过程，却产生了不小的影响；而到了五四时期，妇女解放已经从思想变成了轰轰烈烈的行动，在女性争取自主权益的同时，越来越多开明进步的男性也都站到了女性独立的阵营当中，作家们纷纷拿起笔为女性的解放添一把火，提高女性地位，从历史的阴霾走入了现实的光明。许地山思想的成长正是经历了这样的过程。

在中国，太平天国运动中的《天朝田亩制度》明确规定，土地和生活资料按照人口平均分配，不分男女，妇女可以参与军事政务，设置女官并且让妇女参加考试选拔才能，禁止缠足和买卖婚姻。但是由于太平天国运动的性质，以及最终失败的结局，并没有从根本上改变封建的思想，关于妇女地位的问题也就无疾而终。中国真正的妇女解放运动，实际上是伴随着中国现代化的进程而发展的，每一次现代化变革的浪潮必然推动妇女地位的提高。戊戌变法接受了西方关于妇女的一些先进思想，维新派们主张兴办女学，实行一夫一妻制。康有为等人甚至成立了"不缠足会"，妇女解放运动的号角再次被吹响。虽然光绪皇帝曾经于 1898 年 8 月下诏禁止妇女缠足，但随着戊戌变法的失败，这道诏令并没有起到实质性的作用。直到 1902 年，清政府再次正式下禁令，从此中国妇女放足才成为普遍现象。妇女运动的另一次浪潮发生在辛亥革命时期，妇女们开始积极参与政治运动，反对清王朝的统治，甚至组织女子军参加推翻封建制度的斗

---

① 许地山：《别话》，载董义连选编《许地山散文》，上海科学技术文献出版社 2013 年版，第 74 页。

争。但是，由于积极参与的女性多为上层的知识分子，所以这次革命在妇女解放方面仍存在一定的局限性，它并没有将妇女解放的思想真正播种到广大的普通民众当中。太平天国运动、戊戌变法和辛亥革命虽然都没有真正扭转妇女的命运，但是这其中的每一项举措和每一次运动都为以后妇女彻底解放而蓄力。直到五四运动爆发，这股积蓄已久的力量才真正喷涌而出，轰轰烈烈地将妇女解放推上了里程碑式的舞台。

五四新文化运动，在真正意义上给予了女性一定的重视和尊重。许地山虽然成长在传统的大家族里，受传统儒家思想的影响很大，但是由于从小接受的文化和教育相对比较开放和包容，使他能够很早就认识到传统礼教的弊端；加上受新思想的影响，对女性的解放问题早就产生了自己的想法。而五四新文化运动如同催化剂，快速催动了许地山思想深处女性意识的外化，在创作中表达出自己独特的想法。应该说，无论从哪个角度来看，许地山的创作都不具有很强烈的时代感，尤其是他塑造的女性形象。在中国现代文学的人物画廊中，大部分的女性形象都可以按照不同的性格特质被划分到"传统"或"现代"两大阵营当中，尤其是在女性解放运动如火如荼的进程中，对传统女性的批判、对现代女性的赞扬，文学创作某种程度上充当了女性独立解放的宣传阵地。但是，许地山的创作中却不是这样表现的，我们看不见他对"现代"和"传统"的强烈爱憎，也辨不清"男权""女权""独立""解放"这样明确的立场，他塑造的那些坚忍、顺从的女性形象，虽然也都生活在这样一个动荡不安的社会里，同样在封建思想和观念中历经折磨和苦难，但是她们又都带有些许超然的意味，用她们的智慧和胸襟超越黑暗，包容现实。苦与乐在于意念的转换，面对命运，她们都能泰然处之。这些女性都有自己坚强而独特的心理结构，她们在特定的时代和社会环境中，都在很大程度上给时光留下了诸多的亮色，是一种少有的、难忘的气象，至今都会让人生发出无限的感慨。轰轰烈烈的抗争，在许地山的作品中被处理得轻柔而潜隐，水一般在女性特有的温柔和坚毅间流淌，女性命运的可悲性是黑暗社会造成的结果，而命运的转变除了因为社会变革以外，更多的是因为某些崇高精神的引领，是信仰的力量，它们一部分源于宗教，还有一部分源于自我的执念或者说人性的魅力。可见，许地山对当时妇女们的命运观照有着自己独特的方式。

二　情感积淀与灵魂嬗变

许地山在谈论文学创作的时候，曾经提出过创作的"三宝"——"智慧宝""人生宝"和"美丽宝"。在这"三宝"中，他认为创作者个人的经验是文学创作最重要的根基，"他要受经验底默示，然后所创作底方能有感力达到鉴赏者那方面。他底经验，不论是由直接方面得来，还是由间接方面得来，只要从他理性的评度，选出那最玄妙的段落——就是个人特殊的经验有裨益于智慧或见识底片段——描写出来"①。看得出来，许地山把"个人的经验"放在了影响创作的首要位置，是创作最重要的出发地和根基。读者是否能感受到文字背后那个真实的作者，与个人经验的渗入，以及如何对个人经验进行处理有非常紧密的联系。经过智慧选出来的"个人经验"，不仅是许地山提炼出来的关于创作的理论精华，也是他创作中最重要的精神源泉和实践过程中的积淀。特别值得追踪和思考的是他对女性形象的塑造，都与他生命中的几个重要女人有着直接的联系。她们不仅是他创作的人物原型，触发他对生命的感悟，在很大程度上更是他灵魂的引渡者。这也是考量许地山写作发生学的重要角度和途径。

（一）许地山与祖母、母亲

祖母、母亲，伴随了许地山的整个成长过程，她们身上的很多特质都对许地山的创作产生了深远的影响，成为他塑造女性形象最初始的素材积累，她们的生活遭际、性格特征等，早已烙印在许地山心灵的最深处，也深入了他的文学创作中，使得他笔下的很多形象都有她们深深的印记。

《读〈芝兰与茉莉〉因而想及我底祖母》，是许地山唯一一篇记叙自己祖母的作品。这篇散文中的"祖母"虽然并不是与他有着血缘关系的祖母，但是，从小听母亲讲的关于祖母的故事，却与他的创作有着亲缘关系，也算得上他启蒙的渊源。文中的祖母因夫妻间的嬉闹而触犯了封建礼教，被大姑命人抬回了娘家，一对新婚恩爱的夫妻就此被"礼教之棒"打散。这一"棒子"下去，不仅扼杀了一个年轻妇人快乐开朗的天性，还扼杀了她肚子里还未成形的小生命。初婚时的祖母，平时最爱嚼着槟榔，吸一管旱烟，沉浸在与丈夫甜蜜的生活之中，而被赶回娘家之后，不

---

① 许地山：《创作底三宝和鉴赏底四依》，载董义连选编《许地山散文》，上海科学技术文献出版社 2013 年版，第 207 页。

仅槟榔不再入口，烟也不吸了，整日郁郁寡欢，身体每况愈下，没过两年就离开了人世。处在那时那地的"祖母"，作为女性只不过是男性的附属品，在没有任何权利和地位可言的社会背景下，她又怎么会意识到她所有的痛苦都源于封建礼教呢？她所能做的，就是把所有的罪责都揽到自己的身上，她的意识中所有问题的根源，都在于她没有尽到一个妻子的本分。她无力怨恨任何人，仿佛大姑的刁钻、丈夫的懦弱都在情理之中，她能做的只有独自悔恨，日日吃斋念佛，为自己的"罪过"忏悔。虽然，以现在的视角回望，我们看到的是一个封建礼教直接的受害者，但是从许地山的立场去感受，在不免为"祖母"的遭遇而感伤的同时，更多的是被一个女人隐忍的力量深深感动。

许地山的母亲出身名门，是吴樵山的女儿吴慎。她从小深受父亲的影响，不仅知书达理，而且帮助丈夫把家务打理得井井有条，解除丈夫在外工作的后顾之忧，夫妻的感情十分融洽。在许地山出生后不久，全家都搬离了台湾，刚到广东时，由于父亲还在台湾镇守，母亲一人撑起了整个家庭。即使母亲从未表现出来，但是内心必然十分担心丈夫的安危，每日三遍烧香诵经，祈祷丈夫平安无事。母亲虽然是一个弱小的女子，但却深明大义，虽然性格看似温润，却有着坚强的底色。许地山的成长在很大程度上包裹在母亲这种柔软的坚韧当中。

如果熟悉许地山的小说，那么就必然会对这个"常住在外家的'吃斋祖母'"和知书达理的母亲异常亲切。祖母的隐忍、母亲柔软的坚强，这些突出的品质在他塑造的很多人物身上都有体现。《缀网劳蛛》中的尚洁、《商人妇》中的惜官、《人非人》中的陈情、《女儿心》中的麟趾……有的男性形象甚至超越了性别，他们或许少了温柔的母性特质，但隐忍的程度并不比女性弱，如《解放者》中的绍慈和《铁鱼底鳃》中的雷先生。这些人不论内心承受着怎样的委屈痛苦，都从不怨恨，坚强地越过每一个苦难，并且将历经的苦难内化为未来的希望。"隐忍"自古就是女性特有的性格，或许在女性解放运动的特殊时期，"隐忍"代表的是传统女性的懦弱，但是无论在什么样的社会、什么时代，人都有无从选择、无能为力的时候，那么隐忍可能就是最难能可贵的品质。隐忍和坚强蕴含着强大的力量，在无常的命运面前，"隐忍"是从希望变为现实的前奏曲，而坚强是抵御磨难最好的武器，这两者凝结的是照亮生活、点亮生命的力量。

（二）许地山与第一任妻子

许地山的第一任妻子林月森，可以算是他的精神导师。他们的感情，某种程度上已经超越了夫妻间的恩爱，是灵魂伴侣。妻子一直以来信奉佛教，两个人经常在一起谈论佛理，探讨人生。但这样幸福的日子并不长久，妻子的早逝，使许地山的情感陷入了无所寄托的黑暗深渊，漫漫长夜只能自己孤独地熬过。许地山就是小说《黄昏后》中那位心有戚戚的父亲，每天在黄昏的时候，坐在妻子的坟墓旁倾诉衷肠，在黑暗吞噬整间屋子之后，独自舔舐失去妻子的伤痛，在回忆中度过每一个夜晚。妻子过世后，他常常思念妻子，回想与妻子在一起的点点滴滴："妻子不会作诗，而好念诗，更喜欢听人念诗。记得我们的婚筵散后，她还念了许多古诗给我听。我得罪她的时候，她就罚我做诗或念诗给她听。可惜她死得太快了，许多新作家的好诗，她一首也没听过。"[1] 之后，他作了十多首诗，基本上都是怀念妻子的。如《七宝池上底乡思》《一九二一年十月二十三夜》《女人我很爱你》等，散文集《空山灵雨》有四分之一的篇幅是在怀念妻子，诉说夫妻二人曾经的恩爱。

《空山灵雨》中收录的散文，基本都创作于 1922 年，妻子林月森去世后不久，所有的悲伤都化作低沉的情绪散落在文字里，所有的美好回忆也都编织成文字，形成一篇篇作品。《花香雾气中底梦》中，一对夫妇从梦中醒来的对话让人印象深刻，简单有趣却又尽显恩爱，丈夫对着还在为梦境困惑的妻子说："凡你所梦都是好的。那女郎底话也是不错，我们最愉快底时候岂不是在接吻后，彼此底凝视吗？"[2]《别话》是一篇写实性很强的作品，文中病重的妻子其实就是许地山第一任妻子林月森的写照，在弥留之际对丈夫的嘱托以及将戒指套在丈夫的无名指上，这些都曾经真实地发生在许地山的生活中，而整篇作品中充满了令人窒息的低气压，让人感伤地透不过气来，其中最感人的部分莫过于丈夫对妻子说的那句"无论如何，我永久爱你"，以及离开妻子的病房之后，久久不愿离去的场景："丈夫轻轻蹑出去。一到楼口，那脚步又退后走，不肯下去。他又蹑回来，悄悄到素辉床边，见她显着昏睡的形态。枯涩的泪点滴不下来，只

---

① 许地山：《〈落花生舌〉弁言》，载《许地山自述》，安徽文艺出版社 2014 年版，第96 页。

② 许地山：《花香雾气中底梦》，载董义连选编《许地山散文》，上海科学技术文献出版社2013 年版，第 41 页。

挂在眼睑之间。"① 悲伤的眼泪已经快要流干，滴不下来的还是"枯涩"的泪，从"只挂在眼睑之间"便可知悲伤的深切。妻子的过世，给许地山留下的除了哀痛之外就是永久的怀念，《我想》中那个"我"心中一片荒芜："我心里本有一条到达极乐园底路，从前曾被那女人走过底；现在那人不在了，这条路不但是荒芜，并且被野草，闲花，棘枝，绕藤占据得找不出来了！"日子一久，"我"连路的方向都忘记了，迷茫的"我"只能在无尽的回忆中深深的怀念："呀，女人！你现在成为我'记忆底池'中底锦鱼了。你有时浮上来，使我得以看见你；有时沉下去，使我费神猜想你是在某片落叶底下，或某块沙石之间。"② 忘记路的"我"只能每天坐在池边等待着记忆浮现。

与第一任妻子的缘分虽然只有短暂的两年，但是相爱相知的夫妻关系教会了许地山什么是"爱"，怎么去"爱"，这种爱蔓延开来，已经不再局限于夫妻之间，变成了许地山对待事物、对待人生、对待世界的内心底色。更为重要的是，妻子在许地山的生命中占据重要的位置，她对于佛理的参悟和体会，对许地山在精神上有着一定的引领作用，加上爱的底色，在某种程度上她就是许地山灵魂的引渡者。所以在许地山的作品中，我们时常会从女性的身上看到闪耀着的神性光辉。因为妻子的关系，他在创作中懂得了如何去描绘年轻妇人的形态和心理，并站在更高层次上彰显出生命不同寻常的刻度和意义。

（三）许地山与第二任妻子

1929 年，许地山与第二任妻子周俟松结婚。虽然许地山与周俟松相识于 1928 年，但是早在 1919 年五四运动开始的时候，还是个懵懂少女的周俟松就在游行的队伍中见过许地山，这位意气风发的学生运动代表在一个小女孩的内心留下了深刻的印象。后来周俟松又在其他活动中多次见过许地山，对他的才学愈加钦佩。正式认识后，二人经过了更深入的接触，对彼此的好感与日俱增，周俟松的善良大方，让已经三十多岁的许地山再次萌生了爱意。1928 年 12 月 19 日，许地山给周俟松写了第一封信：

① 许地山：《别话》，载董义连选编《许地山散文》，上海科学技术文献出版社 2013 年版，第 74—75 页。

② 许地山：《我想》，载董义连选编《许地山散文》，上海科学技术文献出版社 2013 年版，第 64 页。

六小姐:

自识兰议,心已默契,故每瞻玉度则愉慰之情甚于饥疗渴止。但以城郊路遥不便时趋汝次,表示眷慕私情,因是萦回于苦思,甜梦间未能解丝毫,即案上宝书亦为君掩尽矣。本月二十六日少得一日之暇,如君不计其唐突,敢于上午十一时趋府,侍君与令七妹先至公园一游,然后往观幕剧,专此敬约,万祈赐诺。

顺颂

学安

七小姐乞为叱名问候

许赞堃 谨白①

短短的几行小字,却可以看出许地山对周俟松的倾心,除了直截了当地表达自己的真情实感之外,还略带幽默,周俟松再次点燃了许地山对爱情的向往和对生活的激情。二人婚后一直恩爱有加,周俟松是许地山事业和生活上的好帮手,把生活内外打理得井井有条。即使许地山在国外考察期间,他依然会把稿子寄回来,先要妻子阅读,代抄,提修改意见之后,才交由编辑或朋友出版。许地山内心所想所思所感,都事无巨细地与周俟松交流,在由多封信件集合成的《旅印家书》中,从所经之地的风土人情到自己的衣食住行,从对国家的忧思到对个人家庭的挂念,从与朋友会面的欢愉到对舍友种种陋习的厌恶,从每日吃食的花销到各地往返的船票价钱,这些日常填充了每封信的细节,而真正贯穿所有家书始终的还是对妻子深深的思念和爱恋:

夜间老睡不着,到底不如相见时争吵来得热闹。下一封信,咱们争吵好不好?(二月九日)

从前没觉得一个人出门难过,自从有了你,心地不觉变了。现在一天都想家,想得厉害,尤其是道中,有一个月没得你底信,心又急。我想赶到普那去,但此地可研究底东西实在多,又舍不得去。离仰光时,必打电话给你。(元宵在瓦城)

我的好妹妹,好教师。(三月二十日)

① 宋益乔:《福建现代作家传记丛书:许地山传》,海峡文艺出版社 1998 年版,第 139 页。

　　我想你和孩子们，一天老没得好好用功夫，大概是相离这么久，没得你底信所致。(三月二十二日)

　　今早接到你三月十九底信，心花都开了。好妻子，我知道你苦闷，我应不离开你。以后若是要到别的地方去，一定和你同行。(四月十五日)

　　他甚至在信中与妻子协定夫妻之约："1. 夫妇间，凡事互相忍耐；2. 如意见不合，在说大声话以前，各人离开一会；3. 各以诚意相待；4. 每日工作完毕，夫妇当互给肉体和精神的愉快；5. 一方不快时，他方当使之忘却；6. 上床前，当互省日间未了之事及明日当做之事。"① 如果说感性是作家的天性，但这几条足见许地山的理性和智慧。

　　周俟松对于许地山而言，除了是生活的伴侣之外，更是他灵魂的归宿。因为有了这份对妻子全情投入的爱情，对孩子亲人永久牵挂的亲情，许地山的感情世界才变得更加丰富和圆满，不管身居何方，心永远牵系着家，再不用像《海》中那样没有主意地漂浮。也因爱的充实，才能让他更看清现实，更加坚定自己的信念，更纯粹地做学问。除此之外，周俟松以及两个人的婚姻关系给予了许地山更多创作上的灵感。周俟松的父亲周大烈是梁启超的挚友，他不仅学识渊博，而且极富正义感。周俟松在父亲的教育影响下早已成为一个独立自主且有着强烈正义感的女性。许地山不自觉地把自己作品中的女性塑造成了坚强、勇敢的角色，如麟趾、玉官、春桃等，她们都勇于探寻生命的意义，并在探寻的过程中完成生命的书写。许地山原本就是一个崇尚尊重女性的人，中国传统女性吃苦耐劳的优秀品质和不幸的命运，使他感佩和同情，而周俟松身上体现了一个新社会女性的种种特质，这使他可以更加多维度地塑造女性形象，在展现女性命运的时候更加多元，并且更利于他把握人物内在的精神诉求，以及展现人物本身独特的审美价值。

　　不论是祖母、母亲还是妻子，他们都是许地山生命中最重要的人，伴随着他走过了生命的不同阶段，几年至几十年的情感积淀，共同建造了一个意蕴丰厚的世界，而在这个世界里，许地山完成了他灵魂的嬗变，这对

---

　　① 许地山：《旅印家书》，载董义连选编《许地山散文》，上海科学技术文献出版社 2013 年版，第 118 页。

他的文学创作产生了深远的影响，是他创作的"宝中之宝"，这无疑是他写作的源泉，更是他写作的巨大推动力。

第二节　从"此岸"到"彼岸"的命运建构

苦难是束缚人类命运的牢笼，命运之网的每一次缺损，都是人类经受苦难过后的伤痕，每一次修补都代表着越过苦难后的重生，是对存在状态的进一步强化。对于苦难的书写一直是许地山小说创作的主题之一，他塑造的人物形象几乎都在苦难中沉浮，生命与苦难紧紧相连，生命不止，苦难就会一直存在，人类的命运注定要在苦难中轮回。但是，人类之所以为人类，就是因为他可以选择如何越过苦难，知道如何与命运相处才能更好地生存。马克思说："宗教里的苦难既是现实的苦难的表现，又是对这种现实的苦难的抗议。"[①] 许地山写下的苦难，大部分都带有这种"宗教里的苦难"的意味，而这些在苦难里挣扎的人们，她们曾遭遇悲惨的人生，却最终成为"爱"的给予者、施授者，以及他人的救赎者。她们大多数都是社会里的弱者，却不乏坚强的品质，她们顺从，却跳动着叛逆的脉搏，她们安命却不甘愿受命运任意摆布。她们从未停止"补缀"的，不仅是自己的人生和命运之网，也是在生活中苦熬着的人们普遍的人生之网。许地山如同摆渡者，把他建构的这些以不同形式存在的生命个体，按照这些人物形象各自的方式，完成从此岸到彼岸的人生补缀。如果我们用心追忆许地山所处的那个时代，会发现当时文人的创作大多体现出感伤、复仇和启蒙的意识，但许地山的文字在精神气质和美学层面上更显得气度不凡。许地山不仅让我们看到了那个时代的风气和社会心理，更看到了许多生命中刻骨铭心的体验。

一　安命与知命的"顺从"

人们经常说：人定胜天，人的命运就掌握在自己的手里。但是对于某一类人来说，命运并不是可以真正掌控的。尤其是在特定的历史时期和社会形态下，由男权主导的社会里女人们的命运完全受制于男人们，做女儿

---

① 马克思、恩格斯：《马克思恩格斯选集》第 1 卷，人民出版社 1995 年版，第 2 页。

时受制于父亲，做妻子之后又要受制于夫家，她们没有权利、也没有能力掌握自己的命运，但她们又不愿意让生活的痛苦成为生命的主导，当无法改变什么的时候，她们只能选择顺从自己的命运。在《商人妇》和《缀网劳蛛》中，许地山就塑造了这样一类顺从命运安排的形象，但是她们的"顺从"是主动的适应，不论生命是短暂还是漫长，都需要去承受，去担负，主动顺从命运，可以更好地领会命运的安排以及生命中出现的一切。

其实，命运似乎从来没有对惜官（《商人妇》）敞开过直通的大门，她的大半生都饱受磨难，历经万苦。她的丈夫林荫乔虽然以开糖铺为生计，但是由于好赌成性，最后连店里的伙计都输给了别人，惜官并没有因此责备丈夫，反而把自己多年的积蓄拿出来，支持丈夫去南洋、新加坡谋出路。与丈夫分别的时候，正值她二十岁的大好年纪，十年间林荫乔只来过两封信，一封信的内容是说在新加坡开杂货店，生意特别好；另外一封信的内容是说太忙，不能回乡。十年的时间，惜官只能是苦等，当她下定决心去新加坡找寻丈夫时，等着她的却是意想不到的变故。虽然去新加坡的路程中经历了千辛万苦，但是惜官仍然怀揣着美好的希望，想象着未来和丈夫能幸福地生活在一起。好不容易到达目的地的惜官，却发现丈夫早已另娶。伙计带着惜官来到林荫乔的住所，除了屋里的陈设十分华丽之外，接待她的是一个珠光宝气的马来妇人，态度傲慢，不屑之间更显丑陋形态，这个妇人就是丈夫的现任夫人，是这所大宅子真正的女主人。外出回来的丈夫看见自己的结发之妻，并不如惜官所期盼的"说些温存的话"，而是冷漠带有愠色。对于惜官来说，这个日思夜想的丈夫，无数次出现在梦境中的男人，当真正出现在眼前的时候，无论从外表还是内心，都变得十分陌生，开口便问惜官："你要来的时候，为什么不预先通知一声？谁叫你来的？""吓！你自己倒会出主意。"惜官住下之后的七八天里，丈夫更是对她不闻不问。此时的惜官还在为丈夫的"反常"而纳闷，不知道自己究竟做错了什么才让丈夫如此对她，反倒是马来妇人的日渐殷勤让惜官逐渐放下了猜想。想象往往都是幻影，现实的残酷才是最真实的。苦等丈夫十年，却得到被丈夫抛弃的命运，在那个年代并不罕见，而这还远不是最终的结局。天真的惜官，又怎么会知道这无端的殷勤背后隐藏着更大的危险呢？

过了几日，惜官跟随马来妇人和丈夫一起去一所豪宅赴宴，但她怎么也没有想到，这其实是一场关于自己的买卖交易。丈夫竟然把自己卖给了一个印度商人！惜官后来随着印度商人去了麻德拉斯，自己也因为第二次婚姻有了新的名字，叫利亚。到了印度的惜官生下孩子后，以为终于可以过上安定的生活了，但是除商人的第三任妻子以外的其他四个妻子经常欺负惜官，在阿户耶面前拨弄是非，让惜官受了不少委屈。后来印度商人去世了，其他妻子害怕惜官多分财产，使用各种手段暗算她，无奈之下惜官只能带着孩子走上了逃亡之路。

　　从不到二十岁嫁给林荫乔，到在船上遇见"我"，近二十年的人生中，惜官的日子总是不完整的，她经受了太多不应当承受的苦难，她又有什么错呢？一个人在老家苦守十年，毫无怨言。被丈夫抛弃，后来又被卖到印度的惜官，并没有因此痛恨林荫乔或其他什么人。遭受着其他妻妾的排挤、暗算，她也没有学会以牙还牙，反而因为受了伊斯兰教的影响更加善良仁爱。屡遭磨难的惜官依然坚毅地活着。她仿佛能原谅整个世界，如未曾受到伤害一样。如果说她到了印度之后是因为伊斯兰教的感化，但是在那之前又是因为什么呢？惜官把所有的不公都一个人消化，没有怨天尤人的愤恨，也没有消极厌世的悲观，当"我"感叹她的命运实在是苦的时候，她反倒笑着对"我"说："人间一切的事情本来没有什么苦乐的分别，你造作时是苦，希望时是乐；临事时是苦，回想时是乐。我换一句话说，眼前所遇到的都是困苦；过去，未来的回想和希望都是快乐。昨天我对你诉说自己境遇的时候，你听了觉得很苦，因为我把从前的情形陈说出来，罗列在你眼前，教你感得那是现在的事；若是我自己想起来，久别、被卖、逃亡等等事情都有快乐在内。所以你不必为我叹息，要把眼前的事情看开才好。"①

　　对于惜官而言，她辗转曲折的人生中，"知命"只能显得格外奢侈，她永远不知道自己的命运走向究竟如何，老天爷在下一秒又会给她出什么样的难题，但是她都愿意接受，顺从命运的安排。她天生具有化苦为乐的本领，人生遭遇的种种苦难，如果换个角度来看，或许就不再是痛苦，苦难过后收获更多的是人生的快乐，大苦大难之后才更能体会平常生活中的小幸福。如果说惜官的人生是她一个人的遭遇，她经历的所有苦乐都只是局限在个人生命轨迹的时空当中，最终成全的是她自己，那么《缀网劳

――――――――――

① 许地山：《商人妇》，载《许地山经典全集》，哈尔滨出版社2016年版，第114页。

蛛》中的尚洁背负的则是两个人甚至更多人的人生，那种大网之下挣扎着太多迷茫的灵魂，尚洁把这些人的苦难一同承受，在命运这个大网之下尽其所能地进行补缀。

小说的开场，就是一段极具寓言性的诗歌，仿佛与整篇故事没有任何联系，但是却蕴含了作者想要借此表达的哲思，并且与后文尚洁的顿悟相呼应，整个故事仿佛就在这个"蛛网"中翻覆，"生的巨灵"如同一只无形的大手，一边教人们如何去补缀自己的命运之网，一边又看似随意地撕破凡人所织出的网。尚洁的出场，定格在一张破碎的婚姻之网中。尚洁原本是个童养媳，与丈夫长孙可望最初的结合，完全是因为需要倚仗他的势力救自己脱离残暴的婆家，他们虽有夫妻之名却无恩爱之情。尽管长孙可望对尚洁百般宠爱，但尚洁除了偿还恩人的情分之外，就只剩下尽女主人对家庭的责任。原本就不完整的婚姻，因为外界传言尚洁与他人有染要私奔，而变得更加摇摇欲坠。

一天晚上，善良纯朴的尚洁听说一个盗贼摔倒在他们屋外的墙根下，血流满地，动弹不得，她在一瞬间的恐惧后，急忙让佣人去拿常备药箱和一盆清水，亲自给盗贼的伤口处理包扎。折腾了一夜的尚洁正要去换衣服，恰好此时从外面回来的长孙可望撞见了眼前的一幕，原本就充满疑心的丈夫此时更是被愤怒冲昏了头脑，不容任何解释，把尚洁拖到卧房破口大骂，甚至拿出刀刺向尚洁的肩膀，尚洁随即倒在了地上，而长孙可望一时也被自己的举动吓到仓皇而逃。但他的怒气和误会并没有因为自己的暴行而消减，之后又把尚洁的种种"罪状"告到牧师那里，执意与她离婚，不分给她任何财产，并且剥夺她抚养孩子的权利。

背负着莫大委屈的尚洁没有为自己喊冤叫屈，她不做任何辩解，默默地承受长孙可望的诬陷，异常冷静地说："若说他不愿意再见我的面，我尽可以搬出去。财产是生活的赘瘤，不要也罢，和他争什么？……他赐给我的恩惠已是不少，留着给他……""看他的意思怎样，若是他愿意把那孩子留住，我也不和他争。我自己一个人离开这里就是"①。她不但毫无怨言，甚至到这个时候依然还念及长孙可望的恩惠。如同小说的刚开始她同史夫人所讲述的那段话："世上没有一个人能够把真心拿出来给人家看；纵然能够拿出来，人家也看不明白，那么，我又何必多费唇舌呢？人

---

① 许地山：《缀网劳蛛》，载《许地山经典全集》，哈尔滨出版社 2016 年版，第 66 页。

对于一件事情一存了成见，就不容易把真相观察出来。凡是人都有成见，同一件事，必会生出歧异的评判，这也是难怪的。我不管人家怎样批评我，也不管他怎样疑惑我，我只求自己无愧，对得住天上的星辰和地下的蝼蚁便了①"。这就是尚洁，一个活得如此通透的女人，不论遇到怎样的挫折与困苦始终不忘本心，不因外界环境的变化而改变自己。这样的性格也是一种顺从，不过在命运面前她顺从的是自己的本心，而非外界的压力，这才是许地山塑造尚洁这个人物最坚实的精神内质，不论人生经历了怎样的磨砺，这种精神始终留存心中。

因为史先生夫妇的帮助，净身出户的尚洁只身一人来到一个叫土华的地方。在土华生活的三年里，尚洁由一个家庭主妇变成一个珠商的记室，她不仅以自己的能力养活自己，还尽可能地去帮助身边的人。尚洁仿佛有种魔力，不论遭遇什么样的困境，她都能把生活过得井井有条，在让自己优雅从容地生活之余，还能改变周围的环境和人们，她总是会在种种经历过后悟得生命的真谛。"她这几个月来常想着人生就同入海采珠一样，整天冒险入海里去，要得着多少，得着什么，采珠者一点把握也没有。……她在世间的历程也和采珠的工作一样。要得着多少，得着什么，虽然不在她的权能之下，可是她每天总得入海一遭，因为她的本分就是如此"②。这就是人生，我们永远无法计算我们在每一天、每一年或是整个生命历程中，究竟是得的多还是舍的多，不论结果怎样，我们都还是要活着，"生存"要先"生"然后才能"存"，这就是为人的"本分"。尚洁领悟到了这一层面之后，原本就无怨恨的心变得更加淡然，与生命中的每一天平和相处。所以，后来长孙可望意识到自己的罪恶时，尚洁说出这样的话也就不足为奇了："我的行为本不求人知道，也不是为要得人家的怜悯和赞美；人家怎样待我，我就怎样受，从来是不计较的。别人伤害我，我还饶恕，何况是他呢？"③尚洁饶恕的不只是长孙可望，她是宽恕了整个世界。

尚洁的这段话不禁让人想起《圣经》中耶稣教导门徒的一段话："如果有人打你的右脸，连左脸也转过来由他打；有人想要告你，要拿你的里衣，连外衣也要由他拿去；有人强逼你走一里路，你就同他走二里；有求你的，就给他；有向你借贷，不可推辞。"其实，与常人比起来，尚洁更

①　许地山：《缀网劳蛛》，载《许地山经典全集》，哈尔滨出版社2016年版，第60页。
②　同上书，第67页。
③　同上书，第69页。

像是一位圣女，从经文中走出来，为的是消解人们内心的罪恶，用凡人少有的慈爱、智慧和灵性去感化内心的恶，教会人们在反复无常的命运面前如何保持本心，在遇到困境的时候又该如何补缀那张命运之网。

尚洁说："我虽不信定命的说法，然而事情怎样来，我就怎样对付，毋庸在事前预先谋定什么方法。""经里说：'不要为明日自夸，因为一日要生何事，你尚且不能知道。'这句话，你忘了么？……唉，我们都是从渺茫中来，在渺茫中住，望渺茫中去。若是怕在这条云封雾锁的生命路途里走动，莫如止住你的脚步；若是你有漫游的兴趣，纵然前途和四围的光景暧昧，不能使你赏心快意，你也是要走的。横竖是往前走，顾虑什么？"① 虽然尚洁说谁都不知道明日的事，但是她通透得仿佛就是知命之人，她懂得不论怎样，未来该发生的事都会发生，命运无法按照既定的网格行进，那就顺其自然，任何风雨都安然接受，总会有生的机缘，寻找机缘，并用自己的方式努力，不必理会世人的眼光，对得起自己即可。这样的超脱远不是一个女子甚至是我们凡人能做得到的。尚洁这个人物，或者说整篇《缀网劳蛛》都已经上升到宗教的精神层面，尚洁的隐忍、长孙可望的忏悔都带有宗教救赎教化的意味，如同文中所说，她不论什么事情都用一种宗教的精神去安排，或许这也是许地山对一部分女性，或者说是对一部分人的期许，在许地山看来，处于一个无处不充满苦难的时代，宗教何尝不是引领人们摆脱悲苦的一种方式呢？

知命，安命，顺从命运的安排并不代表认命。《商人妇》中的惜官和《缀网劳蛛》中的尚洁，她们身上都有一个共性：她们都顺从命运的安排，但不认命，不会因为命运的不公而就此沉沦，不论命运有多么不堪，她们都表现出不屈的勇气，无论命运怎样蹂躏生活，她们依然可以凭借自己的坚韧将生命拼接得格外精彩完整。惜官说："久而久之，我的激烈情绪过了，不但不愿死，而且要留着这条命往前瞧瞧我的命运到底是怎样的。"② 在糟糕透顶的命运面前，活下去才是最大的勇气，看上去是顺从命运的安排，其实内隐着强大的生命力和无形的抗争。

很多学者曾经因为许地山塑造了这样的女性形象，而认为他的人生观带有怀疑论的倾向，但是笔者认为恰恰相反。如果把当时的历史社会背景

---

① 许地山：《缀网劳蛛》，载《许地山经典全集》，哈尔滨出版社 2016 年版，第 58—59 页。
② 许地山：《商人妇》，载《许地山经典全集》，哈尔滨出版社 2016 年版，第 107 页。

考虑进去,评论者对许地山文学创作的质疑是可以理解的,但不是所有作家都必须按照套路和模式创作出适应时代的作品,更何况不能所有人都要活成一个样子。将近一个世纪后,再来看许地山笔下的这些"顺从者",他们或许隐藏着一些超然的智慧。我们人类与自己的命运奋斗了上千年,进入现代以后,随着社会的飞速发展,人们每一天都在与命运争分夺秒地斗争,男女的劳动不再有主内与主外的明显界限划分,女人要同男人一样赚钱养家。这时候再看,许地山作品中的女人已经泛化为"人",由"人"扩大为"人类"。精神出走之后我们再来感受许地山的这些作品,会发现某些时候,对命运的顺从并不是绝对的悲观,虽说这是无奈的选择,但或许也是更好的选择。

许地山的"悲观",如存在主义中的"孤独",都是与生俱有的,人从呱呱坠地开始,就注定了悲观的属性,没有人一生会顺利得不经受任何苦难,每个人在这个世上,不论怎样活都是一种苦难,但重要的是,我们如何面对这些苦难。许地山如同绝地反弹,把苦难放大到最大的同时,生的希望才会更有力量。虽然这还够不上向死而生,但至少有超于俗世而生的勇气。人生的境遇有千万种,我们不能只无奈地顺从,不能只停留于知命安命,必须知道如何做一个命运的反叛者,更从容地织出属于自己的那张命运之网。

二 宿命与独立的"徘徊"

宿命不同于命运,不管是通过努力改变命运,还是尽力去修补命运,都具有一定程度的可变性,而宿命通常被认为是根据星宿运行方式而定的。如此看来,从词语生成的那一刻起就排除了人为的可能性,带有强烈的不可改变的意味。宿命是注定了的命运,不论人如何冲撞,那张命运之网只会越收越紧,网中的人唯一能选择的就是在现实和理想中左右徘徊。许地山作品中这样的女性形象并不多,但是却生动地存在着。

《换巢鸾凤》中的女主人公和鸾,某天偶然听到一段不知名的歌声甚是痴迷,并因此与演唱者祖凤结缘,以联系弹唱之名互诉相爱之情。和鸾是大家闺秀,而祖凤却是一个为了生计无事不做的兵丁,曾经还坐过监牢,两个身份相差如此悬殊的人,在婚姻还是父母之命、媒妁之言的年代是不会被允许的。所以两个人相爱私会的事被和鸾父亲得知后,遭到了强烈的反对,他不仅训斥了和鸾,还把祖凤打了四十大板,赶出府衙,不许他再到上房去。但是，年轻人对爱的那份激情，并不是长者的一次打骂、阻拦就会消退的，正在热恋中的和鸾和祖凤同样也没有因为父亲的训斥和责罚而退让。

有一天，祖凤因东窗事发要趁夜潜逃，但是他不愿割舍与小姐和鸾的情感，就胡乱编个故事把和鸾骗出来与他私奔。虽然和鸾跟随祖凤出来是受了祖凤的蒙骗，不过出逃的根本原因还是和鸾对祖凤的爱，而在追求爱情的道路上，她却一直犹豫不决。"我错了，我不应该跟着你出来，我必须得回去。""我宁愿回去受死，也不愿往前走了，我实在害怕得很，你快送我回去罢。"[1] 他们在一间破庙休息的时候，和鸾从梦中惊醒，从月光中看见庙中破旧的神像，更是觉得狰狞可怕，想要趴在祖凤的怀里，又想着孤男寡女不应该这样，不免又开始懊悔被祖凤骗出来，就想要把祖凤推醒，叫他送自己回家。和鸾始终在一步之遥内反反复复，即使是安定之后，不再有回去的念头，却依然不能突破内心的牢笼。"祖凤啊，这次跟你到这个地方，要想回家，是办不到的，现在与你立约，若能依我，我就跟着你，若是不能，就把我杀掉。""我告诉你，须要等你出头以后，才许入我房里；不然，就别妄想。"[2] 这是和鸾与祖凤立下的约定，但是，祖凤最终也没有让这个约定成为现实，而是给和鸾编造了一个天大的谎言，把自己去当盗贼说成是投军，把下山打劫勒索说成是"不过咱们的兵现在没有正饷，暂时向民间借用。可幸乡下的绅士们，都很仗义，他们捐的钱不够，连家里的金珠宝贝都拿出来。"[3] 虽然在这个美丽的谎言中，和鸾已经没有当初离开家时那样后悔，但是她依然坚守着当初与祖凤订下的约定，不当军官绝不许祖凤进入她的房间。

和鸾当初与祖凤私奔，是受祖凤的蒙骗，以为自己的父亲真的要重办祖凤，但是，既然选择了与祖凤逃跑，就说明她选择的是婚姻自由，不论眼前的路多么艰难，她都应该无悔地走下去，而不是用祖凤的仕途作为两个人婚姻的筹码。一方面，和鸾是冲破封建礼教追求独立的女性；而另一方面，她又跳不开根深蒂固的官本位思想，如此矛盾的心理必然预示着故事的结局不会圆满。小说的最后，和鸾被逼跳下了悬崖，逼迫她的士兵正是自己堂兄的下属，而这个堂兄曾经是父母为和鸾选择的婚配对象，如今

---

[1] 许地山：《换巢鸾凤》，载《许地山经典全集》，哈尔滨出版社 2016 年版，第 122 页。

[2] 同上书，第 125 页。

[3] 同上书，第 130 页。

已经成为军官，这样看来，可以说间接结束她生命的，不仅是她曾经的婚约对象，更是自己最想要嫁的"军官"。这是一种怎样的命运悖论，如此荒诞讽刺的结局，让本就不够可爱的主人公形象更增添了一分悲剧意味。

萨特认为，世界是荒谬的，人生是悲剧的，如果把荒谬和悲剧分出等级的话，和鸾与祖凤的故事并不能归入高级别里面，无论是原本的故事情节，还是许地山讲述故事的方式，悲剧和荒谬的成分都带有一种哀婉情绪，字里行间弥漫着作者对女主人公的悲悯；或者更直接地说，就是许地山下笔还不够狠，真正血淋淋地展现这种荒谬性和悲剧性的应该是《归途》。从许地山整体的创作来看，《归途》将许地山的"冷漠"发挥到了极致，从头至尾平淡冷静的语气，让我们感觉不到一丝许地山以往作品中的温柔和爱，命运如同圈套一般，在难以预知人心和人性走向的时候，宿命成为永远逃不脱的牢笼，不论如何徘徊，人都只能在牢笼的边缘兜转。

这个故事的女主角，是一个没有名字的"她"，早年随丈夫在河南的一个地方营盘当差，丈夫阵亡之后作为败军的家属只能四处逃亡。在一个临近年关的寒冬，身无分文又无生计可寻的"她"，打算回老家为十二年未见的女儿寻个婆家，换点彩礼钱用以过活。在归途中，遇到一个年轻妇人，"戴着一顶宝蓝色的帽子，帽上还安上一片孔雀翎；穿上一件桃色的长棉袍；脚下穿着时式的红绣鞋"①，这个妇人时髦的打扮吸引了"她"的注意力，不禁想到了自己的女儿，"多么漂亮的衣服呢，若是她的大妞儿有这样一套衣服，那就是她的嫁妆了。然而她哪里有钱去买这样时样的衣服呢？""她"想到的办法就只有"抢"，"她"用丈夫留下的那把小手枪威胁这个年轻妇人，成功地获得了"嫁妆"之后便仓皇而逃。中途遇到为妇人抱不平追赶而来的驴夫，被"她"慌乱中误开手枪打死了，而另一个为妇人抱不平的剃头匠却成了"她"的替罪羊，这其中的荒诞自不必说，而更荒诞的情节还在后面。

缓过气来的"她"，打开从年轻妇人那里抢夺来的衣物，"忽然像感触到什么一样，她盯着那银镯子，像是以前见过的花样。那不是她的嫁妆吗？她越看越真，果然是她二十多年前出嫁时陪嫁的东西，因为那镯子上有一个记号是她从前做下的。但是怎么流落在那女人手上呢？这个疑问很

---

① 许地山：《归途》，载《许地山经典全集》，哈尔滨出版社 2016 年版，第 279 页。

容易使她想那女人莫不就是他的女儿"①。这样的想法完全吓到了她自己，而这就是事实。当她转回去想确认这件事的时候，"她"发现那个年轻的妇人已经"抹了脖子"了，"她抱着她的脖子也不顾得害怕，从雪光中看见那副清秀的脸庞，虽然认不得，可有七八分像她出嫁时的模样。她想起大妞儿的左脚有个骈趾，于是把那尸体的袜子除掉，试摸看看。可不是！"② 她抢劫的这个妇人，死了的这个妇人，正是"她"的亲生女儿。似乎没有比这更荒诞的事情了。虽然许地山没有直接交代大妞儿是怎样死的，但是不论是被他人杀害，还是因为被抢劫一空无法回家交代自杀而死，"她"都是谋杀亲生女儿的凶手。

　　如果"她"安于贫困，没有动回家嫁女儿换钱的念头，她就不会走上"归途"；如果她没有贪图虚荣，就不会有给大妞儿置办嫁妆的想法；如果她不是动了贼心去抢劫，她的大妞儿就不会死。仿佛这一切都是冥冥中注定，而又都那么不真实。"她"在理想和现实之间的徘徊是用血淋淋的生命换来的，"她"葬送的不仅是亲生女儿的生命，还有无辜驴夫的生命，这样的代价实在太大。但是，这依然改变不了她贫困的现实，应该说这就是宿命，她生命的最终归宿就是那把剃刀："那边一个四十多的女人搂着那剃头匠所说被劫的新娘子。雪几乎把她们淹没了。巡警近前摇她们，发现两个人的脖子上都有刀痕。"③ 大雪无痕，雪是掩盖一切罪行最好的东西，厚重的雪可以把之前所有的痕迹隐藏，白色的雪可以涤去世间的肮脏，还原一个银装素裹的纯净世界。这对母女的尸体被大雪掩埋，意味着她们轮回的悲剧宿命将彻底终结。

　　《换巢鸾凤》和《归途》这两个故事内容没有任何联系，故事背景也相差几十年，但是它们都有共同的"故事套子"，许地山用同一个瓶子装了两次酒，一次比一次烈。纵观许地山塑造的人物形象，不论是顺从命运的安排，还是最终成为命运的反叛者，最可悲的莫过于这些"徘徊者"们。想要挣脱命运却没有能力改变命运，又不甘心顺从命运的摆布，"徘徊"是因为她们从来不曾真正拥有独立的自我，自己并不清楚自己到底想要什么，什么都想要的同时又什么都不愿意放弃，注定使她们无从选

① 许地山：《归途》，载《许地山经典全集》，哈尔滨出版社 2016 年版，第 282 页。

② 同上书，第 283 页。

③ 同上。

择,只能在夹缝中左冲右突,徒劳反复。"徘徊者们"无论怎样选择似乎都很难逃脱痛苦的轮回,她们再如何"补缀"都只会让既定的痛苦翻倍,让既定的事实显得更加可悲。许地山很少会将人生的荒诞如此赤裸地呈现,将现实的苦难一层层展开,一改以往超脱的意味,如同没有名字的"她",代表着现实中在苦难里煎熬的芸芸众生,没有任何一段历史会为这些最普通的人留下名字。通过分析这类形象的塑造,能深刻感到作者的无力感,时代的悲剧只能用时间去改写,没有自我意识的个体无论怎样挣扎,都是戴着镣铐的小丑,只能交给"生的巨灵"来决定,在宿命中流离辗转。她们何时才会有真正属于自己的命运和自我?

三 革命与自主的"反叛"

许地山的整个人生都是在中国社会的变革与革命中度过的,从甲午战争、五四运动,到国共内战、抗日战争,他经历了中国政治、经济、文化等各方面的转折时期,在这样翻天覆地变化的年代,必然会产生一批走上反叛传统道路的人,他们追求独立的人格和自主的权利。许地山把这样一类人纳入文学视野当中,从女性特殊身份的角度出发,探讨她们是如何凭借强烈的自主意识超越命运的规约,重构自我;当传统的价值体系与西方的异质文化发生激烈碰撞的时候,当国家、民族与个人身份遭遇前所未有的认同危机的时候,这些人又是如何选择和解决的。许地山对这类形象的塑造突破了对个人命运的观照,试着从更宏观的角度对民族文化、时代的价值观和生活取向进行深入的理解和整体把握,这类形象的塑造更具有时代的特质。

女性的爱情和婚姻自由一直是女性解放中重要的一项内容,也是五四时期作家们关注和热衷书写的重要内容。一向关注女性命运的许地山,其创作中自然不会缺少与女性爱情、婚姻相关的主题。从传统到现代,从无力抗争到以死明志,许地山用他的创作,记录了一个时代的女性独立自主意识的形成到对传统婚姻制度反叛的全过程。而且,许地山的文本所呈现出的这一主题,更具有悲怆、浓郁的苍凉气息。

在《商人妇》中,惜官不仅要接受一夫多妻的现实,还要承受被当作物品转卖的命运,她的人生完全不由自己掌控。在男权主导的社会里,女性的一生都被限制在"在家从父、出嫁从夫、夫死从子"的"三从"中,去充当男人的附属品和生育的机器,完全没有地位和独立的人格与尊严，而直接造成惜官悲惨命运的人，就是她的丈夫林荫乔。到了《换巢鸾凤》，女性主动追求婚姻自由的思想已经开始萌芽，虽然和鸾一直没有真正从封建思想中脱离出来，但是，至少她勇敢地迈出了第一步。而《缀网劳蛛》中的尚洁，虽然借助了长孙可望的力量，但是她成功地从残暴的婆家逃离，改变了童养媳的悲惨命运，并且一步步培养出独立自主的个性。

在中国传统社会里，婚姻一直都是"父母之命，媒妁之言"的包办产物，女性的命运被完全束缚在男权制度下，女性想要获得婚恋自由，既要面对社会和家庭的阻力，又要与数千年来深埋在女性思想深处的封建意识做斗争，她们必然要经历身心的痛苦和精神的重压。从《商人妇》《换巢鸾凤》到《缀网劳蛛》，女性的抗争在逐渐显现，而在《命命鸟》中对封建婚姻制度的抗争更加激烈，一段浪漫凄美的爱情故事背后是以死表达的对婚姻自由的追求。加陵与敏明这对才子佳人，本来应该成就一段爱情佳话，却遭到了双方家庭的阻拦。加陵的父亲想让儿子去当沙门，"一则可以为白象主忏悔；二则可以为你的父母积福；三则为你将来往生极乐的预备"①；再者，他认为加陵和敏明一个属蛇、一个属鼠，两人的生肖不配对，所以加陵的父亲并不赞成二人的结合。而敏明的父亲反对的理由却是自私的，他认为自己年龄大了，需要敏明多帮自己几年，如果她嫁给了加陵，他必然"吃亏"，所以他为了拆散二人，竟然请来了蛊师，用符咒离间他们。虽然许地山把故事的背景设置在婚姻相对自由的缅甸，青年人彼此相爱并结合在一起，原本是没有必要征求父母的同意。其实这只是故事的外壳，真正精神内质依然是中国传统封建的婚姻制度，父母对子女的爱情婚姻都是强加干涉，子女们所谓的自由就只有听从。敏明对父亲的行为十分愤怒，而加陵也对父亲的想法感到十分无奈，两个人都因彼此家庭的反对而煎熬，为了脱离人世间的愁苦、纷繁，为了可以"永远在一起"，最终选择了用死亡来解决所有的问题，成就一段凄美的爱情。

自古以来，文学作品中的死亡与殉情都具有一种凄凉哀婉的美，在一定意义上也可以说这是一种超越凡俗的壮美。死亡是一种无声的反抗，是一种从容的归宿。许地山选择了这样极端的方式来表达他们爱情的伟大，以此明示二人对封建婚姻制度的反叛。虽然《命命鸟》的最后更倾向于

① 许地山：《命命鸟》，载《许地山经典全集》，哈尔滨出版社 2016 年版，第 75 页。

精神的超脱，将殉情的故事升华为向极乐世界的回归，但依然掩藏不住文本背后作者对传统礼教的批判以及对婚恋自由的肯定，只是许地山用更艺术的手法对其进行了处理。但是，许地山的浪漫主义是建立在现实基础上的，作为封建礼教的反叛者，追求婚姻自由，成就两情相悦的爱情，更重要的恐怕还在于女性独立自主意识的最终形成。

冲破封建婚姻的牢笼，不过是女性向幸福生活迈出的第一步，而真正能让幸福站稳脚跟的，却是女性自主的人格和精神上的独立意识。如果没有独立的人格，就算是女性得到了婚姻的自由，依然不能改变三从四德的命运，依然把自己的命运依附在男性的身上。几千年的封建意识世世代代影响着中国的女性，如果精神上不能完全独立，她们就很难有与命运抗争到底的决心，当她们不清楚自己真正想要的是什么的时候，只会不断地陷入无限的纠结之中，只能做"宿命与独立的徘徊者"。如果女性没有独立的人格，自由的恋爱不过是一种感性上的满足，缺乏理性支撑下的婚姻只能在风雨中飘摇，一旦激情褪去，女性的意识完全失去了寄托。与原生家庭的脱离，对未来生活的迷茫，使女性在精神上彻底沦为漂浮的稻草，这又何尝不是一种悲剧。我们必须问，"娜拉出走之后"呢？冲破了封建的牢笼，作为反叛者的女性，究竟要靠什么才能真正成为新时代的女性，更好地生存下去？许地山用春桃（《春桃》）给出了最好的答案。

春桃与李茂的婚姻原本就是一场包办婚姻，而在婚礼的当晚，突如其来的战乱又将两个人冲散，四五年间杳无音讯。春桃和李茂虽有夫妻的名分，却没有夫妻的情分。春桃流落到北京之后，以捡拾破纸垃圾为生，虽勉强度日，却过得心安自在。与向高一起生活，看似只是搭伙过日子的两个穷苦人，却因为彼此的疼爱、照顾，使劳累的生活多了一丝甜蜜的味道。"他们同居这些年，生活状态，若不配说像鸳鸯，便说像一对小家雀罢"①。李茂不过是春桃名义上的丈夫，而向高才是春桃真正的爱人。"我们同住了这些年，要说恩爱，自然是对你（李茂）薄很多。""这几年我和他（向高）就同两口子一样活着，样样顺心，事事如意；要他走，也怪舍不得"②。自力更生的春桃，原本可以就这样与向高过着平淡朴素的生活，但是李茂的出现不仅将平静的生活打破，更将矛盾升级，人与社会

---

① 许地山：《春桃》，载《许地山经典全集》，哈尔滨出版社 2016 年版，第 87 页。

② 同上书，第 100 页。

的外在冲突在小说中转化成人与人之间伦理观念的冲突。"二男一女同睡一铺炕"是不被当时世俗观念所接受的，究竟是遵从嫁夫从夫，割舍对向高的感情，还是遵从本心，与向高在一起而放弃丈夫李茂，三个人都面临着两难的选择。

春桃没有把命运交到任何人的手上，而是主动掌握了选择权。不在乎世俗的眼光，无所谓他人的想法，春桃果断而坚定地做出了三人一起生活的决定。在她看来，身处乱世，生存才是第一位，爱情、婚姻、名分都要从属于生活，只有能独立地生活，才能成为独立的人。生活教给了她生存的真谛，婚姻的自由不过是撬开了反叛封建传统的大门，在独立意识觉醒与传统道德礼教对抗的过程中，生存问题是女性需要面对的现实，独立自主的人格不仅要求女性有独立的意识，更加需要有独立生存的能力，只有先生存下来，才能有资格去考虑人生的意义和价值，才能够真正主宰自己的命运。在这场伦理的冲突中，春桃果断站在了传统的对立面，用她的坚定对世俗伦理发起了挑战。许地山把现代女性的理想人格都寄托在了春桃身上。她是一个在命运的"播弄"下稳健地驾驶着人生之舟的强者：她朴实、宽厚，具有东方女性沉着厚重、坚韧务实的美德；在生活的磨难面前，"她不是个弱者，不打骂人，也不受人打骂"；她勤劳、顽强、富有义气，敢作敢当；无论对以前的丈夫还是后来的爱人，她的出发点都不是封建的婚姻观念，也不是怜悯，而是发自内心的正直、善良和对同一命运的人相濡以沫的关怀；她乐观地对待人生的难题，"苦也得想法生活，在阎罗殿前，难道就瞧不见笑脸"；她以自己的意志支配自己的命运，"我是我自己的""咱们的事，谁也管不了"。可以说，许地山对春桃形象的塑造，基本达到了女性反叛意识的最高峰，她是一个彻底打破了封建传统束缚，可以真正决定自己人生的女性。这在中国现代小说史上，也可以说是一个经典的具有独立意识的女性形象。

纵观许地山塑造的这些女性形象，或许我们能够这样说，许地山对于形象谱系的建构，可以说是将女性的人生从"此岸"渡向了"彼岸"。《命命鸟》中，"此岸"用来比喻忠贞的爱情，而"彼岸"是多情的无奈，但是，对于天生敏感细腻的女性，再或者我们忽视性别的个体而言，爱情之外，人生也存在各种各样的"此岸"与"彼岸"。它们可以是爱情的忠贞与否，可以是亲情的远近亲疏，可以是人性的善与恶，可以是事业的低沉与攀升……此岸与彼岸是现实和理想的象征符号，我们总有到不了的"彼岸"，总有一心向往的"彼岸"，总有受道德约束而不能跨越的"彼岸"，总有用尽一生都在努力追求的"彼岸"。我们没有敏明的幻境，并不能在人生的"此岸"把"彼岸"的一切看得真切，我们无从知道"彼岸"的风景究竟是比"此岸"的好还是坏。从某种程度上看，人类史就是一个寻找彼岸、返回此岸的历史，现实中的我们只能无限地靠近彼岸，而未必能真正抵达。人生没有如果，不论我们是命运的顺从者、徘徊者还是反叛者，我们要做的就是尽力让"此岸"的我们活得更好。从此岸到彼岸，我想，许地山在建构这些"命运"的同时，也在思考自己的命运，该怎样做才能让自己的"此岸"更有意义。

第六章

"诗意的栖居"：文化意蕴中的诗学建构

德国著名古典浪漫派诗歌的先驱荷尔德林有一首诗，名字就叫作《人，诗意的栖居》：

如果人生纯属辛劳，人就会

仰天而问：难道我

所求太多以至无法生存？是的。只要良善

和纯真尚与人心相伴，他就会欣喜地拿神性

来度测自己。神莫测而不可知？

神湛若青天？

我宁愿相信后者。这是人的尺规。

人充满劳绩，但还

诗意的安居于这块大地之上。我真想证明，

就连璀璨的星空也不比人纯洁，

人被称作神明的形象。

大地之上可有尺规？

绝无。

——《人，诗意的栖居》①

我们在读许地山的时候，常常就是这种"人充满劳绩"却还能"诗意的安居于这块大地之上"的感觉，这是一种矛盾又带有悖论的美。而这种美充满了许地山的作品，"诗意的栖居"就是许地山的梦想，也是他在创作中想极力诠释和表现的母题。我们知道，人类与动物的最大的区别

---

① 《中国最美的诗歌世界最美的诗歌经典集·下》，徐志摩译，江苏美术出版社 2014 年版，第 414 页。

就在于人类拥有独特而丰富的精神世界，它是我们生存的指路灯，是我们存在的意义，它可以是花香雾气般的梦境，也会无限地向黑暗的深渊坠入，只有精神的丰盈饱满才能让人们诗意地栖居在大地之上。但是，生活的消磨，苦难的折磨，似乎让人们精神中的"诗意"日渐远去，慢慢毁损，现实的残酷迫使人们不得不抛弃精神的家园，食不果腹、衣不蔽体的窘境使人们再无暇顾及其他，所谓的"安居"只能是苟且地生存，所以人才会"仰天而问：难道我/所求太多以致无法生存？"许地山用他的文字告诉人们答案并非如此。生活如何并不取决于我们所求的多与少，我们也不会真的无法生存，我们所缺少的是走向生命的诗意，只有诗意地栖居，人才能以本真的状态存在。海德格尔认为："作诗才首先让一种栖居成为栖居。作诗是本真得让栖居。作诗，作为让栖居，乃是一种筑造。"①从文学的角度讲，许地山首先是个诗人，而诗歌本身就是一种澄明、接近纯粹状态的文学形式，作为诗人的许地山用他最饱满的诗意倾注到他的诗歌当中，然后又投入了他毕生的精力，用他的诗学来灌溉他整个的文学创作以及更广泛而融合的文化意蕴，引导人们在自己的精神世界里安居，无论经历多少困苦永远不缺少良善和纯真，真挚的情感让诗意自由弥漫，隐匿的哲性成为做人最大的"尺规"，这就是许地山的诗学世界，也是他的灵魂所在，这同样也是我们读许地山必须攀登的高峰。

第一节　回忆的诗学

毫无疑问，创作从来都不是描写"眼见"的状态，而是当前"一切官能感觉的回忆"②。沈从文所指的"官能感觉的回忆"，实际上是一位写作者的生命和人生体验，它不是简单的所见所闻，而是内心的另一种心理的精神的观照，这也是一个作家超越常人所具有的感受力和悟性以及表现力的反应、能力。也就是说，创作者必须把当下的生活和情感经过反复的沉淀和打磨，最终，这些才可能成为创作的元素。而这个过程其实就是一个回忆的过程。施塔格尔在《诗学的基本概念》中把"诗学的基本概念"

---

① ［德］海德格尔：《演讲与论文集》，孙周兴译，生活·读书·新知三联书店 2005 年版，第 198 页。

② 沈从文：《〈秋之沦落〉序》，载《沈从文文集》第 11 卷，第 11—12 页。

分为三大类别：抒情式、叙事式的和戏剧式。并且他认为这三个类别不仅代表作诗的三种可能性，而且还体现着三种不同的语言行为方式。"抒情式、叙事式和戏剧式的语言要素，分别为音节、词和句。这正合于人类语言发展的三个发展阶段：语言的感性表达阶段、直观表达阶段和概念思维表达阶段。"而"这又正合于组成人的本质的三个领域：情感的、图像的和逻辑的"①。施塔格尔进一步分析认为，这三个分类还表示"人的生存的三种基本可能性的文学科学名词"，抒情式的生存是"使回忆"，叙事式的生存是"使当前化"，而戏剧式的生存是"在设计"；抒情式风格即是回忆，叙事式风格即是呈现，戏剧式风格则是紧张。回忆，作为生命和艺术的双重形式，被施塔格尔赋予了美学和诗学的意义，而它的抒情性的特质，又包含在审美的机制当中，回忆的诗学更像是一种过程，揭示文本与历史之间的复杂性，抒情与记忆之间的审美性。从这样的角度来看，施塔格尔的"诗学"概念已经远远超过了诗歌的范畴，一切的艺术形式本质上都是诗，艺术形式中的"回忆"蕴含着天然的抒情性和诗学品质。②

　　"回忆到过去和遥远的情景，就好像是一个失去的乐园又在我们面前飘过似的。"③ 叔本华的这句话对于许地山而言，是再适合不过了。"我心里本来有一条达到极乐园地底路，从前曾被那女人走过底，现在那人不在了，这条路不但荒芜，并且被野草，闲花，棘枝，绕藤占据得找不出来了！"④ 失去妻子的悲哀是神圣的悲哀，但是神圣不能改变悲哀的性质及伤心的程度，而"回忆"却偏偏打开了一扇通向这个乐园的窗户，让"失去的乐园"在面前重现，"回忆"对于许地山来说，一定是摆脱痛苦、超越痛苦的一种方式，是在纯粹的空间内表述相思之情，静观过往美好之时。在我们的日常理解中，回忆是指把过去经历过的事物重新呈现出来，对于文学创作而言，尤其是对于小说等虚构性很强的文体更是如此。而且从审美层面而言，回忆更是作家根据内心深处的某段经历或某种情感，经

---

① ［瑞士］埃米尔·施塔格尔：《诗学的基本概念》，胡其鼎译，中国社会科学出版社1992年版，第2—4页。

② 同上书，第5—8页。

③ ［德］亚瑟·叔本华：《作为意志和表象的世界》，石冲白译，商务印书馆1984年版，第277页。

④ 许地山：《我想》，载董义连选编《许地山散文》，上海科学技术文献出版社2013年版，第64页。

过审美层面的创作和建构，整合成为具有深厚内蕴的艺术形式。也就是说，在许地山这里，回忆既是一种生命的实存整饬，也是一种触类旁通的直觉美感，蕴藉其间的情感的、心理的、灵魂的、图像的元素，生命的流变、深切的感受，以及人和宇宙的悲悯，形成庞大而自省的生命过程，统统幻化成艺术的符码，重新组合成一个新的抒情的经验和个人历史，使文本重现出一种生命的活力和抒情的生机。

以往我们在谈论"诗学""诗意""诗性"等问题的时候，诗歌是无论如何也无法绕过的文体。虽然我们要讨论的"诗"并不局限于"诗歌"，但是任何艺术形式对"诗"的诠释，都无法超越诗歌的坦率和激情，应该说，"诗歌"是关于"诗"最早的起源，诗言志，诗亦缘情，诗言志固然可以使抒情进入现代情境，但是，诗缘情，似乎更容易让情感在回忆的状态下进入诗学的层面。

"转眼间，一年又过去！/这一年中，故意想起你的死，/倒不甚令我伤悲，/反使我心充满了无量欢愉。然而欢愉只管欢愉，/在无意识中，在不知觉中，/我的泪却关锁不住。"（《一九二一年十月二十三夜》）这是一首未正式发表过的诗歌，诗歌中的悲伤化作无声的眼泪悄悄地滑落。可以想见，妻子去世后的一周年，许地山仍然在悲痛中难以自拔，他在一种极度悲伤的心境里，寻找生命和感情的依托与附着，在诗里安顿几近破碎的灵魂。"妻呵，若你是涅鲊，/还不到'无余'，就请你等等我，/我们再商量一个去处。如你还要来这有情世间游戏，/我愿你化为男身，我转为女儿，/我来生，生生，定为你妻，/做你的殷勤'本二'，/直服事你，/得'阿耨多罗三藐三菩提'。"（《一九二一年十月二十三夜》）今生的缘分虽然无法再续，但是却预定了生生世世，不论怎样的轮回转换，夫与妻的情分都不会改变。这样的深情，没有人不为之感动。在天上的妻子如果听了这样的话语，又会怎样回应呢？一年后许地山再作的诗，仿佛就是妻子深情、隽永的回响。"现在我整天坐在这里，/不时听见他的悲啼。/唉，我额上的泪痕，/我臂上的暖气，/我脸上的颜色，/我全身的关节，/都因着我夫君的声音，/烧起来，溶起来了！/我指望来这里享受快乐，/现在反憔悴了！""呀，我要回去，/我要回去/我要回去止住他的悲啼。/我巴不得现在就回去止住他的悲啼。"（《七宝池上底相思》）这首诗是从妻子的角度阐释的，升入极乐世界的妻子，并没有了断尘世的姻缘，听着夫君的哭声，她又怎能不心痛？纵使在极乐世界，也无法感受到世界的极乐，苦求着弥陀把她送回凡间与丈夫相聚。"有情不尽，轮回不尽"，就算是天地相隔，六道轮回，世间的真情也一直存在，不会改变。《一九二一年十月二十三夜》中，许地山悲痛的情绪，还时常在心头浮动，到了《七宝池上底相思》，悲痛俨然已成为隐形的符号，刻在了生命之中。虽然这两首诗表达的情感是一样的，但是形式上却出现了极大的变化，前一首诗还只是简单地记叙梦中的谈话，而后一首经过文学和美学的艺术处理之后，已经由个人的忧伤和日常性情绪完全升华为哲学的观照。

"真正的诗并不是公众阅读的。总是存在着一种并非印在纸上的诗，在它产生的同时，它被印刷在诗人的生命中。"① 许地山的"诗"，就是被印在生命中的"诗"，不论是什么题材的文学创作，诗的品质都无法隐藏。《七宝池上底相思》是被收入《空山灵雨》中唯一的一首诗，其他大部分都是散文。沈从文对许地山创作的评价是"最散文的诗质的是这人的文章"②。他认为，许地山是"最本质的使散文发展到一个和谐的境界的作者之一"，许地山始终用东方的头脑，接受"一切用诗本质为基础的各种思想学问"，他的散文"色香中不缺少诗"，散发着"东方的、静的、柔软忧郁"的特质，在另一个意义上，许地山的散文"将永远成为奢侈的、贵族的、情绪的滋补药品"③。可以看出，沈从文给予了许地山的文学创作很高的评价，尤其是许地山的散文创作，沈从文曾经把《空山灵雨》称为"妻子文学"，这本集子共收录了44篇文章，其中有11篇与他的第一任妻子有关，占了四分之一，不仅记叙了他们夫妻之间的深厚感情，更表达了许地山的怀念之苦。夫妻间的小情趣充满了回忆的每个角落。妻子在丈夫的记忆中永远是睿智的、美丽的，是情感的寄托，是精神的领路人。同时也写出了人生和命运的多舛，抒发了美好的情感，表达了深切的痛楚，从而也完成了从"情"到"抒情"的艺术转化。

我们看到，《笑》中的妻子是娇羞的，冒着雨回来的丈夫，因为找到了妻子心爱的东西，急于回来拿给她，两个人并肩坐在榻上，"我"问妻子："到底是兰花的香，是你的香？"妻子的答案是亲了"我"一下。

---

① ［美］梭罗：《梭罗集》下册，陈凯等译，生活·读书·新知三联书店1996年版，第308页。

② 王兆胜：《论20世纪中国性灵散文》，海南师范大学（社会科学版），2003年6月。

③ 沈从文：《论落华生》，载周俟松、杜汝淼编《许地山研究集》，南京大学出版社1989年版，第218—220页。

《香》中的妻子是懂佛法的传授者，当人爱上某一事物的时候，这个事物就变成了他的嗜好，而同时，也因为主观情感的因素而失去了事物原本的面貌。《愿》中的妻子是心存高远者，愿自己的丈夫"作荫"而不是"受荫"，"我愿你做无边宝华盖，能普荫一切世间诸有情。愿你为如意净明珠，能普照一切世间诸有情。愿你为降魔金刚杵，能破坏一切世间诸障碍。愿你为多宝盂兰盆，能盛百味，滋养一切世间诸饥渴者。愿你有六手，十二手，百手，千万手，无量数那由他如意手，能成全一切世间等等美善事。"虽说爱情都是自私的，但是文中的妻子却是无私的，她愿意自己的丈夫可以更加强大，用自己的力量做更多的善事义事，帮助世间所有的人。《爱就是刑罚》中的妻子，生气的时候是普通的小女人，而惩罚丈夫的时候，她又变成了说教者，"爱就是惩罚"，是任谁都不能免掉的。《花香雾气中底梦》中的妻子是可爱的，她在一个奇怪的梦境中四处寻找着丈夫，醒来之后向丈夫讲述她的梦境，丈夫一再追问她是否找到了他，妻子调皮地一把抓住丈夫的头发，笑着说："这不是找着了吗?"《美底牢狱》中，妻子是丈夫的知音人，丈夫认为一切美的事物都应该顺其自然，任何人为的干预都是一座监禁的牢狱，但是妻子却敏锐地指出，其实丈夫早已把自己的"牢狱"建筑好了，并且把"牢狱"的墙垣越垒越高，这也是她爱他的原因。妻子一语道破，让丈夫无力反驳，因为她恰到好处地戳到了丈夫内心矛盾的地方。可以说，这11篇作品中，妻子的形象综合在一起，就包含了一位佳人所有的美好。沈从文对此的形容是，"处处不缺少女人的爱娇姿式"，美丽的外貌下，又具有超越常人的聪慧的头脑和对人生的体悟，这样的人堪称完美，这就是许地山记忆中的妻子。我们是否可以这样理解、判断和阐发，这些妻子的形象，在回忆中被抒发，被倾心地描摹，有狂热，有忧郁，有尖刻，有呢喃，有浪漫，有悲情，也有超脱，构成一种单纯而复杂的经验，试图超越日常性的疆域，让感受和体验进入想象和情操的界限内，生成一种美学的缪斯。显然，浪漫主义的浸润，显现出抒情的和诗学的张力。

　　沈从文在形容许地山的散文时，其提出所谓的"情绪的滋补药品"，实际上指的是作者在作品中那种"静观的反照的明澈"①，但此处实在是想借用"情绪的滋补药品"这个词语，来暂时搁置沈从文赋予这个词语

---

① 沈从文：《沈从文全集》第16卷，北岳文艺出版社2002年版，第11页。

的复杂内涵。笔者认为，这些被称为是"妻子文学"的作品，是许地山"情绪的滋补药品"。丧妻之痛原本就是人生之三大悲痛之一，而对许地山而言，这种悲痛尤其深刻，因为二人在夫妻之外更是知心朋友。刚刚度过婚后不久的甜蜜，看起来一切都在往好的方向发展，妻子却突然离世，一切都戛然而止。许地山的幸福沉入了深渊谷底，生活再无情趣可言，悲伤到极点的许地山，只能把所有的痛苦和相思寄托在文字之中，通过散文回忆自己与妻子的美好过往，沉浸在其中以解情绪的无限忧伤。耀斯在《审美经验与文学解释学》中提道："回忆不仅仅是审美认识的精确工具，它还是真正的、仅有美的源泉。""被现实的无可弥补的缺陷所阻滞的期待可以在过去的事件中得到实现。这时回忆的净化力量有可能在追求美的过程中弥补经验中的缺憾。不妨说，这些审美经验在乌托邦式的憧憬中和在回忆的认识中，都是同样有效的。它不仅设计未来的经验而且还保存过去的经验，以使那本不完美的世界变成完美。"① 一句话，"回忆"让许地山的世界从"不完美"变成了"完美"，回忆的净化功能，也似乎弥补了现实的缺陷，无疑，这就是回忆的力量，而把这种"回忆"写进文学之中，它就变成了诗学的力量，其中有信念，有精神，有灵魂，这些构成了文本的质朴，也凸显了抒情的震撼。由此可见，现代文学的抒情传统在许地山的写作中，有了别样的书写和张扬。

我们再来看许地山的小说《黄昏后》，整篇作品都是在回忆中推进和演绎的。从与妻子相爱开始，到结婚生子，再到妻子病故，独自一人抚养两个孩子，一个"老人家"对着两个失去母亲的孩子，回忆着过往的岁月，妻子的音容笑貌、温柔慈爱，仿佛一下子都出现在眼前。虽然难隐丧妻的哀思和独自承受的艰辛，但是回忆中充满了爱情的甜蜜和家庭的温暖，他用回忆为自己也为两个孩子，搭建出一个完整的"家"，妻子在这个"家"中依然健康地活着，每日陪他说话，安静地听他弹唱，用她那只"滑腻而温暖的手臂"抱着孩子，哄他们安然入睡，用那"软和而常摇动的膝盖"给孩子们当凳子，亲手把好吃的喂到他们的嘴里，"亲自剪裁，亲自刺绣"，用最好看的颜色给孩子们做新样式的衣服。这一切都是那么生动，仿佛一切都正在发生着。"在我（关怀）心目中的感觉，她实

---

① ［德］汉斯·罗伯特·耀斯：《审美经验与文学解释学》，顾建光等译，上海译文出版社1997年版，第134、11页。

在没死，……在夜深人静的时候，她仍是和我在一处的。她来的时候，也去瞧你们，也和你们谈话"。"做梦人回忆的力量与想像的力量是不可割裂的。梦是一种创造性的回忆"①。关怀，就是故事中的造梦者，他为自己制造了一座回忆的宫殿，在这座宫殿中，他为自己和孩子们编织美好的梦境。他把故事的发展由"回忆"一点点向"幻想"过渡，心境与情绪的弥漫，隐含着真实与虚构的模糊界限，表现出让人内心隐隐作痛、暖中含泪的感伤的美学情调。可以说，在这篇小说中，"回忆"兼具并承载着结构和美学的功能，这是许地山对个人经历和个人经验的超越，是一个作家内心和灵魂富有指向性的律动，这种律动承载着旷世而朴素的质地，因此，回忆也在他的想象中获得了延展和弘扬。如果说许地山的品格修养是自己用知识阅历给自己搭建的一座"牢狱"，那么这些回忆性的散文就是他用自己的思念和诗情搭建的一座美学的"牢狱"，他把自己锁在其中，甘愿让这虚拟的幸福甜蜜"滋补"他受伤的心绪。这11篇散文记叙的事情不一定都是真实发生过的，因为文学文本的成型，必然要经过审美的"过滤"，而回忆本身也具有主观的加工性。关键是"回忆"这个词的背后，隐藏的是时间的价值和意义。回忆者在当下的时空和过去的时空之间，存有一个时间的跨度，记忆经历了时间的打磨，境遇的趋离、空间的再度转换，在"真实"的基底上进行了主体潜意识的改变，这个"改变"的过程，起决定作用的就是主体的"审美"过程，并最终在文学作品中诠释成为一个关于生命的永恒的存在。

这就是许地山的"回忆"，这就是许地山的"诗学"。当这种记忆从许地山的脑中诉诸到笔端的时候，回忆就成为一种纯净而丰满的"诗学"。海德格尔认为："回忆回过头来思已思过的东西。但作为缪斯的母亲，'回忆'并不是随便地去思能够被思的随便什么思的东西。回忆是对处处都要求去思的那种东西的思的聚合。回忆是回忆到的、回过头来思的聚合，是思念之聚合"②。可见，从"诗"到"思"，许地山完成了一场"诗"与"思"的自我慎独、自我对话，而这个过程中，真正完成的，更是生命的沉淀与岁月的升华。回忆，是许地山在为数不多的文学文本里构

---

① ［德］瓦尔特·比梅尔：《当代艺术的哲学分析》，孙周兴等译，商务印书馆1999年版，第182页。

② ［德］马丁·海德格尔：《什么召唤思？》，载《海德格尔选集》，孙周兴译，上海三联书店1996年出版，第1213页。

筑的一个诗学的精神巢穴，表现出不可多得的有情的纯粹诗意。

第二节　异域想象的诗意栖居

许地山的一生都是"在路上"的姿态，从颠沛流离的童年生活，再到辗转各国的求学工作生涯，在他47年的生命旅途中，他的足迹遍布中国的台湾、香港、北京等地，以及缅甸、美国、英国、印度等国，而他的作品也多以缅甸、印度、新加坡及东南沿海等地为背景，呈现广义上浓郁的"南洋"书写风格，生成了中国现代文学别样的异域话语，许地山始终都是一个漂泊的行者，他以精神的舒展和灵魂的自由书写时代的命运，描摹人性的美丑悲欢，他的"异域性"给了他创造诗意的可能和安放心灵的乐园。

在文学的视域里，"异域"总是会带给人无限的遐想。异域空间的浪漫想象，风光旖旎，热情奔放，色彩缤纷，如梦如幻……语言已经难以穷极"异域"的无尽魅力。诚然，不同的历史时期，异域所形成的想象空间也有着不一样的心理体验。因此，从某种程度上说，作品中的"异域"折射着现实、历史和文化的影子，也呈现着生活和生命相互交融的意蕴和诗性活力。而不同时期的作品，"异域"所对应的地理空间也是有不同的倾向性的，充满了个性的风貌。五四初期，由于当时很多知识分子是从欧美、日本留学归来的，所以他们创作中的"异域"书写更多的，是表现在东洋和西洋的主题上，许地山是中国现代作家中最早描写东南亚风情的作家，他的小说《命命鸟》被称为"新文学第一篇充满异域情调的作品"，其后，他又接连创作出《商人妇》《缀网劳蛛》《海角底孤星》《醍醐天女》等东南亚风情浓郁的作品，这种"异域色彩""异域情调"，已经成为许地山有别于其他许多现代作家创作的独特之处，成为具有"许地山印记和色彩"的想象文本。但是，许地山真正与众不同之处，更多的则在于他对"异域"题材的处理方式，富于个性化的审美方式，以及他对异域文化的吸收和运用。在充满"异域"性的感受中，许地山舒展开个人和生命的精神肌理，唤醒了其间意味深长、耐人寻味的现实沉寂，呈现出深厚的情感隐喻和人生底蕴，并赋予了异域以真实的情境和迥异的意象。

异域文化对于个人的影响会有很多方式，而这些方式大致可以分为直接影响和间接影响。从中国闭关锁国的大门被迫打开之后，外国文化就源源不断地输入中国，不论是西方强制性地输入，还是中国自己的"师夷长技以制夷"，近代中国的文化、教育、生活都受到了"西洋""东洋"文化的影响。许地山的出生和成长正值中国这一段极为特殊的历史时期，这些文化也就必然对许地山产生深刻的影响。而且他出生在台湾，不到一周岁就因为战争举家搬迁至广东省，加之广东独特的地理环境，许地山从小就接触到很多东南亚的文化，所以，对于许地山而言，"异域"并不局限于"东洋""西洋"或者"南洋"中的某一方面，这里面包含了综合性的文化符号，但是这些都只能算是间接的影响。真正直接对许地山产生影响的是许地山在缅甸工作，去印度学习梵文，研究佛经的那段生活体验。因为许地山个人的经验，对当地风俗文化、自然样貌的切身感受，他的空间感和精神维度都获得了再生性的变化，所以他在创作过程中把南洋的文化、风情都融入作品之中，形成新的诗意的空间，使其无法摆脱文化的渗透和浸润，书写出超越空间和时间、历史与文化、文明与人性的传奇。

如果细读小说《命命鸟》，我们就会发现，许地山在这里不仅为读者描绘了一段凄美的爱情，也用不同的色调，描绘出一幅幅美丽的画面，这样的画面，明显受到地域的熏染和异质性元素的催化。这种画面感使得人物的气质和脾性都生成与众不同的品质。作品开头，敏明的出场就是在一片金黄的色泽中展开的："她的席在东边的窗下，早晨的日光射在她脸上，照得她的身体全然变成黄金的颜色。[1]"仅仅是照在脸上的阳光，就把通体都映成了黄金的颜色，不难想象敏明的周身都会散发着温暖的神性的光。而加陵的出现显得明快很多，"一个十五六岁的美男子从车上跳下来。他的头上包着一条苹果绿的丝巾；上身穿着一件雪白的短褂；下身围着一条紫色的丝裙；脚下踏着一双芒鞋，俨然是一位缅甸的世家子弟"[2]。"苹果绿""雪白"明亮而鲜艳的颜色刚好衬托出"十五六岁的美男子"青春纯洁的天性，而"紫色"的高贵彰显加陵贵族的身份。敏明和加陵正值大好年华，一个温暖恬静，一个活泼欢快，一出场就宣告了他们是天

---

① 许地山：《命命鸟》，载《许地山经典全集》，哈尔滨出版社2016年版，第72页。
② 同上书，第73页。

生的一对，而后面所有的景色似乎都映衬着这天生的一对。我们惊异于许地山对生活、情感和人性的细部的呈现，只有用心地铺展开生活的细节，从细微之处进入生活，进入存在世界，进入环境，人与环境的关系和地域、文化因素，才会在人物的内心发酵，这是最见作家创作功力和个人情怀的所在。

那么，在许地山的小说里，诗意究竟是如何呈现的？地域和风情之于许地山，之于小说中的主人公，又蕴藉着怎样的力量和元素，呈示出怎样一个具有时代特征和精神引导的别样的世界？同时，主人公的情感和命运又是怎样与这个生态环境息息相关的？诗性和诗意又是如何在人性的维度上展开的？显然，"绿绮湖"是故事笔墨最重的景色景致，是小说重要的环境背景。绿绮湖是仰光最大最好的公园，"湖边满是热带植物。那些树木的颜色、形态都很美丽，很奇异。湖西远远望见瑞大光，那塔的金色光衬着湖边的椰树、蒲葵，直像王后站在水边，后面有几个宫女持着羽葆随着她一样。此外好的景致，随处都是"①。绿绮湖一出场就环绕在瑞大光的光环之中，它有着王后一般的高贵，又高举着超凡的神圣，它具有让任何人都可以消除内心烦恼和忧郁的魔力。但也就是这样的绿绮湖，却成了加陵和敏明彻底离开世界的地方。可见，在这里，景致和环境已然不是具体的风景，而是凸显人物命运的重要参照系。"他们走入水里，好像新婚的男女携手入洞房那般自在，毫无一点畏缩。"加陵说："咱们是生命的旅客，现在要到那个新世界，实在叫我快乐的很。"② 绿绮湖如同一条在此岸和彼岸之间摆渡的船，负责把人们从此岸渡到彼岸。每个人都是生命的过客，都有旅程结束的那一天，只是并不是所有人都能乘上"绿绮湖"这叶扁舟成功地到达彼岸。加陵和敏明如同没经历过任何痛苦一般，仿佛走入湖中的他们不是生命的终结，而是另一种生命的延续，一段新的旅程即将开启，快乐的不仅是加陵，仿佛整个绿绮湖都在欢送这对"新人"。"那时的月光更是明亮，树林里萤火无千无万地闪来闪去，好像那世界的人物来赴他们的喜筵一样"③。月光为他们照亮前行的路，不再迷茫不再犹豫，树林里的萤火虫一闪一闪的，仿佛是婚礼上闪烁的烛光，宾客盈门高堂满座，都在欢庆有情人的终成眷属。拉着手的他们，坚定地向前走，

---

① 许地山：《命命鸟》，载《许地山经典全集》，哈尔滨出版社 2016 年版，第 75 页。
② 同上书，第 85 页。
③ 同上。

这对此岸的命命鸟再不会"呆立"在原地，他们也要如同其他的鸟儿一样吟唱，唱出最美妙的声音。许地山竟然把殉情的场景写得如此诗情画意。美妙而动人的场景，会让人忘记两个年轻的生命即将结束，因为忘我地融入情境之中，人们既会感觉到莫名的悲伤，又会幻想他们真的是去了新的世界，从此幸福地生活在一起。毫无疑问，这样的幻境是异域环境造成的错觉，更大的原因是许地山所营造的诗意空间延展了人物的命运和伤怀之意。无论是生命的结束还是生命的延续，生命都将以诗意的方式呈现，因为只有这样，我们才会感到这段爱情的美好，尽管是以悲剧来结尾，也丝毫不削减美的成分，反而幻化出这一切被浓厚的美感所包围。"现在他们去了！月光还是照着他们所走的路；瑞大光远远送一点鼓乐的声音来；动物园的野兽也都为他们唱很雄壮的欢送歌；惟有那不懂人情的水，不愿意替他们守这旅行秘密，要找机会把他们的躯壳送回来"①。

笔者一直觉得《命命鸟》是许地山小说中写得最美的一篇，爱情是凄凉真挚的美，绿绮湖是净化通透的美，瑞大光是神圣辽远的美，而敏明产生的幻境更具有神秘未知的美。"两边的树罗列成行，开着很好看的花。红的、白的、紫的、黄的，各色齐备。树上有些鸟声，唱得很好听。走路时，有些微风慢慢吹来，吹得各色的花瓣纷纷掉下：有些落在人的身上；有些落在地上；有些还在空中飞来飞去。敏明的头上和肩膀上也被花瓣贴满，遍体熏得很香"②。水面上都是奇花异草，有很多水鸟都是敏明未曾见过的，流水的声音如同奏乐一般；对岸的景色更加奇妙，男子和女子的形态各异，他们身上都落满了叫作"情尘"的花瓣，他们一直重复着一样的对话，一样的表情。如此奇异的景象已经远远超出了现世的范围，它的美不仅仅是因为景色的与众不同，更在于它隐隐地透着那种神秘朦胧的气息。在这个独特的想象空间里，如同寓言一般，不仅把加陵和敏明比喻为命命鸟，谕示他们是天生的一对不会分离，而且也预示着故事的结局。在敏明刚进入这个空间的时候，有人在她耳边说："好啊，你回来啦。"在这里，"回来"一词就自然地宣告了这才是敏明原本存在的地方，而空间之外的敏明不过是走了那么一遭，旅行一般，走到了尽头自然会回来，敏明最后在绿绮湖的祈祷如同开启了"回来"的钥匙，绿绮湖为她

---

① 许地山：《命命鸟》，载《许地山经典全集》，哈尔滨出版社 2016 年版，第 85 页。

② 同上书，第 80 页。

开通了"回来"的路。明白了这些之后，就会觉得故事最后的结局早已注定，如此纯洁美好的两个人本就不属于这个污浊的俗世，他们终究要回到自己本来的世界，湖水最后送回来的只不过是他们在俗世的皮囊罢了。

《命命鸟》的故事是根据一个真实事件改写的，原本说的是一对缅甸的青年男女为了追求自由的爱情而一起投湖自尽，然而就是这样一个简单的故事框架，许地山却用他的文字搭建出如此空灵、神秘、浪漫且充满别样情韵的想象空间，丰盈了这个故事的同时也诗化了生命的奥义。我们经常会说许地山是中国现代文学独特的存在，可是我们似乎未曾认真问过，为何他会如此独特。《命命鸟》是为许地山的"独特"打响的第一枪，那么《命命鸟》的"独特"又在何处呢？许地山是如何让它成为独特的呢？"异域"无疑是其重要的原因之一。《命命鸟》中的"异域"感让一切都变得自然而然，那些瑰丽的景色，在异域的空间里可以自由盛放，那么离奇的情节，它都可以尽情地包罗，也就是说，"异域"的想象空间，不仅对于创作者而言可以自由书写，更深深地嵌入和满足了读者的阅读空间。但许地山的"异域"是决然不同于其他作家的"异域"，许地山笔下的"南洋"亦不是他人笔下的"南洋"。

"中国作家到过南洋的实在不少，但写过实在的南洋色彩的作品的应当不多，老舍的《小坡的生日》，只有平面的描画。至于停留在新加坡、马来亚与印尼多年的郁达夫，只留给我们几篇游记，都浮光掠影，连平面描画亦谈不上，反而在缅甸住过两年的许地山，倒写过有真正南洋色彩的小说"[1]。这是香港学者黄傲云对许地山写作中的异域性的充分肯定，也是对中国现代文学关于"南洋色彩"非常中肯的描述。以绿绮湖为例，绿绮湖是仰光非常有名的一处景观，其他作家的一些文学作品中也有所提及，如艾芜在《我在仰光的时候》中这样描述绿绮湖："离这里不远，就是树林茂密，水波浩渺的绿绮湖。并且在湖的那边，耸立着大金塔，在蓝色的天幕里，经常现出璀璨的金色的巨影。"[2] 艾芜的"绿绮湖"与许地山的"绿绮湖"，好像并不是一个地方，他所描写的"绿绮湖"无法承载起一个想象的空间，让人很难与一段凄美的爱情联想在一起，神圣与净化的属性，更是难以连接。通常作家都会在小说中选择一个地方作为故事背

---

① 黄傲云：《中国作家与南洋》，科华图书出版公司 1985 年版，第 15 页。

② 艾芜：《我在仰光的时候》，《艾芜全集（第 11 卷）我的幼年时代、童年的故事、我的青年时代》，四川文艺出版社 2014 年版，第 344 页。

景，但是，要把这个背景处理得与众不同并不容易。所谓的异域，是指在我们所熟悉的地方之外的领域，它有着自己独特的个性，包括人物、语言、风景、习俗、历史和思想等，虽然有一些我们可以从书本或者图片中获得，但是文学和艺术重在体会和感受，想要自己的作品能更深入地走入读者的内心，就要靠亲身的体会、深入的观察和情感的投入。"若果人物生动，历史正确，用语贴切，写景配合，至多给读者一个平面的描画；若果加上风土人情，与思想背景，那么画面便有立体感，若果再有情调的渗透呢？那么作品便有了灵魂了。有了灵魂，文学才可成为艺术"①。许地山更注重通过"异域"建立和保持一种情调，情节和人物都被控制在这种情调和效果之下，成为某种意志的投射，而这个意志是他的生活经验，是对社会现实的感知，也是对特定历史做出的回应；而作品的灵魂除了这种"情调"的渗透之外，在于许地山的"真"与"美"。正所谓一片风景就是一种心理状态，许地山结合自己对现实的思考和对生命的感悟，倾注自己的情感色彩，以一种熟悉又陌生的感觉打造了专属于许地山的异域空间。而这些感觉、情感、心理状态甚至是思考和感悟，都离不开许地山那深入骨子里的诗情，这也是许地山独特的原因之二。

　　诗人徐志摩有一篇带有浓重南洋风情的小说——《浓得化不开》，在其间我们看到，南洋特有的热带氛围和异国情调，深深地感染着徐志摩。他眼中的芭蕉是"'红心蕉'，多美的字面，红得浓得好。要红，要热，要烈，就得浓，浓得化不开，树胶似的才有意思"；暴雨过后的小草是"漏着喜色哪，绿得发亮，绿得生油，绿得放光"；"这风可真凉爽，皮肤上，毛孔里，哪儿都受用，像是在最温柔的水波里游泳。做鱼的快乐。气流似乎密一点，显得沉。一只疏荡的胳膊压在你的心窝上……却是有肉麋的气息，浓得化不开"；徐志摩所感受到的热带自然"更显得浓厚，更显得猖狂，更显得淫，夜晚的星都显得玲珑些"。而热带的女人，"最初的感觉是一球大红，像是火焰，其次是一片乌黑，墨晶似的浓，可又花须似的轻柔；再次是一流蜜，金漾漾的一泻，再次是朱古律（Chocolate），饱和着奶油最可口的朱古律。这些色彩感，因为浓初来显得凌乱，但瞬息间线条和轮廓的辨认，笼住了色彩的蓬勃的波流。"热带女郎的万种风情如此浓重，徐志摩用在热带女郎身上的色彩，浓得只能用"流蜜""一泻"

---

① 　黄傲云：《中国作家与南洋》，科华图书出版公司1985年版，第14—15页。

"蓬勃""波流"这样的词语，仿佛换作任何其他的词语，那些重彩就会立刻稀释开来。应该说，徐志摩作品的"异域"色彩也是十分鲜明的，强烈的视觉冲击效果，丝毫不加遮掩，热带风情感染了徐志摩，而徐志摩的热情也被"异域"在文学叙述和抒情中猝不及防地点燃。但是，我们只要细读徐志摩的作品就会发现，徐志摩的"浓"都浮于表面，"浓得化不开"的只是字面上的色彩。而同样以"异域"为背景创作的许地山，他的"浓"是深入灵魂的，不只是视线所及的事物，而是需要用心去体会、感受，是"浓得化不开"的"情"①。这样的"情"，其中暗藏着"境"，许地山越过了无数的精神和情感的废墟，常常出其不意地让异域的感怀融会在字里行间，成为叙述和人物挣脱不掉的意绪和幻想，在文本中传递着一种情怀的嬗变，聚焦生活和生命的感怀，展现人生的千姿百态，文本的美学意义方才愈益凸显出来。在许地山其他以异域为背景的小说中，通过意象和人物形象，透过宗教式的神性光芒来突出一种诗性的力量。

在《海角底孤星》中，那对新婚夫妇的结局虽然让人感到哀伤，但是他们的爱情却让人为之感动。"他在船上哪里像个新郎，简直是妻的奴隶！"他没有什么朋友，也不愿意认识什么朋友，因为他觉得船上的任何人都不配与他成为朋友，他的眼中只有他的妻子。船在向着赤道的方向前进，越靠近赤道两个人的感情越加浓厚、热烈；赤道下的阳光又送了他们许多热情、热觉、热血汗。他们更觉得身外无人。两个人的眼中只有彼此，丈夫对着妻子说："我愿意和你永远住在这里。""树胶要把我们的身体粘得非常牢固，至于分不开。"这样的情才是真正的"浓得化不开"。但是，到了岛上的第二年妻子就去世了，丈夫因为思念成疾，妻子去世后不到一年也去世了，妻子被葬在了万绿丛中，而丈夫却葬在了深蓝的大海里，他将永远都是"海角底孤星"。"日落了，蔚蓝的天多半被淡薄的晚云涂成灰白色。在云缝中，隐约露出一两颗星星。金星从东边的海涯升起来，由薄云里射出它的光辉"②。东边升起的金星，仿佛就是去世的丈夫的化身，在另一个世界找寻他的妻子，也在天上一直守护自己的小女儿。

另一篇《醍醐天女》，表面看就是写一对夫妻共患难、不离不弃的故

---

① 徐志摩：《翡冷翠山居闲话　徐志摩散文》，浙江文艺出版社 2015 年版，第 111—117 页。

② 徐逎翔、徐明旭：《许地山选集》，海峡文艺出版社 1985 年版，第 107 页。

事。一对恩爱的夫妻到森林里玩耍，丈夫不小心被毒刺扎到了腿，鲜血直流甚至晕了过去。尽管妻子自己也身处险境，但是她没有丢下奄奄一息的丈夫，而是在充满危险的漆黑森林里四处奔走求救，"她在一个道路不熟的黑夜里，移步固然很慢，而废路又走了不少，绕了几个弯，有时还回到原处，这一夜的步行，足够疲乏了"，胆小的妻子为了丈夫的生命已经忘记了害怕，即使累到不能再多走一步仍然没有忘记哀求他人救助自己的丈夫，所幸丈夫最终得到了救治。在这里，我们读懂了，只有真爱的夫妻，才会舍命去施救；只有感情深到一定程度，丈夫才会不忍心把自己受伤的事告诉妻子。夫妻感情之深厚只是这篇小说的表意之一，另一个意象则是"人"与"神"属性的互通性。小说的名字叫作"醍醐天女"，并且开头以"乐斯迷"的传说作为引子，传说乐斯迷是爱神的母亲，是保护世间的大神卫世奴的妻子，她是从醍醐海升起来的，印度人一谈到她，都会发出非比寻常的赞叹之声。但是"我"却一直有个奇怪的疑问，"我生在世间的年纪也不算少了，怎样老见不着她的影儿？"这个疑问看似无奇，但是却隐藏着一个很深的伏笔："乐斯迷"究竟是神还是人？是人，为何"我"从未见过；是神，为何人们又会觉得她是世间存在的呢？两个印度的朋友笑"我"不是没有道理，他们的玩笑话却是最有智性的——"在这有情世间活着，还不能辨出人和神的性格来"。"情"成为人类最神圣的情感，因为有情人才能称之为人，也因为"情"的真挚纯洁，人也可以是神。《醍醐天女》中，准陀罗的母亲因为那无私的真情，而被儿子奉为"乐斯迷"；《海角底孤星》的结尾，"我"反对印度人的话语让人听着心都化了："女人是悲哀的萌蘖，可是我们宁愿悲哀和她同来，也不能不要她。我们宁愿她嫁了才死，虽然使她丈夫悲哀至于死亡，也是好的。要知道丧妻的悲哀是极神圣的悲哀。"丈夫对妻子的这份情，也是最神圣的情。神圣的"情"不应该简单地局限于男女之间的私密情感，当人性上升为神性的时候，"情"就大而化之为普度的伟大。

《商人妇》中惜官的人生，似乎在不断地反转，每当觉得幸福的生活马上就要到来的时候，就会有更大的灾难和痛苦等着她。她以为丈夫去了南洋必然会让自己过上好日子，但是却一等再等，始终没有丈夫的音信；她以为去南洋寻找丈夫，丈夫会如她一般欣喜，但相见的场面却异常冷淡，丈夫甚至面带愠色；她以为既然与丈夫相认，从此就会夫妻恩爱共同经营生活，但是丈夫却把她卖给了印度商人做了小妾；她以为在印度的生活也算平淡无忧，从此儿女绕膝简单快乐，但是阿户耶的去世再一次将她推向了风口浪尖，无处容身，不得不踏上逃亡之路；她以为林荫乔会念及曾经的夫妻情分再次接纳她，但是丈夫一家却早已搬至别处；故事的结尾，惜官选择继续寻访丈夫的下落以期待有可能再回到印度，惜官未来的生活会如何我们不得而知，只能希望一直围堵她的人生之墙能够訇然中开，闪出一道希望之光。

　　如此命运多舛的惜官不可谓不可怜，如果从现代以来一直倡导的妇女独立自主的角度来看，惜官之所以可怜，是因为她完全依附于男人，她的命运完全受男权的控制和主宰，女权主义者势必会对此嗤之以鼻。人们常说，可怜之人必有可恨之处。而读过《商人妇》的人，谁似乎都无法对她产生恨意，都希望她的生活可以好起来，为何会如此呢？就像荷尔德林所说："只要良善/和纯真尚与人心相伴，他就会欣喜地拿神性/来度测自己。"这就是惜官，不论命运如何待她，她的纯真和善良始终是内心的底色，如同启明星一般光明，是"夜界最光明的星"——"凡光明的事物都不能迷惑人，在诸星之中，我最先出来，告诉你们黑暗快到了；我最后回去，为的是领你们紧接受着太阳的光亮"，她的纯洁和善良才是最光明，最使人警醒的。这应该就是荷尔德林所指的"神性"，"神性乃是人借以度量他在大地之上、天空之下的栖居的'尺度'"[1]，按照海德格尔的解释，当人开始拿神性来度量自己的时候，说明他已经栖居在他生活的那片土地上了，只有在这样的状态下，人才会天地般宽广的心胸。当《商人妇》中的惜官开始与"神性"相接时，她应该已经找了栖居的入口，在她经历了无数磨难的前半生，似乎很难寻觅"诗意"的踪影，但是她乐观的天性又何尝不是老天赐予她的"诗意"呢？既然她已经找到了栖居的入口，加上她始终如一的善良纯真，谁又会怀疑她下半生不会在某片土地上诗意地生活下去呢？从某个角度来看，"神性"就是超越普通伦理道德的精神追求，而当这种精神追求上升到一定程度，就会被"称作神明的形象"，在许地山的作品中，能称得上"神明"的形象的必然是《缀网劳蛛》中的尚洁。

　　在第五章关于女性形象分析中，我们曾经对尚洁这个形象做了很细

---

　　① ［德］海德格尔：《人，诗意地栖居》，载《海德格尔选集》，孙周兴译，商务印书馆2004年版，第471页。

致的分析。但是，此处着重要析出尚洁这个形象的"神性"。可以说，在很大的程度上，尚洁对于长孙可望无理取闹所采取的态度，以及对事件的处理方式，已经超越了普通人的正常范围，如同普度众生的神明，可以包容世间的一切罪恶，原谅人们所有的过错，接纳所有阶层的人，她以超越常人的宽容和对人生透彻的领悟去度化她身边的凡人，提高他们的精神层次，净化他们的灵魂，她的纯洁似乎不沾染任何凡尘。所有的苦难她都承受，但是她却仍然以一种很诗意的方式安居在这个世界里。这样的生存状态不仅仅关乎她的修为，渗入她的生命体验，更加深层地展现了"诗意"的背后人所具有的"真"与"善"，以及最终归之于"美"的范畴，这是人最高的"尺规"。这里所谓的"诗"已经远远超越了语言艺术门类的范畴，它代表的是一种生命的本真状态，是无限接近真理的途径。

纵观《商人妇》《缀网劳蛛》《醍醐天女》《海角底孤星》等几篇小说，发现其间的异域风情已经远远弱于《命命鸟》。《商人妇》中最明显的应该是惜官辗转的几个地方——新加坡、印度，马来妇人、阿户耶、阿噶利马，伊斯兰教这些标签性的名词撑起了这篇小说中所谓的"异域"，相对于《命命鸟》中那样的细致描写的地方性景色已然消失；《缀网劳蛛》中只有"土华"这个异域的地名；在《海角底孤星》中可以看到"赤道""槟榔屿"这样带有异域色彩的地名，"椰子""棕枣""树胶"这些带有南洋风情的物种，以及船上的印度人，其他描述似乎很难有"异域"的感觉；而《醍醐天女》除了船上的印度人、周围的印度洋、印度的传说之外，我们也很难找出关于异域的其他描写。其实，异域对于许地山而言不是猎奇的手段，不是吸睛的噱头，他从没有刻意去渲染异域的"异"，更多的是利用这个"域"让故事可以更真切地传达出他期许的意蕴。"异域"对于许地山的创作不局限于"南洋"或者某个固定的地理范围，"异域"这个词背后的意义更加宽广，它代表的是许地山的思想中对多元文化的吸纳，也是空间的隔离，眼前的现实过于乌糟邋遢，许地山那神圣而纯洁的"情"，浓得化不开的"诗"，需要有一个不一样的空间才能安放，而许地山的异域与其说是南洋，不如说是他用自己的想象虚构了另一个真善美的空间而披上了"南洋"的外衣。

近一个世纪以来，对许地山创作的研究一直集中于宗教、异域、人生等几大方面，但是我们最想做的是透过这几方面去寻找他思想中最根本的内核，不论多么崇高的信仰还是多么深奥的生命哲学，"人"永远是这一切的基点，人要如何活着是许地山创作所有棱面的基线，而许地山追求的终点就是"人，诗意的栖居"，这才是许地山思想的真正内核，是他所希望的人的最理想的生命形态。在《商人妇》和《缀网劳蛛》这两篇同样以南洋为背景的作品中，许地山以故事的形式明确地表达出这"最理想的生命形态"是其创作的终极指向。但是还有一篇作品是常常被人们忽略的，它看似寓言，像神话故事，却是许地山内心真正的独白，也是对他的思想的最好的总结，它就是《海世间》。

　　文鳐对"他"说："是谁给你分别的？什么叫人造人间，什么叫自然人间？只有你心里妄生差别便了。我们只有海世间和陆世间的分别，陆世间想你是经历惯的；至于海世间，你只能从想象中理会一点。你们想海里也有女神，五官六感都和你们一样，戴的什么珊瑚、珠贝，披的什么鲛纱、昆布。其实这些东西，在我们这里并非希奇难得的宝贝。而且一说人的形态便不是神了。我们没有什么神，只有这蔚蓝盐水是我们生命的根源。"① "他"把人间区分为"人造人间"和"自然人间"，所谓的"人造人间"就是文鳐说的"陆世间"，是我们现在生活的世界，充满了"社会律的桎梏"；而"自然人间"究竟在哪里，"他"也说不清楚，也一直在寻找。他所在的船要去新的世界，但是新的世界未必就是"自然人间"，"他"想象中的"海世间"似乎更接近他寻找的"自然人间"，但是文鳐却告诉他海世间并没有"神"，"只有这蔚蓝的盐水"，"不过是咸而冷的水罢了，海的美丽就是这么简单——冷而咸"。但是"他"却不信。"他"并没有真正到海世间走一遭，亲眼看看海底的世界到底是什么样子，所以他只能依靠想象来构造。但是想象的东西总是会附加得太多，失去了原本的面貌。其实，他所找寻的"自然人间"就是文鳐所说的"咸而冷的水"，越是简单的事物越美丽，对于鱼来说，海水是它们生命的源泉，再不会有任何事物比待在海水里更加幸福自然，而对于人来说，"自然人间"就是荷尔德林所谓的诗意的栖居，是最本真的生命状态，丢掉"那人造人间所存在的受、想、行、识"这些沉重的东西，脱掉日常伪装的"外衣"，还原人性最原本的真善美，自由自在地生活。而这样的生活

① 许地山：《花香雾气中的梦》，中国国际广播出版社 1995 年版，第 68 页。

"只有在想象或淡梦中能够实现罢了"。文鳐和"他"是许地山思想中的理想版和现实版，二者的对话象征着许地山思想的转换和提升，在现实和理想中穿梭，既要直面现实又必须给现实插上一双翅膀，向更美好的未来世界努力飞翔。

附录 1

许地山年表

光绪十九年十二月二十八日（1894年2月8日），许地山出生在台湾省台南府城延平郡王府旁的窥园。

1895年，中日签署《马关条约》，将台湾割让给日本，1896年许地山一家被迫迁离台湾至汕头。

1897年，因父亲许南英到北京投供吏部，自请开去兵部职务，降换广东即用知县，加同知衔，许地山随父母举家搬迁至广州。

1912年辛亥革命后，许家从广州迁到福建，许地山在福建海沧的一个小学里当教员，几个月后，许家再次迁居至漳州，许地山也转为福建省立第二师范学校任教。

1913年至1915年12月，许地山在缅甸仰光中学任教。

1916年，许地山在福建省立第二师范学校任教。

1917年至1920年，许地山考入汇文大学（即为后来的燕京大学）文学院学习。

1919年11月1日，许地山与郑振铎、瞿秋白、翟世英、耿济之创办了《新社会》（旬刊），高举反帝反封建的鲜明旗帜，宣传新思想。

1920年至1922年，许地山在燕京大学神学院学习。

1921年1月4日，文学研究会于北京成立，发起者共12人：周作人、沈雁冰、许地山、郑振铎、王统照、叶绍钧、孙伏园、耿济之、朱希祖、翟世英、郭绍虞、蒋百里。

1922年，许地山于燕京大学毕业后留校做助理。

1923年9月1日至1924年夏，许地山在纽约哥伦比亚大学研究院哲学系进修宗教比较学，获得文学硕士学位。

1924年9月至1926年夏，许地山在英国伦敦牛津大学研究院进修宗教史、人类学和印度哲学，获文学、神学双学士学位。

1926 年夏，许地山从英国回国途中取道印度，在罗奈（纳）城印度大学短期逗留，学习佛学和梵文，并拜访泰戈尔。

1926 年 10 月，许地山回国继续任教燕京大学，1928 年升为燕京大学副教授，1930 年升为燕京大学教授。同时在北京大学兼授印度哲学，在清华大学兼授人类学。

1934 年，许地山赴印度，自费研究宗教和梵文 4 个月，回国前访问孟买、果阿、马德拉斯等地。

1935 年夏，许地山因与燕京大学教务长司徒雷登意见不合被解聘。

1935 年，许地山受聘于香港大学，以主任教授身份主持文学院工作，厉行教学改革，重组文学院，细分为文学、史学、哲学三系，重新设置课程，并亲自授课，深得推崇。许地山在香港大学的六年间，在改造香港教育、保护文化遗产、倡导语文运动和文字改革等诸多方面功勋卓著。

1937 年，许地山任香港中英文化协会主席。

1938 年 3 月 27 日，抗战时期规模最大、影响最广的抗战文艺社团"中华全国文艺界抗敌协会"在武汉成立，许地山被选为理事。

1939 年 3 月 26 日，许地山创建中华全国文艺界抗敌协会香港分会，任理事兼总务。

1939 年，许地山筹划并成立香港新文字学会。

1939 年 3 月 26 日，许地山与简又文、陆丹林等人发起中国文化协进会，任理事。

1941 年 8 月 4 日，许地山逝世。

附录 2

许地山作品名录

小说

［1］《命命鸟》（原载《小说月报》，第 12 卷第 1 号，1921；收入《缀网劳蛛》，上海：商务印书馆，1925）

［2］《商人妇》（原载《小说月报》，第 12 卷第 4 号，1921；收入《缀网劳蛛》，上海：商务印书馆，1925）

［3］《换巢鸾凤》（原载《小说月报》，第 12 卷第 5 号，1921；《缀网劳蛛》，上海：商务印书馆，1925）

［4］《黄昏后》（原载《小说月报》，第 12 卷第 7 号，1921；收入《缀网劳蛛》，上海：商务印书馆，1925）

［5］《缀网劳蛛》（原载《小说月报》，第 13 卷第 2 号，1922；收入《缀网劳蛛》，上海：商务印书馆，1925）

［6］《无法投递之邮件》（原载《小说月报》，第 14 卷第 4、5 号，1923；收入《缀网劳蛛》，上海：商务印书馆，1925）

［7］《海世间》（原载《小说月报》，第 14 卷第 11 号，1923；收入《缀网劳蛛》，上海：商务印书馆，1925）

［8］《海角底孤星》（原载《小说月报》，第 14 卷第 11 号，1923；收入《缀网劳蛛》，上海：商务印书馆，1925）

［9］《醍醐天女》（原载《小说月报》，第 14 卷第 11 号，1923；收入《缀网劳蛛》，上海：商务印书馆，1925）

［10］《枯杨生花》（原载《小说月报》，第 15 卷第 3 号，1924；收入《缀网劳蛛》，上海：商务印书馆，1925）

［11］《读〈芝兰与茉莉〉因而想及我底祖母》（原载《小说月报》，第 15 卷第 5 号，1924；收入《缀网劳蛛》，上海：商务印书馆，1925）

［12］《慕》（《缀网劳蛛》，上海：商务印书馆，1925）

[13]《在费总理底客厅里》（原载《小说月报》，第 19 卷第 11 号，1928；《解放者》，北平：星云堂书局，1933）

[14]《三博士》（原载《解放者》，北平：星云堂书局，1933）

[15]《街头巷尾之伦理》（原载《解放者》，北平：星云堂书局，1933）

[16]《归途》（《解放者》，北平：星云堂书局，1933）

[17]《玉官》（原载 1939 年《大风》旬刊第 29—36 期，收入《危巢坠简》，商务印书馆，1947）

[18]《无忧花》（《解放者》，北平：星云堂书局，1933）

[19]《东野先生》（《解放者》，北平：星云堂书局，1933）

[20]《解放者》（《解放者》，北平：星云堂书局，1933）

[21]《女儿心》（原载《文学》月刊第 1 卷第 4、5 号，上海，1933）

[22]《人非人》（原载《文学》，第 2 卷第 1 号，1934；收入《危巢坠简》，商务印书馆，1947）

[23]《春桃》（原载《文学》，第 3 卷第 1 号，1934；收入《危巢坠简》，商务印书馆，1947）

[24]《铁鱼底鳃》（原载 1941 年 2 月 20 日《大风》旬刊第 84 期，香港，1941；收入《危巢坠简》，上海：商务印书馆，1947）

散文

[1]《心有事（开卷的歌声）》（原载《小说月报》，第 13 卷第 4 号，1922；收入《空山灵雨》，商务印书馆，1927）

[2]《蝉》（原载《小说月报》，第 13 卷第 4 号，1922；收入《空山灵雨》，商务印书馆，1925）

[3]《蛇》（原载《小说月报》，第 13 卷第 4 号，1922；收入《空山灵雨》，商务印书馆，1925）

[4]《笑》（原载《小说月报》，第 13 卷第 4 号，1922；收入《空山灵雨》，商务印书馆，1925）

[5]《三迁》（原载《小说月报》，第 13 卷第 4 号，1922；收入《空山灵雨》，商务印书馆，1925）

[6]《香》（原载《小说月报》，第 13 卷第 4 号，1922；收入《空山

灵雨》，商务印书馆，1925）

　　[7]《愿》（原载《小说月报》，第 13 卷第 4 号，1922；收入《空山灵雨》，商务印书馆，1925）

　　[8]《山响》（原载《小说月报》，第 13 卷第 4 号，1922；收入《空山灵雨》，商务印书馆，1925）

　　[9]《愚妇人》（原载《小说月报》，第 13 卷第 4 号，1922；收入《空山灵雨》，商务印书馆，1925）

　　[10]《蜜蜂和农人》（原载《小说月报》，第 13 卷第 4 号，1922；收入《空山灵雨》，商务印书馆，1925）

　　[11]《"小俄罗斯"底兵》（原载《小说月报》，第 13 卷第 4 号，1922；收入《空山灵雨》，商务印书馆，1925）

　　[12]《爱底痛苦》（原载《小说月报》，第 13 卷第 4 号，1922；收入《空山灵雨》，商务印书馆，1925）

　　[13]《信仰底哀伤》（原载《小说月报》，第 13 卷第 4 号，1922；收入《空山灵雨》，商务印书馆，1925）

　　[14]《暗途》（原载《小说月报》，第 13 卷第 4 号，1922；收入《空山灵雨》，商务印书馆，1925）

　　[15]《你为什么不来》（原载《小说月报》，第 13 卷第 5 号，1922；收入《空山灵雨》，商务印书馆，1925）

　　[16]《海》（原载《小说月报》，第 13 卷第 5 号，1922；收入《空山灵雨》，商务印书馆，1925）

　　[17]《梨花》（原载《小说月报》，第 13 卷第 5 号，1922；收入《空山灵雨》，商务印书馆，1925）

　　[18]《难解决的问题》（原载《小说月报》，第 13 卷第 5 号，1922；收入《空山灵雨》，商务印书馆，1925）

　　[19]《爱就是刑罚》（原载《小说月报》，第 13 卷第 5 号，1922；收入《空山灵雨》，商务印书馆，1925）

　　[20]《债》（原载《小说月报》，第 13 卷第 5 号，1922；收入《空山灵雨》，商务印书馆，1925）

　　[21]《暾将出兮东方》（原载《小说月报》，第 13 卷第 5 号，1922；收入《空山灵雨》，商务印书馆，1925）

　　[22]《鬼赞》（原载《小说月报》，第 13 卷第 5 号，1922；收入

《空山灵雨》，商务印书馆，1925）

　　［23］《万物之母》（原载《小说月报》，第 13 卷第 5 号，1922；收入
《空山灵雨》，商务印书馆，1925）

　　［24］《春底林野》（原载《小说月报》，第 13 卷第 5 号，1922；收入
《空山灵雨》，商务印书馆，1925）

　　［25］《花香雾气中底梦》　（原载《小说月报》，第 13 卷第 5 号，
1922；收入《空山灵雨》，商务印书馆，1925）

　　［26］《荼蘼》　（原载《小说月报》，第 13 卷第 6 号，1922；收入
《空山灵雨》，商务印书馆，1925）

　　［27］《银翎底使命》（原载《小说月报》，第 13 卷第 6 号，1922；收
入《空山灵雨》，商务印书馆，1925）

　　［28］《美底牢狱》（原载《小说月报》，第 13 卷第 6 号，1922；收入
《空山灵雨》，商务印书馆，1925）

　　［29］《补破衣底老妇人》　（原载《小说月报》，第 13 卷第 6 号，
1922；收入《空山灵雨》，商务印书馆，1925）

　　［30］《光底死》（原载《小说月报》，第 13 卷第 6 号，1922；收入
《空山灵雨》，商务印书馆，1925）

　　［31］《再会》　（原载《小说月报》，第 13 卷第 6 号，1922；收入
《空山灵雨》，商务印书馆，1925）

　　［32］《桥边》　（原载《小说月报》，第 13 卷第 8 号，1922；收入
《空山灵雨》，商务印书馆，1925）

　　［33］《头发》　（原载《小说月报》，第 13 卷第 8 号，1922；收入
《空山灵雨》，商务印书馆，1925）

　　［34］《疲倦底母亲》（原载《小说月报》，第 13 卷第 8 号，1922；收
入《空山灵雨》，商务印书馆，1925）

　　［35］《处女底恐怖》（原载《小说月报》，第 13 卷第 8 号，1922；收
入《空山灵雨》，商务印书馆，1925）

　　［36］《我想》　（原载《小说月报》，第 13 卷第 8 号，1922；收入
《空山灵雨》，商务印书馆，1925）

　　［37］《乡曲底狂言》（原载《小说月报》，第 13 卷第 8 号．1922；收
入《空山灵雨》，商务印书馆，1925）

　　［38］《生》（原载《小说月报》，第 13 卷第 8 号，1922；收入《空

山灵雨》，商务印书馆，1925）

［39］《公理战胜》（原载《小说月报》，第 13 卷第 8 号，1922；收入
《空山灵雨》，商务印书馆，1925）

［40］《面具》（原载《小说月报》，第 13 卷第 8 号，1922；收入
《空山灵雨》，商务印书馆，1925）

［41］《落花生》（原载《小说月报》，第 13 卷第 8 号，1922；收入
《空山灵雨》，商务印书馆，1925）

［42］《别话》（原载《小说月报》，第 13 卷第 8 号，1922；收入
《空山灵雨》，商务印书馆，1925）

［43］《爱流汐涨》（原载《小说月报》，第 13 卷第 8 号，1922；收入
《空山灵雨》，商务印书馆，1925）

［44］《无法投递之邮件》《无法投递之邮件（续）》（原载 1940 年 1
月 22 日、3 月 15 日、5 月 16 日《大公报》，香港，1940；收入《危巢坠
简》，商务印书馆，1947）

［45］《危巢坠简》（原载 1940 年 7 月 10 日，8 月 24 日《大公报》，
香港，1940；收入《危巢坠简》，上海：商务印书馆，1947）

［46］《旅印家书》（1934 年许地山在印度期间写给家人的信，1988
年由周俟松提供，收入《许地山研究集》，南京大学出版社，1989）

序跋

［1］《〈空山灵雨〉弁言》（原载《小说月报》，第 13 卷第 4 号，
1922；收入《空山灵雨》，商务印书馆，1925）

［2］《〈孟加拉民间故事〉译叙》（原载《孟加拉民间故事》，商务印
书馆，1929，收入《许地山文集》，新华出版社，1998）

［3］《〈达衷集〉弁言》（录自《达衷集》，商务印书馆，1931 年，
收入《许地山文集》，新华出版社，1998）

［4］《佛藏子目引得·弁言》（原载 1933 年 3 月哈佛燕京学社，收入
《许地山文集》，新华出版社，1998）

［5］《〈解放者〉弁言》（原载《解放者》，北平：星云堂书局，
1933）

［6］《序〈野鸽的话〉》（原载 1935 年 4 月《新文学》，收入《许地
山文集》，新华出版社，1998）

[7]《怡情文学与养性文学——序太华烈士编译〈硬汉〉小说集》（原载 1939 年 1 月《大风》旬刊第 25 集；收入《杂感集》，周俟松编辑，上海：商务印书馆，1946）

[8]《〈题唐南注公手迹〉有序》（原载 1939 年 3 月 27 日《立报》，收入《许地山文集》，新华出版社，1998）

[9]《〈落花生舌〉弁言》　（收入《许地山文集》，新华出版社，1998）

杂文

[1]《女子底服饰》（原载 1920 年 1 月 11 日《新社会》第 8 号）

[2]《强奸》（原载 1920 年 2 月 1 日《新社会》第 10 号）

[3]《十九世纪两大社会学家底女子观》（原载 1920 年 4 月 1 日《新社会》第 16 号）

[4]《劳动底究竟》（原载 1920 年 4 月 11 日《新社会》第 17 号）

[5]《劳动底威仪》（原载 1920 年 4 月 21 日《新社会》第 18 号）

[6]《“五一”与“五四”》（原载 1920 年 5 月 1 日《新社会》第 19 号）

[7]《“五七”纪念与人类》（原载 1920 年 9 月 1 日《燕京大学季刊》第 1 卷第 3 号）

[8]《燕京大学校址小史》（原载 1929《燕京学报》第 6 期）

[9]《法眼》（《解放者》，北平：星云堂书局，1933）

[10]《关于鲁迅先生纪念会底“不守时刻”》（原载 1938 年 10 月 28 日《大公报》）

[11]《老鸦咀》（原载 1939 年 8 月 18 日《红豆》月刊）

[12]《一年来香港教育及其展望》（1939 年 1 月 1 日《大公报》）

[13]《“七七”感言》（原载 1939 年 7 月 7 日香港《大公报》；《杂感集》，周俟松编辑，上海：商务印书馆，1946）

[14]《中国思想中对于战争底态度》（1939 年香港《大风》旬刊第 26 期）

[15]《一封公开的信》（原载 1939 年 8 月 18 日香港《中国晚报》；收入《杂感集》，周俟松编辑，上海：商务印书馆，1946）

[16]《国庆日所立底愿望》（原载 1939 年 10 月 9 日《大公报》，收

入《杂感集》，周俟松编辑，上海：商务印书馆，1946）

[17]《今天》（原载 1940 年 7 月 7 日香港《大公报》；收入《杂感集》，周俟松编辑，上海：商务印书馆，1946）

[18]《对于本年公立各院校统一招生入学考试底感想》（1940 年 8 月 2 日香港《大公报》）

[19]《谈〈菜根谈〉》（原载 1940 年 9 月 27 日香港《大公报》；收入《杂感集》，周俟松编辑，上海：商务印书馆，1946）

[20]《论"反新式风花雪月"》（原载 1940 年 11 月 14 日香港《大公报》；收入《杂感集》，周俟松编辑，上海：商务印书馆，1946）

[21]《猫乘》（《国粹与国学》，上海：商务印书馆，1947）

[22]《香港小史》（上、下）（转引《道教史》"许地山先生学术年表"，北京：商务印书馆，2015）

游记

[1]《上景山》（1834 年 12 月《太白》1 卷 6 期刊，《杂感集》，周俟松编辑，上海：商务印书馆，1946）

[2]《先农坛》（1835 年 1 月《太白》1 卷 9 期刊，《杂感集》，周俟松编辑，上海：商务印书馆，1946）

[3]《忆卢沟桥》（原载 1941 年 2 月 20 日《大风》旬刊第 42 期，香港，1941；收入《杂感集》，周俟松编辑，上海：商务印书馆，1946）

诗歌

[1]《七宝池上底乡思》（原载《小说月报》，第 13 卷第 6 号，1922；收入《空山灵雨》，商务印书馆，1925）

[2]《一九二一年十月二十三夜》（1964 年 3 月 27 日《台湾文献》15 卷 1 期，生前未正式发表）

[3]《女人我很爱你》（原载《小说月报》，第 14 卷第 11 号，1923 年 11 月 10 日）

[4]《看我》（原载《小说月报》，第 15 卷第 2 号，1924 年 2 月 10 日）

[5]《情书》（原载《小说月报》，第 15 卷第 3 号，1924 年 3 月 10 日）

[6]《邮筒》（原载《小说月报》，第 15 卷第 3 号，1924 年 3 月 10 日）

[7]《做诗》（原载《小说月报》，第 15 卷第 3 号，1924 年 3 月 10 日）

[8]《月泪》（原载《小说月报》，第 15 卷第 5 号，1924 年 5 月 10 日）

[9]《牛津大学公园早行》（原载《小说月报》，第 17 卷第 10 号，1926 年 10 月 10 日）

[10]《我底病人》（原载《小说月报》，第 18 卷第 2 号，1927 年 2 月 10 日）

[11]《我军轰敌长江报捷》（1938 年 6 月作，手迹印影刊人民文学出版社《许地山选集》插页）

[12]《我所知道的龙溪》（转引自《许地山研究集》，南京大学出版社，1989）

戏剧

[1]《狐仙》（原载《小说月报》，第 17 卷第 9 号，1926 年 9 月 10 日）

[2]《女国士》（原载 1938 年 11 月 11 日、13 日、15 日、16 日香港《大公报》；收入《许地山选集》，北京：人民文学出版社，1958）

[3]《凶手》（原载 1940 年 10 月 1 日《宇宙风》半月刊百期纪念号；收入《许地山选集》，北京：人民文学出版社，1958）

[4]《木兰》（四幕粤剧，1940 年）

童话

[1]《桃金娘》（原载《新儿童》半月刊第 1 卷第 4、5 期，香港，1941，7—8；收入《许地山选集》，北京：人民文学出版社，1958）

[2]《萤灯》（原载《新儿童》半月刊第 1 卷第 1—3 期，香港，1941，6—7；收入《萤灯》，香港：进步教育出版社，1941；收入《许地山选集》，北京：人民文学出版社，1958）

回忆录

[1]《我的童年》（原载《新儿童》半月刊第 1 卷第 6 期—第 4 卷第

4 期，香港，1941—1943）

　　［2］《窥园先生诗传》（原载《窥园留草》，文作于 1933 年 6 月）

　　［3］《牛津的书虫》（生前未发表，1950 年万方在《工商日报》发表《许地山与香港的读书风气》时录入，收入《许地山文集》，北京：新华出版社，1998）

学术著述

　　［1］《我对于译名为什么要用注音字母》（1920 年《新社会》旬刊第 12 号）

　　［2］《社会科学底研究法》（1920 年《新社会》旬刊第 14 号、15 号、16 号、18 号）

　　［3］《创作底三宝和鉴赏底四依》（1921 年 7 月《小说月报》第 12 卷第 7 号）

　　［4］《粤讴在文学上底地位》（1922 年 3 月《民铎杂志》第 3 卷第 3 号）

　　［5］《古希伯来诗的特质》（1922 年 2 月《文学周报》第 27 期）

　　［6］《我对于"孔雀东南飞"底提议》（1922 年 3 月《戏剧》第 2 卷第 3 期）

　　［7］《中国文学所受底印度伊兰文学底影响》（1925 年 7 月《小说月报》第 16 卷第 7 号）

　　［8］《梵剧体例及其在汉剧上底点点滴滴》（1927 年 6 月《小说月报》第 17 卷号外）

　　［9］《道家思想与道教》（1927 年《燕京学报》2 期）

　　［10］《中国美术家底责任》（原载 1927 年 1 月 8 日《晨报副镌》）

　　［11］《摩尼二宗三际论》（1928 年《燕京学报》第 3 期）

　　［12］《陈那以前中观派和瑜伽派之因明》（1928 年《燕京学报》第 5 期）

　　［13］《大中磐刻文时代管见》（1929 年《燕京学报》第 18 期，收入《国粹与国学》）

　　［14］《我底名字》（1931 年《北平晨报》）

　　［15］《观音崇拜之由来》（原载 1934 年 11 月 19 日、20 日天津《大公报》）

［16］《近三百年来的中国女装》（原载 1935 年 5 月、6 月、7 月、8 月天津《大公报》）

［17］《蔡孑民先生底著述》（原载 1940 年 3 月 24 日《珠江日报》）

［18］《民国一世——三十年来我国礼俗变迁底简略底回观》（原载 1941 年 1 月 1 日《大公报》）

［19］《国粹与国学》（原载 1941 年 7 月香港《大公报》）

［20］《香港考古述略》（原载 1941 年 4 月《时报周刊》第 1 卷第 5 期）

［21］《中国文字底命运》（《国粹与国学》，上海：商务印书馆，1947）

［22］《礼俗与民生》（《国粹与国学》，上海：商务印书馆，1947）

［23］《原始的儒，儒家，与儒教》（《国粹与国学》，上海：商务印书馆，1947）

［24］《医学与道教》（《国粹与国学》，上海：商务印书馆，1947）

［25］《清代文考制度》（《国粹与国学》，上海：商务印书馆，1947）

［26］《香港与九龙租借地史地探略》（转引自《许地山的香港书写与家国想象》，《华文文学》2012 年 4 月）

［27］《宗教的生长与灭亡》（转引自《许地山、郑振铎作品欣赏》，南宁：广西教育出版社，1989）

［28］《美文与美文的作者》（转引自《许地山、郑振铎作品欣赏》，南宁：广西教育出版社，1989）

［29］《现行婚姻制之错误及男女关系之将来》（转引《许地山、郑振铎作品欣赏》，南宁：广西教育出版社，1989）

演讲稿

［1］《青年节对青年讲话》（原载 1941 年 5 月 20 日香港《大公报》；收入《国粹与国学》，上海：商务印书馆，1947）

［2］《造成伟大民族底条件——对北京大学学生讲》（原载 1935 年 2 月 8 日《北晨学园》；收入《杂感集》，周俟松编辑，上海：商务印书馆，1946）

［3］《英雄造时势与时势造英雄》（在广州岭南大学的演讲，原载 1938 年 3 月《大风》旬刊第 3 期；《杂感集》，周俟松编辑，上海：商务

印书馆，1946）

　　［4］《宗教底妇女观——以佛教的态度为主》（《国粹与国学》，上海：商务印书馆，1947）

　　［5］《我们要什么样底宗教？》（1923年4月14日《晨报副镌》）

　　［6］《拼音字和象形字的比较》（在香港教师联合会拉丁化研究会上的演讲，《国粹与国学》，上海：商务印书馆，1947）

　　［7］《中国文字的四声问题》（转引自《道教史》"许地山先生学术年表"，商务印书馆，2015）

　　［8］《鲁迅先生对于中国新文学之贡献》（转引自《道教史》"许地山先生学术年表"，北京：商务印书馆，2015）

译著

　　［1］《美的实感》（1920年5月23日、24日《晨报》副刊）

　　［2］《孟加拉民间故事》（戴伯诃利编译，《孟加拉民间故事》，1929年11月第1版，1956年3月第6版）

　　［3］《二十夜问》（贝恩编译，《印度故事集》，作家出版社，1955年1月第1版）

　　［4］《太阳底下降》（贝恩编译，《印度故事集》，作家出版社，1956年5月第1版）

　　［5］《在加尔各答途中》（1921年4月《小说月报》第12卷第4号）

　　［6］《可交的蝙蝠和伶俐底金丝鸟》（1924年6月《小说月报》第15卷第6号）

　　［7］《月歌》（1925年5月《小说月报》第16卷第5号）

　　［8］《欧美名人底爱恋生活》（1928年11月、12月《小说月报》第19卷第11号、第12号）

　　［9］《乐圣裴德芬的恋爱故事》（1931年1月《小说月报》第22卷第1号）

　　［10］《文明底将来》（1931年《北平晨报》）

　　［11］《主人，把我底琵琶拿去吧》（1931年1月《小说月报》第22卷第1号）

其他专著

　　［1］《佛藏子目引得》三册，燕京引得社1927年版。

［2］《达衷集》，商务印书馆 1928 年版。

［3］《印度文学》，商务印书馆 1930 年版。

［4］《道教史》（上册），商务印书馆 1934 年版。

［5］《扶箕迷信的研究》，商务印书馆 1941 年版。

［6］《道教、因明及其他》，中国社会科学出版社 1994 年版。

［7］《语体文法大纲》，岳麓书社 2013 年版。

附录 3

许地山研究辑录

许地山研究集或专著

1989 年

[1] 王盛：《许地山评传》，南京出版社 1989 年版。

[2] 周俟松、杜汝淼：《许地山研究集》，南京大学出版社 1989 年版。

[3] 宋益乔：《追求终极的灵魂：许地山传》，海峡文艺出版社 1989 年版。

1998 年

[4] 宋益乔：《福建现代作家传记丛书：许地山传》，海峡文艺出版社 1998 年版。

[5] 王盛：《落花生新探》，南京大学出版社 1998 年版。

研究许地山的期刊论文

1946 年

[1] [日] 宫本百合子：《春桃》，《近代文学》1946 年第 2 期。

1978 年

[2] 薛绥之：《论许地山》，《徐州师范大学学报》（哲学社会科学版）1978 年第 3 期。

1980 年

[3] 王文英、朱立元：《略论许地山的创作》，《中国现代文学研究丛刊》1980 年第 3 期。

[4] 曾华鹏：《读许地山的〈落花生〉》，《语文教学通讯》1980 年第 4 期。

[5] 周俟松：《回忆许地山》，《新文学史料》1980 年第 2 期。

[6] 周俟松、边一吉：《许地山传略及作品》，《新文学史料》1980年第 2 期。

[7] ［日］加藤千代：《许地山记事（一）——平民性和民间传说性》，《都立大学人文学报》1980 年第 3 期。

1981 年

[8] 鲍霁：《台湾作家许地山的创作道路》，《昆明师院学报》1981年第 1 期。

[9] 宋益乔：《在精神生活的深层开掘——再论佛学思想对许地山思想及创作的影响》，《山东师范大学学报》（哲学社会科学版）1987 年第 1 期。

[10] 杨玉峰：《关于许地山和新社会的一点补充》，《新文学史料》1981 年第 1 期。

1982 年

[11] 徐明旭：《略论许地山的空山灵雨》，《福建论坛》1982 年第 5 期。

[12] 俞润生：《许地山的父亲及〈窥园留草〉》，《社会科学战线》1982 年第 8 期。

[13] 周绍华：《试论许地山小说的选材》，《齐鲁学刊》1982 年第 2 期。

1983 年

[14] 卓如：《许地山的创作道路》，《晋阳学刊》1983 年第 3 期。

1984 年

[15] 陈平原：《论苏曼殊、许地山小说的宗教色彩》，《中国现代文学研究丛刊》1984 年第 3 期。

[16] 毛华田：《苏刊纪念我国作家许地山诞生 90 周年》，《国外社会科学》1984 年第 3 期。

[17] 阙良权：《略论许地山的小说创作》，《温州师范学院学报》1984 年第 2 期。

[18] 宋益乔：《佛教思想对许地山早期创作的影响》，《中国现代文学研究丛刊》1984 年第 1 期。

[19] 宋益乔：《论许地山的后期创作》，《中国现代文学研究丛刊》1984 年第 4 期。

［20］王盛：《许地山籍贯考辨》，《新文学史料》1984 年第 1 期。

［21］徐明旭：《"偏爱"，还是偏见？——评夏志清著〈中国现代小说史〉有关许地山章节》，《中国现代文学研究丛刊》1984 年第 3 期。

1985 年

［22］王吉鹏：《鲁迅〈野草〉与许地山〈空山灵雨〉之比较》，《内蒙古师范大学学报》1985 年第 2 期。

［23］周俟松、王盛：《许地山与他的父亲》，《新文学史料》1985 年第 4 期。

1986 年

［24］黄牧：《许地山创作风格简论》，《河北学刊》1986 年第 4 期。

［25］黄清华：《许地山先生在香港》，《文史杂志》1986 年第 2 期。

［26］束因立：《从〈空山灵雨〉看许地山早期人生观》，《安徽师范大学学报》（哲学社会科学版）1986 年第 2 期。

［27］袁凯声：《许地山早期小说的浪漫主义倾向》，《许昌学院学报》（社会科学版）1986 年第 1 期。

1987 年

［28］郭志刚：《许地山创作中的哲理化特点》，《宁夏社会科学》1987 年第 4 期。

［29］郭志刚：《东方式的反省——论许地山小说中的文化意识》，《社会科学战线》1987 年第 4 期。

［30］黄维樑：《继续创造美好女性的形象——许地山在香港的创作》，《五邑大学学报》（人文社会科学版）1987 年第 3 期。

［31］李以建：《许地山小说创作中的命运观》，《厦门大学学报》（哲学社会科学版）1987 年第 2 期。

［32］周俟松、王盛：《许地山与泰戈尔》，《新文学史料》1987 年第 2 期。

［33］阳泓：《许地山和图书馆》，《图书馆杂志》1987 年第 5 期。

［34］张静河：《从〈空山灵雨〉看许地山所受佛教的影响》，《扬州师院学报》（社会科学版）1987 年第 1 期。

［35］章秀定：《"'花生'外面装得古里怪气的！"——评许地山早期小说创作的二重性》，《河南大学学报》（哲学社会科学版）1987 年第 5 期。

1988 年

[36] 王家平:《许地山创作特色再论》,《丽水师专学报》1988 年第 Z1 期。

[37] 王盛:《春桃论——许地山作品研究之一》,《镇江师专学报》1988 年第 3 期。

[38] 徐越化:《论茅盾关于许地山的评论》,《湖州师专学报》1988 年第 3 期。

[39] 余时:《许地山与〈窥园留草〉》,《新文学史料》1988 年第 3 期。

1989 年

[40] 尼科斯利卡娅、韦罔:《许地山小品的哲学美学趣味》,《上海师范大学学报》(哲学社会科学版) 1989 年第 1 期。

[41] 谢昭新:《许地山、艾芜的域外题材小说比较谈片》,《贵州社会科学》1989 年第 12 期。

[42] [美] 易斯·罗宾逊、傅光明:《许地山与基督教》,《中国现代文学研究丛刊》1989 年第 4 期。

1990 年

[43] 韩建朝:《许地山笔下的妇女形象》,《驻马店师专学报》(社会科学版) 1990 年第 1 期。

[44] 李振杰:《有关许地山的两封信》,《新文学史料》1990 年第 3 期。

[45] 邵迎武:《生命的智慧与悲哀——〈许地山〉传读后》,《中国现代文学研究丛刊》1990 年第 3 期。

[46] 徐明旭:《许地山其人其文》,《语文学习》1990 年第 4 期。

1991 年

[47] 郭济访:《许地山的"新宗教"》,《山东师范大学学报》(社会科学版) 1991 年第 6 期。

[48] 顾平旦:《简评端木蕻良悼许地山的一付挽联》,《驻马店师专学报》(社会科学版) 1991 年第 4 期。

[49] 王天海:《朴实无华　言简意深——试评许地山散文〈落花生〉》,《贵州民族学院学报》1991 年第 1 期。

[50] 汪亚明:《人与神的邂逅——论许地山小说的美感特征》,《浙

江师范大学学报》（社会科学版）1991 年第 3 期。

［51］席扬：《天国里痛苦的理想主义者——论作为一种文化现象的许地山作品及其创作》，《山西师范大学学报》（社会科学版）1991 年第 1 期。

1992 年

［52］郭济访：《论道家思想对许地山的影响》，《中国现代文学研究刊》1992 年第 1 期。

［53］姜伯勤：《学兼中外　博古通今——许地山先生与金应熙老师》，《广东社会科学》1992 年第 5 期。

［54］王娴：《许地山及其〈空山灵雨〉探微》，《晋中师专学报》（社会科学版）1992 年第 2 期。

［55］席扬：《许地山散文论》，《文学评论》1992 年第 3 期。

［56］易水寒：《困惑与超越——论许地山的理想人格建构》，《江汉论坛》1992 年第 1 期。

［57］周俟松：《许地山年表》（上），《台湾与海外华文文学评论和研究》1992 年第 2 期。

1993 年

［58］刘桂瑶：《论许地山和川端康成创作中的佛禅宗教人格》，《东北亚论坛》1993 年第 2 期。

［59］沐金华：《空灵精致　仙气氤氲——读许地山的散文》，《盐城师专学报》（哲学社会科学版）1993 年第 2 期。

［60］孙德喜：《徘徊于宗教与现实之间——许地山〈春桃〉及其早期作品比较》，《扬州师院学报》（社会科学学报）1993 年第 1 期。

［61］施友佃：《成功秘诀在于创新求异——论许地山小说的特有风貌》，《甘肃社会科学》1993 年第 4 期。

［62］谭珊珊：《宗教蕴意的渗透与精神价值的重建——许地山小说新论》，《福建论坛》（文史哲版）1993 年第 5 期。

［63］王盛：《许地山笔下的东南亚风情》，《世界华文文学论坛》1993 年第 2 期。

［64］张从容：《透过佛光看人生——论许地山的散文创作》，《辽宁师范大学学报》（社会科学版）1993 年第 5 期。

1994 年

［65］金宏宇：《苦水化作菩提露——析许地山早期创作的"多苦"

意识》，《江汉论坛》1994 年第 4 期。

　　［66］刘青：《许地山小说里的"蜘蛛补网"人生观》，《黔东南民族师专学报》（哲学社会科学版）1994 年第 4 期。

　　［67］倪伟：《蛛网情尘——许地山与佛教的因缘》，《雨花》1994 年第 5 期。

　　［68］谭桂林：《论许地山与佛教文化的关系》，《求索》1994 年第 4 期。

　　［69］谭丽娟：《心的天国——许地山小说论》，《广东社会科学》（社会科学版）1994 年第 1 期。

　　［70］王开寿等：《深埋在地底的"落花生"——许地山、老舍的同题散文〈落花生〉比较赏析》，《名作欣赏》1994 年第 6 期。

　　［71］王盛：《新发现的许地山家书（两封）》，《新文学史料》1994 年第 3 期。

　　［72］王志明：《从〈春桃〉、〈归来〉、〈我应该怎么办〉看许地山、莫泊桑、陈国凯的美学境界》，《玉林师专学报》（社会科学版）1994 年第 4 期。

　　［73］张从容：《时代激流中的一湾清泉——论许地山小说中的妇女形象》，《辽宁师范大学学报》（社会科学版）1994 年第 6 期。

　　1995 年

　　［74］葛红兵：《许地山小说中女性形象的原型分析》，《吴中学刊》1995 年第 2 期。

　　［75］祁宗华：《独特的人生画图——许地山受宗教思想影响的前期小说》，《盐城师专学报》（哲学社会科学版）1995 年第 1 期。

　　［76］王盛：《许地山研究五十年（待续）》，《台港与海外华文文学评论和研究》1995 年第 3 期。

　　［77］王盛：《许地山研究五十年（续完）》，《台港与海外华文文学评论和研究》1995 年第 4 期。

　　［78］崔天谟：《对人生的执着追求——许地山的散文集〈空山灵雨〉》，《潍坊教育学院学报》1995 年第 Z1 期。

　　1996 年

　　［79］商金林：《新发现许地山译世界名歌十首及所写之弁言》，《北京大学学报》（哲学社会科学版）1996 年第 3 期。

[80] 王静:《音乐之律动——许地山创作艺术探幽》,《兰州大学学报》1996 年第 1 期。

[81] 王喜绒:《也谈许地山早期创作的“为人生”》,《兰州大学学报》1996 年第 2 期。

[82] 王玉芝：《用自己的意志支配命运——许地山笔下的春桃形象》,《中文自修》1996 年第 4 期。

[83] 周保福:《说不尽的春桃——读许地山的小说〈春桃〉》,《阅读与写作》1996 年第 9 期。

1997 年

[84] 黄春莲:《略论许地山早期小说创作的浪漫主义色彩》,《中州学刊》1997 年第 S1 期。

[85] 刘仲国:《言近旨远　词浅意深——许地山〈愿〉赏析》,《小说月报》1997 年第 6 期。

[86] 杨川庆:《寂寞的许地山》,《滇池》1997 年第 6 期。

[87] 袁良骏：《简述许地山先生写于香港的小说》,《河北学刊》1997 年第 6 期。

1998 年

[88] 常江虹：《艺术与宗教的人生启悟——评许地山的小说》,《惠州大学学报》(社会科学版) 1998 年第 3 期。

[89] 金今:《散文大家许地山》,《中文自修》1998 年第 11 期。

[90] 孙玉生、潘立娟:《试论许地山小说中的浪漫主义特征》,《牡丹江师范学院学报》1998 年第 3 期。

[91] 王盛:《许地山与陈寅恪》,《世界华文文学论坛》1998 年第 4 期。

[92] 许正林:《许地山“爱”的哲学与救世主义》,《盐城师专学报》1998 年第 2 期。

1999 年

[93] 阿日文金:《论许地山小说宗教思想的现实意义》,《内蒙古教育学院学报》1999 年第 1 期。

[94] 卜召林、倪占贤:《精神家园的失落——对许地山理想与现实之矛盾的思考》,《锦州师范学院学报》1999 年第 4 期。

[95] 蔡少薇：《许地山和他的小说创作》,《对外经济贸易大学学

报》1999 年第 2 期。

　　［96］梁德智：《伦理冲突中的一女二男——读许地山短篇小说〈春桃〉》，《天中学刊》1999 年第 S1 期。

　　［97］李秀兰：《神性的注视——许地山作品的女性关照》，《中华女子学院学报》1999 年第 1 期。

　　［98］苏晓芳：《从许地山的"问题小说"看作家背景与创作的关系》，《鄂州大学学报》1999 年第 4 期。

　　［99］孙中田：《彼岸与此岸之间——走进许地山的小说世界》，《北方论丛》1999 年第 5 期。

　　［100］王盛：《心灵的挚友——瞿秋白与许地山》，《南京师范专科学校学报》1999 年第 1 期。

　　［101］徐丽萍：《中国古典美学与许地山的创作》，《东岳论丛》1999 年第 3 期。

　　［102］夏昕：《佛教与许地山》，《零陵师范高等专科学校学报》1999 年第 4 期。

　　［103］朱崇娴：《许地山小说审美特征论》，《河南财政税务高等专科学校学报》1999 年第 4 期。

　　［104］朱献贞、李桂奎：《对话与潜对话——许地山早期小说"譬喻"叙述模式》，《郧阳师范高等专科学校学报》1999 年第 2 期。

　　［105］姜建责编：《香港"许地山教授学术研讨会"综述》，《南京师范专科学校学报》1999 年第 2 期。

　　2000 年

　　［106］胡俊卿：《许地山的佛缘》，《武台山研究》2000 年第 4 期。

　　［107］隋清娥：《只求耕耘，不问收获——论许地山早期小说的哲学意蕴》，《聊城师范学院学报》（哲学社会科学版）2000 年第 6 期。

　　［108］孙逊华：《深沉真挚　凄婉动人——许地山前期小说人物论》，《广东青年干部学院学报》2000 年第 2 期。

　　［109］朱庆华：《从浪漫传奇到客观写实——论许地山小说创作的嬗变》，《丽水师范专科学校学报》2000 年第 3 期。

　　［110］赵巍：《许地山创作的宗教色彩》，《承德民族师专学报》2000 年第 1 期。

　　2001 年

　　［111］姜波：《中西文化的碰撞与融汇——许地山小说〈玉官〉重

评》，《学术论坛》2001 年第 5 期。

　　［112］卢军：《许地山与宗教》，《山东科技大学学报》（社会科学版）2001 年第 1 期。

　　［113］刘艳梅：《论许地山早期小说创作中的"多苦"意识》，《康定民族师范高等专科学校学报》2001 年 4 期。

　　［114］慕丽丽：《试论许地山〈春桃〉中的生命意识》，《许昌师专学报》2001 年第 6 期。

　　［115］倪占贤：《许地山与香港》，《新文学史料》2001 年第 4 期。

　　［116］钱伟：《许地山与印度文化》，《常熟高专学报》2001 年第 3 期。

　　［117］任梦华：《许地山早期作品研究述评》，《文教资料》2001 年第 1 期。

　　［118］宋琦：《宗教文化与许地山的小说创作》，《固原师专学报》（社会科学版）2001 年第 2 期。

　　［119］孙逊华：《深沉真挚　凄婉动人——许地山前期小说人物论》，《五邑大学学报》（社会科学版）2001 年第 1 期。

　　［120］孙玉生：《绚丽斑斓的"女儿国"——对许地山"女性题材"作品的探讨》，《牡丹江师范学院学报》2001 年第 5 期。

　　［121］王高旺：《论宗教文学与许地山作品的叙事艺术》，《内蒙古师范大学学报》（哲学社会科学版）2001 年第 4 期。

　　［122］王丽华：《空灵玄奥　飘逸闲适——论许地山散文的艺术特色》，《沈阳师范学院学报》（社会科学版）2001 年第 3 期。

　　［123］王黎君：《从佛境眺望人生——许地山丰子恺创作审美特征比较》，《绍兴文理学院学报》2001 年第 4 期。

　　［124］王盛：《许地山先生的三种精神》，《南京晓庄学院学报》2001 年第 1 期。

　　［125］王新：《许地山散文创作中的宗教情结》，《锦州师范学院学报》（哲学社会科学版）2001 年第 2 期。

　　［126］张鑫：《许地山〈空山灵雨〉中的佛教思想及其矛盾》，《安庆师范学院学报》（社会科学版）2001 年第 4 期。

　　［127］张晓东：《生存的智慧：悲观，执着，超脱——许地山小说世界思想意蕴的诠释》，《安徽大学学报》（哲学社会科学版）2001 年第

4 期。

2002 年

［128］韩晓芹、赵蔚：《异域情调笼罩下的本土情结——浅淡许地山小说创作中的民族化、民间化倾向》，《宁波职业技术学院学报》2002 年第 3 期。

［129］哈迎飞：《佛其骨，道其骨——许地山小说的宗教色彩剖析》，《贵州社会科学》2002 年第 1 期。

［130］荆云波：《许地山早期小说的审美品格》，《郑州航空工业管理学院学报》（社会科学版）2002 年第 4 期。

［131］江振新：《两重形象的关照——许地山小说世界研究》，《上海大学学报》（社会科学版）2002 年第 6 期。

［132］宋琦：《许地山与宗教文化之关系研究述评》，《延安大学学报》（社会科学版）2002 年第 1 期。

［133］沈庆利：《死的向往与生的坚定——论许地山的生命哲学》，《郑州大学学报》（哲学社会科学版）2002 年第 3 期。

［134］孙玉生：《用"释迦"的魔笛，吹出理想人生的音符——论许地山文学作品中的佛教文化意蕴》，《北方论丛》2002 年第 5 期。

［135］王澄霞：《担一肩不俗的尘缘——再评许地山〈春桃〉》，《扬州教育学院学报》2002 年第 1 期。

［136］王珊：《空灵与悲美——许地山与川端康成创作个性比较》，《广西社会科学》，2002 年第 5 期。

［137］杨丽芳：《徘徊出世与入世间的灵魂》，《美与时代》2002 年第 1 期。

［138］朱洁文、马生龙：《生本不乐　虽哀犹爱——论许地山"为人生"的文学观》，《理论导刊》2002 年第 9 期。

2003 年

［139］柴莹：《"生本不乐"世界之中的"避"与"顺"——许地山小说中人物的宗教式选择观》，《武警工程学院学报》2003 年第 1 期。

［140］高少月：《试论许地山的文学创作道路》，《漳州职业大学学报》2003 年第 3 期。

［141］江振新：《许地山小说人物造型面面观》，《三峡大学学报》（人文社会科学版）2003 年第 6 期。

［142］江振新：《许地山小说艺术研究》，《荆州师范学院学报》2003年第6期。

［143］孔令环：《论许地山的"生本不乐"观》，《中州学刊》2003年第4期。

［144］吕立群：《许地山小说中女性世界的宗教情结》，《安徽广播电视大学学报》2003年第3期。

［145］李素娟：《许地山小说的爱情婚姻模式——对小说集〈缀网劳蛛〉的一种解读》，《张家口师专学报》2003年第1期。

［146］李绍山：《执着于人生关怀的宗教精神行者——许地山二十年代的散文分析》，《河北建筑科技学院学报》（社会科学版）2003年第3期。

［147］潘伟：《试论佛学对许地山文学创作的影响》，《商丘师范学院学报》2003年第6期。

［148］任建煜：许地山的"爱情公约"，《廉政瞭望》2003年第8期。

［149］沈庆利：《异国背景与许地山的小说创作》，《西南师范大学学报》（人文社会科学版）2003年第5期。

［150］汪正章：《弘扬"文艺为人生"和基督博爱精神——纪念许地山诞辰110周年》，《沧州师范专科学校学报》2003年第2期。

［151］谢成才、孟弘：《浪漫的色彩与写实的骨骼——许地山小说的艺术风格》，《洛阳大学学报》2003年第1期。

［152］薛克翘：《许地山的学术成就与印度文化的联系》，《文史哲》2003年第4期。

［153］杨庆节、解英兰：《论许地山前期小说的矛盾思想》，《运城学院学报》2003年第2期。

［154］朱德东：《艺术与宗教的缠绕和融合——论许地山与宗教文化的关系》，《重庆工商大学学报》（社会科学版·双月刊）2003年第4期。

［155］朱庆华：《许地山小说宗教情结综论》，《广西社会科学》2003年第7期。

［156］张永：《"妈祖"原型与许地山小说的关系》，《江苏社会科学》2003年第1期。

［157］张羽：《泰戈尔与许地山、冰心笔下的女性世界之比较》，《学

术交流》2003 年第 10 期。

　　2004 年

　　［158］傅宁军：《走进许地山》，《两岸关系》2004 年第 9 期。

　　［159］黄雯：《心灵向世界洞开——陈衡哲和许地山小说异域特色比较》，《贵州民族学院学报》2004 年第 1 期。

　　［160］孔令环：《论许地山的"安乐"观》，《殷都学刊》2004 年第 4 期。

　　［161］李洪华：《文化启蒙与宗教情感——论鲁迅、许地山笔下的女性形象》，《江西社会科学》2004 年第 5 期。

　　［162］李晚景：《许地山散文创作的若干特色》，《咸宁学院学报》2004 年第 8 期。

　　［163］孙南雄：《在许地山先生诞辰 110 周年纪念会上的讲话》，《世界华文文学论坛》2004 年第 3 期。

　　［164］王盛：《许地山先生的三种精神》，《世界华文文学论坛》2004 年第 3 期。

　　［165］武淑莲：《宗教情怀：人生烦恼的清凉剂——许地山、丰子恺创作的归依体验及其治疗作用》，《宁夏师范学院学报》2004 年第 2 期。

　　［166］杨剑龙：《写出文化冲突与融合中基督徒的复杂心态——论许地山的宗教小说〈玉官〉》，《金陵神学志》2004 年第 1 期。

　　［167］叶彤：《许地山诞辰 110 周年纪念会暨学术研讨会在南京举行》，《世界华文文学论坛》2004 年第 3 期。

　　［168］朱庆华：《许地山小说宗教色彩的显与隐》，《学术交流》2004 年第 1 期。

　　［169］张桃洲：《宗教因素在 20 世纪中国文学中的三种表现形态——以许地山、无名氏和张承志作品为中心》，《社会科学研究》2004 年第 3 期。

　　［170］张文莉：《张开沉重的翅膀——略谈许地山小说创作中女性形象的反抗意识》，《石家庄师范专科学校学报》2004 年第 2 期。

　　［171］赵拥军：《从〈空山灵雨〉看许地山的宗教关怀》，《宝鸡文理学院学报》（社会科学版）2004 年第 2 期。

　　2005 年

　　［172］丹晨：《余思牧和〈作家许地山〉》，《博览群书》2005 年第

12 期。

　　［173］黄科安：《妻子、情爱与美的牢狱——关于许地山散文集〈空山灵雨〉的解读》，《西南科技大学学报》（哲学社会科学版）2005 年第 4 期。

　　［174］黄伟群：《黑暗中一朵绽放的晚香玉——论许地山笔下的春桃形象》，《漳州职业技术学院学报》2005 年第 3 期。

　　［175］孔令环：《叩问生命——论许地山作品的人生主题》，《漳州师范学院学报》（哲学社会科学版）2005 年第 1 期。

　　［176］孔令环：《许地山作品中的意象及其与传统文学意象的关系》，《中州学刊》2005 年第 5 期。

　　［177］林进桃：《论许地山小说中的男性形象》，《海南师范学院学报》（社会科学版）2005 年第 3 期。

　　［178］汤晨光：《许地山与牛津大学》，《新文学史料》2005 年第 4 期。

　　［179］伍丹阳：《许地山作品中的佛学意蕴及 "陌生化" 手法的运用》，《湖南广播电视大学学报》2005 年第 2 期。

　　［180］吴军英：《佛光映照下的许地山散文——再论〈空山灵雨〉》，《名作欣赏》2005 年第 24 期。

　　［181］王盛：《历史的论证　良心的倾诉——读余思牧著〈作家许地山〉》，《世界华文文学论坛》2005 年第 3 期。

　　［182］薛克翘：《读许地山译印度民间故事》，《南亚研究》2005 年第 S1 期。

　　［183］杨雪：《莲花丛中的风景——论许地山、林清玄散文的佛教意蕴义》，《和田师范专科学校学报》2005 年第 4 期。

　　［184］叶永烈：《许地山和〈铁鱼底鳃〉》，《世界科幻博览》2005 年第 4 期。

　　［185］张斌：《浅谈许地山的悲剧情怀》，《潍坊学院学报》2005 年第 5 期。

　　［186］张晶晶：《新世纪许地山研究：尚需拓宽视野》，《泰山学院学报》2005 年第 4 期。

　　［187］张霆：《人文价值取向的迁移与整合——从多元文化的视角看许地山创作的人文导向》，《重庆交通学院学报》（社会科学版）2005 年

第 3 期。

[188] 张秀忠:《浅议许地山小说的宗教意识》,《青海师专学报
(教育科学)》2005 年第 S1 期。

2006 年

[189] 崔淑琴:《试析许地山小说的浪漫传奇色彩》,《湖南工业职业
技术学院学报》2006 年第 2 期。

[190] 冯芳:《〈愚妇人〉的"委屈"——以佛学重新观照许地山受
争议的散文〈愚妇人〉》,《井冈山学院学报》2006 年第 6 期。

[191] 林俐达:《基督教与闽籍作家的审美价值取向比较分析——以
冰心、林语堂、许地山为例》,《福建师范大学学报》(哲学社会科学版)
2006 年第 5 期。

[192] 邱晓东、王才玉:《探微许地山文学创作的宗教情结》,《产业
与科技论坛》2006 年第 6 期。

[193] 沈小美:《许地山散文创作理趣探析》,《南平师专学报》2006
年第 3 期。

[194] 申燕:《鲁迅与许地山女性问题观异工》,《求索》2006 年第
12 期。

[195] 孙玉生:《许地山文学作品中的宗教文化透视》,《学术交流》
2006 年第 12 期。

[196] 王桂琴:《论佛经对许地山文学创作艺术特征的影响》,《襄樊
学院学报》2006 年第 6 期。

[197] 王卫平、刘栋:《微尘中的无量有情——解读许地山的〈七宝
池上底乡思〉》,《现代回眸》2006 年第 23 期。

[198] 王文胜:《与基督相遇——论许地山文学作品中的汉语基督神
学思想》,《南京师范大学文学院学报》2006 年第 1 期。

[199] 肖丽:《据于儒依于老逃于禅——许地山与中国传统文化》,
《乐山师范学院学报》2006 年第 10 期。

[200] 杨国良、钟术学:《从显现到隐藏:许地山的宗教性追求》,
《中国比较文学》2006 年第 3 期。

[201] 谢荣滚:《画家徐悲鸿与作家许地山的真挚情谊》,《广东党
史》2006 年第 5 期。

[202] 杨金芳:《论许地山小说中的道家文化价值取向》,《管子学

刊》2006 年第 1 期。

　　[203] 张桂兴：《谈老舍与许地山的深厚友谊》，《北京社会科学》2006 年第 3 期。

　　[204] 张悦帅：《论许地山小说的寓言性体式特征》，《内蒙古师范大学学报》（哲学社会科学版）2006 年第 S1 期。

　　2007 年

　　[205] 陈丽芬：　《宗教精神的内化与升华——评许地山的〈春桃〉》，《宜宾学院学报》2007 年第 7 期。

　　[206] 刘荻：《另一种视角观照下的女性形象——许地山早期小说中的女性形象与"五四"新女性比较》，《文学评论》2007 年第 4 期。

　　[207] 李海燕：《"落花生精神"与"蜘蛛哲学"——王盛教授〈缀网人生——许地山传〉读后感》，《世界华文文学论坛》2007 年第 4 期。

　　[208] 李俊霞：《论许地山作品中的孤独意识》，《沈阳大学学报》2007 年第 4 期。

　　[209] 刘绍明：《文学的许地山》，《书城》2007 年第 3 期。

　　[210] 梁巧丽：《一首首情深的恋歌——解读许地山〈空山灵雨〉中的"妻子文学"》，《名作欣赏》2007 年第 2 期。

　　[211] 马新亚：《人生悲剧的阐释与解答——浅谈宗教对许地山与曹禺文学创作的影响》，《湘朝（下半月·理论）》2007 年第 2 期。

　　[212] 任兰平：《走进空山灵雨和梦幻田园——许地山与废名艺术世界宗教意蕴的比较》，《乐山师范学院学报》2007 年第 3 期。

　　[213] 桑晓林：《也评许地山作品与基督教的关系》，《辽宁行政学院学报》2007 年第 4 期。

　　[214] 孙玉生：《建构与消解——对许地山文学作品中基督教文化的观照》，《现代文学》2007 年第 16 期。

　　[215] 汤晨光：《许地山与伦敦会》，《中国文学研究》2007 年第 3 期。

　　[216] 肖丽艳：《许地山作品选择女性形象的创作动因》，《科技信息》（学术研究）2007 年第 8 期。

　　[217] 杨志明：《论许地山早期作品中的"补网"哲学》，《漯河职业技术学院学报》2007 年第 3 期。

　　[218] 杨志明：《许地山早期作品中"生本不乐"的世界观》，《济

源职业技术学院学报》2007 年第 2 期。

[219] 郑万鹏：《许地山：以佛眼看世间》，《海南广播电视大学学报》2007 年第 2 期。

[220] 张小芳：《世俗与超越——论许地山的宗教思想与人间情怀》，《现代语文》（文学研究版）2007 年第 7 期。

2008 年

[221] 胡建伟：《救赎之路上的乌托邦》，《语文学刊》2008 年第 12 期。

[222] 江露露：《许地山：十字架前柔软的心肠——论许地山作品对基督教思想的阐释》，《江苏教育学院学报》（社会科学版）2008 年第 1 期。

[223] 罗燕：《虚构的神话——略论许地山小说中女性形象塑造的不足》，《江西广播电视大学学报》2008 年第 2 期。

[224] 李水舰：《人性的张扬——析许地山笔下的春桃形象》，《井冈山医专学报》2008 年第 4 期。

[225] 史军：《对基督教信仰当代独特阐释——许地山和远藤周作的总教官之比较》，《日语学习与研究》2008 年第 S1 期。

[226] 舒增付：《论许地山小说中的"自主"生命意识》，《山西师范大学学报》（社会科学版）2008 年第 S1 期。

[227] 唐爱武、邱少晖：《中国现代小说中的法律资料及其价值举要——以许地山（〈春桃〉为例）》，《法律文献信息与研究》2008 年第 1 期。

[228] 王高旺：《论许地山作品中的宗教经验》，《语文学刊》2008 年第 S1 期。

[229] 巫小黎：《〈玉官〉与许地山"宗教沟通"的文化构想》，《文学评论》2008 年第 3 期。

[230] 蔡军：《许地山：让理智守护爱情》，《北方人（悦读）》2008 年第 5 期。

[231] 徐丽萍：《许地山多维视野中的女性观》，《东岳论丛》2008 年第 5 期。

[232] 徐雪英：《论许地山作品中的佛学思想》，《科技信息》（科学教研）2008 年第 8 期。

［233］杨攀攀、梁晶晶：《拯救与文学——许地山小说中的女性形象及意义》，《广西教育学院学报》2008 年第 1 期。

［234］张健：《解读许地山〈缀网劳蛛〉中的"蜘蛛哲学"》，《辽宁师专学报》（社会科学版）2008 年第 2 期。

［235］章颖：《"生本不乐"与"劳蛛缀网"——也谈许地山早期创作的佛学意味》，《漳州师范学院学报》（哲学社会科学版）2008 年第 1 期。

［236］朱郁文：《从〈春桃〉看许地山小说的"变"与"不变"》，《安徽文学》2008 年第 6 期。

2009 年

［237］安春华：《耶稣就像落花生——论许地山小说中的宗教情结与入世情怀》，《名作欣赏》2009 年第 8 期。

［238］陈文：《也谈许地山早期创作的佛学意味》，《安徽文学》2009 年第 8 期。

［239］车行健：《胡适、许地山与香港大学经学教育的变革》，《湖南大学学报》（社会科学版）2009 年第 5 期。

［240］冯新华：《印度文化对许地山文化人格的浸润》，《现代语文》（文学研究版）2009 年第 11 期。

［241］娄成：《论许地山小说的宗教意蕴及其现实意义》，《飞天》2009 年第 22 期。

［242］李芳、王余：《郁郁黄花无非般若，青青翠竹尽是法身——试论许地山、林清玄散文的佛理禅韵》，《重庆文理学院学报》（社会科学版）2009 年第 1 期。

［243］赖芳伶：《许地山的"五四精神"与"台湾渊源"——以〈读芝兰与茉莉因而想及我底祖母〉为例》，《励耘学刊》（文学卷）2009 年第 4 期。

［244］卢洪涛：《宗教精神的张扬与妈祖原型的再现——许地山小说创作的原型批评》，《理论导刊》2009 年第 8 期。

［245］马燕：《许地山、萧红笔下的女性形象比较》，《哈尔滨学院学报》2009 年第 3 期。

［246］沈穷竹：《人生命运的新诠释——重读许地山〈归途〉》，《宜宾学院学报》2009 年第 8 期。

［247］舒增付：《论许地山作品中的"恋母情结"》，《名作欣赏》
2009 年第 29 期。

［248］舒增付：《生命漂泊的真实流露，宗教精神的传奇消解——论
许地山小说中的漂泊意识》，《名作欣赏》2009 年第 8 期。

［249］田崇雪：《心是"空山灵雨"，身是"缀网劳蛛"——东西文
化交融中的许地山》，《常熟理工学院学报》2009 年第 9 期。

［250］王高旺：《参得文学底上禅——论许地山的佛理文学观》，《语
文学刊》2009 年第 5 期。

［251］汪洵：《试论许地山小说的现代主义意味》，《钦州学院学报》
2009 年第 2 期。

［252］吴永福：《许地山的散文诗》，《阅读与写作》2009 年第
11 期。

［253］吴永福：《简析许地山的散文诗》，《阅读与鉴赏》（教研版）
2009 年第 11 期。

［254］谢家禄：《东方文明下的耶稣情怀——论许地山作品中的基督
教思想》，《文教资料》2009 年第 18 期。

［255］杨剑龙：《论基督教文化与冰心、许地山小说的叙事模式》，
《中国比较文学》2009 年第 3 期。

2010 年

［256］程小娟：《文学领域中的宗教宽容与和谐——许地山的非一神
论上帝观及其启示》，《吉林师范大学学报》（人文社会科学版）2010 年
第 5 期。

［257］戴群：《简谈春桃的女性主体意识——走进许地山〈春
桃〉》，《文学界》（理论版）2010 年第 11 期。

［258］丁文英：《论许地山小说对个体生存困境的观照和追问》，《现
代语文》（文学研究版）2010 年第 2 期。

［259］董艳红：《论许地山小说中女性的"补网"人生》，《长春工
程学院学报》（社会科学版）2010 年第 4 期。

［260］董艳红：《石缝中不屈的小草——试论许地山笔下的春桃形
象》，《广西民族师范学院学报》2010 年第 6 期。

［261］方秀珍：《迷狂与惊羡——论许地山、叶灵凤的神秘小说》，
《常州工学院学报》（社会科学版）2010 年第 3 期。

［262］逢增玉：《乱世尘缘中的超俗入圣——许地山小说〈春桃〉新解》，《名作欣赏》2010 年第 9 期。

［263］何建立：《探寻女性的第三条出路——论许地山的女性意识》，《大众文艺》2010 年第 7 期。

［264］孔令环：《许地山早期小说〈命命鸟〉的意象解读》，《学理论》2010 年第 29 期。

［265］逯漓：《永远的女性——许地山小说中女性形象的现实诉求》，《现代文学》2010 年第 7 期。

［266］雷文学：《超越命运之苦与求真适性——许地山创作与老庄思想浅论》，《咸宁学院学报》2010 年第 11 期。

［267］李想：《许地山小说中宗教救赎的流变》，《兵团教育学院学报》2010 年第 2 期。

［268］李想：《许地山小说中宗教救赎意蕴的流变》，《温州大学》（社会科学版）2010 年第 5 期。

［269］徐金娟：《从〈春桃〉看许地山对女性问题的思索》，《时代文学》（双月上半月）2010 年第 1 期。

［270］薛克翘：《许地山、郑振铎和季羡林与印度民间文学》，《黑龙江社会科学》2010 年第 1 期。

［271］许敏：《从死的玄想到生的挣扎与坚强——论许地山小说中女性的命运观》，《宿州教育学院学报》2010 年第 6 期。

［272］银进康：《坦然面对苦难 憧憬极乐世界——论许地山小说中的宗教思想》，《青年作家》（中外文艺版）2010 年第 4 期。

［273］牙运豪：《许地山前期小说话语张力审美》，《名作欣赏》2010 年第 23 期。

［274］朱翠翠、岳春燕：《论许地山早期小说人物形象的神性与人性》，《大众文艺》2010 年第 9 期。

［275］朱崇娴：《论许地山小说新、奇、美的艺术境界》，《山花》2010 年第 6 期。

［276］张春颖、王建华、李鸿雁：《论许地山作品中的两性和谐观》，《时代文学》（下半月）2010 年第 4 期。

［277］张惠苑：《理想缺失下的人生圆满——以许地山笔下惜官、尚洁、春桃等女性形象为例》，《名作欣赏》2010 年第 8 期。

［278］张娟：《浅析许地山对基督教文化的态度》，《消费导刊》2010年第 4 期。

［279］张娜民：《论许地山笔下的妇女自我解放之路》，《作家》2010年第 14 期。

［280］詹石窗：《许地山〈道教史〉通说》，《古典文学知识》2010年第 3 期。

［281］张霆：《一曲女性婚恋自由的时代叹歌——许地山小说〈换巢鸾凤〉的一种解读》，《名作欣赏》2010 年第 2 期。

［282］张晓亮：《许地山小说〈命命鸟〉中的宗教意蕴》，《传奇传记文学选刊（理论研究）》2010 年第 10 期。

［283］朱银平：《生存困境的哲理性表达——论许地山作品〈春桃〉》，《南方论坛》2010 年第 1 期。

2011 年

［284］包洋：《许地山作品中的佛学意味——〈缀网劳蛛〉》，《北方文学》2011 年第 8 期。

［285］陈东海：《中国佛学思想对许地山文学创作的影响》，《学术探讨》2011 年第 12 期。

［286］戴阿峰：《论许地山小说的基督教生命哲学》，《天水师范学院学报》2011 年第 3 期。

［287］杜昌君：《近三十年来许地山散文集〈空山灵雨〉研究综述》，《萍乡高等专科学校学报》2011 年第 1 期。

［288］黄林非：《许地山作品的道家文化意蕴——以〈暗途〉为例》，《名作欣赏》2011 年第 26 期。

［289］李洪华、徐爱伟：《论许地山小说的宗教意识与情爱模式》，《南昌大学学报》（人文社会科学版）2011 年第 5 期。

［290］李鑫：《台湾作家许地山抗日爱国思想与活动述论》，《抗战文化研究》2011 年第 00 期。

［291］孟文荣：《许地山小说中的基督教母题及其衍变》，《青年文学家》2011 年第 5 期。

［292］倪娟娟：《浅论许地山及其作品中的基督教思想》，《江苏教育学院学报》（社会科学版）2011 年第 5 期。

［293］佘国秀：《抗拒绝望的另类选择——试析许地山小说人物塑造

的别致笔触》，《喀什师范学院学报》2011 年第 5 期。

[294] 宋媛：《试析许地山笔下的春桃形象》，《北京社会科学》2011年第 1 期。

[295] 苏永前、吴千桃：《许地山小说与中国古典诗学》，《长安大学学报》（社会科学版）2011 年第 4 期。

[296] 孙晓燕：《一个理想主义者的幻境——论许地山小说创作中的浪漫主义》，《文艺争鸣》2011 年第 1 期。

[297] 王澄霞：《文学精神与宗教情怀的谐调融通——论许地山的小说创作》，《暨南学报》（哲学社会科学版）2011 年第 6 期。

[298] 王琳琳：《融东西文化于一身的许地山——〈缀网劳蛛〉的文本细读》，《名作欣赏》2011 年第 26 期。

[299] 熊作勤：《充满辛酸的人道主义归途——对许地山〈春桃〉再浅析》，《陕西青年职业学院学报》2011 年第 1 期。

[300] 杨攀攀：《许地山小说创作的悖论色彩》，《牡丹江教育学院学报》2011 年第 4 期。

[301] 牙运豪：《宗教话语的张显化叙述——许地山前期小说话语策略之一》，《作家》2011 年第 4 期。

[302] 张慧佳：《论许地山作品中的神秘主义》，《怀化学院学报》2011 年第 9 期。

2012 年

[303] 陈鹤、丁颖：《"人生多苦"与苦涩韧力——论许地山"五四"时期小说创作中的苦难意识》，《安徽文学》2012 年第 1 期。

[304] 耿宝强：《内道外佛：许地山的文学世界》，《石家庄铁道大学学报》（社会科学版）2012 年第 4 期。

[305] 侯桂新：《许地山的香港书写与家国想象》，《华文文学》2012年第 4 期。

[306] 路文彬：《论许地山小说中的女性形象——兼谈许地山人生观的转变》，《海南师范大学学报》（社会科学版）2012 年第 8 期。

[307] 潘梦蝶：《如何集毁誉于一身——许地山〈玉官〉之我见》，《剑南文学》（经典教苑）2012 年第 9 期。

[308] 孙怡雯：《中国式基督徒的光辉——论许地山〈玉官〉中的女主人公形象》，《文教资料》2012 年第 32 期。

［309］童清华：《论宗教信仰与许地山小说人物的精神和谐》，《传奇·传记文学选刊》（理论研究）2012 年第 2 期。

［310］谭树卿：《落地的"花生"不会死——许地山与文化研究述评》，《文教资料》2012 年第 32 期。

［311］伟超：《在岭上，不能递——许地山说参得教育的禅》，《师道》2012 年第 2 期。

［312］王仁凤：《一曲饱满的爱之歌——简析许地山的〈黄昏后〉》，《剑南文学》（经典教苑）2012 年第 3 期。

［313］王远畅：《〈春桃〉看许地山对现代世界的解读》，《神舟》2012 年第 36 期。

［314］王忠田：《论许地山小说悲情氛围之下的完满情结》，《洛阳理工学院学报》（社会科学版）2012 年第 3 期。

［315］王紫星：《许地山与艾芜的异域文学叙事的比较》，《佳木斯教育学院学报》2012 年第 12 期。

［316］袁祖洪：《试论许地山小说创作中的宗教思想》，《文学界》2012 年第 4 期。

2013 年

［317］曹小娟：《略论许地山的宗教观》，《文学评论》2013 年第 1 期。

［318］郎文春：《许地山的道教研究述论》，《华夏文化》2013 年第 2 期。

［319］刘雪飞：《宗教情怀与人文理性——论许地山的儒教观》，《齐鲁学刊》2013 年第 1 期。

［320］王芳：《无形、无界——许地山小说女性宗教精神世界的简要探析》，《名作欣赏》2013 年第 36 期。

［321］吴雨泽：《略论许地山在港创作的民族性和本土化倾向》，《传奇．传记文学选刊（教学研究）》2013 年第 1 期。

［322］颜敏：《异域话语的重新建构——许地山的南洋叙事及其意义》，《中国比较文学》2013 年第 3 期。

［323］杨世海：《许地山"生本不乐"下的救赎》，《湖南科技学院学报》2013 年第 2 期。

［324］杨世海：《从〈玉官〉看许地山的基督教和中西文化观》，

《广州大学学报》（社会科学版）2013 年第 2 期。

[325] 杨世海：《基督教影响下的新伦理探索及当代意义——许地山作品中的伦理追求》，《湖南工业大学学报》（社会科学版）2013 年第 2 期。

[326] 周伟薇：《生态美学视域下的许地山创作》，《华侨大学学报》（哲学社会科学版）2013 年第 3 期。

2014 年

[327] 曹小娟：《许地山的学术思想与方法研究》，《西安工业大学学报》2014 年第 5 期。

[328] 曹小娟：《许地山至善的道德信仰研究》，《思想与文化》2014 年第 1 期。

[329] 韩博：《对底层劳动妇女形象刻画的比较——以鲁迅、郁达夫、许地山的小说为例》，《中小企业管理与科技》2014 年第 5 期。

[330] 黄林非：《许地山创作意旨论略》，《名作欣赏》2014 年第 29 期。

[331] 马翀：《宗教精神烛照下的女性——以许地山前期三篇小说为例》，《青年文学家》2014 年第 3 期。

[332] 钱惠莲：《慧眼佛心，倾情笔端——从佛学影响比较许地山和丰子恺的创作表现形式》，《文教资料》2014 年第 32 期。

[333] 陶莉、谷素华：《中西古典悲剧差异之比较——以〈哈姆雷特〉和〈赵氏孤儿〉为例》，《芒种》2014 年第 19 期。

[334] 王婧婕：《许地山小说〈命命鸟〉佛性美学的深层观照》，《长春师范大学学报》（人文社会科学版）2014 年第 9 期。

[335] 王援：《缀网人生的自我救赎——许地山笔下的女性意识》，《作家》2014 年第 24 期。

[336] 徐彦利：《独步时代的孤寂——读许地山〈铁鱼底鳃〉》，《名作欣赏》2014 年第 1 期。

[337] 杨开浪：《在坚强和柔弱之间——许地山小说〈春桃〉中的人物形象》，《德宏师范高等专科学校学报》2014 年第 3 期。

[338] 张蜀彤：《闽地不落的"落花生"——许地山与福建文化》，《福建理论学习》2014 年第 8 期。

[339] 张婷：《许地山：宗教的人生抒写》，《名作欣赏》2014 年第

21 期。

［340］张永忠：《浅析许地山小说的宗教色彩》，《金田》2014 年第
3 期。

2015 年

［341］黄林非：《许地山的学术研究与文学创作》，《湖南大众传媒职
业技术学院学报》2015 年第 5 期。

［342］李朦、孙良好：《许地山笔下的南洋形象——以〈命命鸟〉、
〈缀网劳蛛〉为中心》，《温州大学学报》（社会科学版）2015 年第 5 期。

［343］黎晓华：《残忍与仁慈的辩驳——看许地山小说中女性宿命的
诠释》，《雪莲》2015 年第 23 期。

［344］廖晓梅：《试论许地山作品对存在与人性的探寻》，《牡丹江教
育学院学报》2015 年第 12 期。

［345］刘振修：《作家许地山的爱情公约》，《文史博览》2015 年第
11 期。

［346］孙开利：《论许地山〈玉官〉在中国基督教小说中的独特
性》，《唐山师范学院学报》2015 年第 6 期。

［347］田晓青：《略论艾芜与许地山小说中人物的不同》，《西昌学院
学报》（社会科学版）2015 年第 1 期。

［348］文卿：《阅读许地山》，《福建文学》2015 年第 3 期。

［349］易永谊：《跨语际书写中的"圣徒"——许地山笔下的武训形
象及其叙述策略》，《中国比较文学》2015 年第 1 期。

［350］张慧佳：《许地山的文学创作与基督教文化精神》，《南都学
坛》2015 年第 1 期。

2016 年

［351］郭战涛：《错认天界为极乐——许地山对极乐世界的误解》，
《怀化学院学报》2016 年第 12 期。

［352］廖晓梅：《现代性与民族性：许地山小说文本的双重追求》，
《遵义师范学院学报》2016 年第 3 期。

［353］马玉红：《怀疑论者许地山》，《小说评论》2016 年第 1 期。

［354］王成巧：《宗教布衣下的反叛》，《文教资料》2016 年第
35 期。

［355］万杰：《身份认同与归属感——解读许地山南洋背景小说的另

一视角》，《名作欣赏》2016 年第 36 期。

［356］吴竞红：《论许地山小说不同宗教文化的结合》，《中国现代文学研究丛刊》2016 年第 8 期。

［357］朱定爱、杨华：《许地山文学创作的"圣徒"情结探源》，《沈阳农业大学学报》（社会科学版）2016 年第 2 期。

［358］朱洪利：《许地山散文的蕴藉风格及其文化内涵》，《淮海工学院学报》（人文社会科学版）2016 年第 7 期。

2017 年

［359］陈爱华：《许燕吉："落花生"一定有春天》，《档案春秋》2017 年第 3 期。

［360］刘贵：《传奇的底色　写实的追求——探析许地山小说〈解放者〉及〈东野先生〉》，《陕西学前师范学院学报》2017 年第 9 期。

［361］刘雨媞：《文本"诗意"的闪现——以新批评"细读法"解读许地山〈醍醐天女〉》，《艺术科技》2017 年第 11 期。

［362］宁芳：《苦难中绽放信仰之花——论许地山作品中的苦难书写》，《辽宁师范大学学报》（社会科学版）2017 年第 6 期。

［363］王连英、唐章蔚、卞秋华：《略论许地山与基督教》，《科教文汇》2017 年第 3 期。

［364］许任雪：《许地山小说中女性形象的宗教化倾向》，《名作欣赏》2017 年第 23 期。

［365］邹纯慧、王一夫：《新文学创作初期主情小说写作的几种形态——以郁达夫、庐隐和许地山为例》，《肇庆学院学报》2017 年第 6 期。

［366］周伟薇：《1920 年代非基督教运动与许地山的回应》，《学习与探索》2017 年第 6 期。

［367］张雪姣：《论许地山早期作品中的宗教思想》，《兰州教育学院学报》2017 年第 9 期。

［368］祝宇红：《知识型转换中的一场对话——论张爱玲文化随笔与许地山的关系》，《文艺争鸣》2017 年第 5 期。

2018 年

［369］胡文曦：《许地山改编的粤语剧〈西施〉残稿初探》，《现代中文学刊》2018 年第 5 期。

［370］刘晓红、马珺琳：《从〈春桃〉看许地山对中国传统文化的态

度》，《四川文理学院学报》2018 年第 1 期。

［371］刘瑶：《"另类"的国学研究：许地山及其遗著〈国粹与国学〉》，《湖南科技学院学报》2018 年第 3 期。

［372］商金林：《又发现许地山翻译和创作的歌词廿八首》，《现代中文学刊》2018 年第 5 期。

［373］史荣帅：《许地山文学作品中佛教色彩的异化》，《名作欣赏》2018 年第 20 期。

［374］谭光辉：《"蜘蛛哲学"与诸教沟通——〈缀网劳蛛〉细读》，《绵阳师范学院学报》2018 年第 4 期。

［375］王芹：《许地山小说中的生命意识及人文关怀研究》，《兰州教育学院学报》2018 年第 11 期。

［376］许萌：《论"灵肉一元观"对"五四"新文学的影响——以许地山短篇小说〈命命鸟〉为例》，《哈尔滨学院学报》2018 年第 7 期。

2019 年

［377］陈星彤：《许地山早期小说的传统余续与现代转向》，《唐山师范学院学报》2019 年第 2 期。

［378］胡文曦：《重读许地山》，《书屋》2019 年第 10 期。

［379］何昱杰：《现代学术转型中的道教史研究——以许地山、傅勤家论著为核心的探讨》，《中国道教》2019 年第 2 期。

［380］金嫄：《冲突与融合之下的生命书写——以许地山〈玉官〉为例》，《北极光》2019 年第 11 期。

［381］李俊尧：《精神的探索历程——论许地山小说中女性形象塑造思想的三个发展阶段》，《大众文艺》2019 年第 13 期。

［382］钱康娜：《许地山作品中的闽文化印记》，《名作欣赏》2019 年第 23 期。

［383］秦艺航：《许地山〈商人妇〉中的〈圣经〉原型研究》，《名作欣赏》2019 年第 24 期。

［384］许燕吉、周海滨：《父亲许地山去世之后》，《江淮文史》2019 年第 2 期。

［385］乐琦：《许地山在香港的新文学话语实践及其影响》，《小说评论》2019 年第 3 期。

研究许地山的学位论文

2002 年

［1］孔令环：《叩问生命——许地山创作简论》，硕士学位论文，河南大学，2002 年。

2003 年

［2］熊权：《自由与压抑的选择——论五四时期情爱小说到"革命+恋爱"小说的演变》，硕士学位论文，湖南师范大学，2003 年。

2004 年

［3］富琳：《借一双慧眼找寻人生的彼岸——论许地山创作的佛教精神》，硕士学位论文，吉林大学，2004 年。

2005 年

［4］冯新华：《许地山与印度文学、印度文化》，硕士学位论文，北京师范大学，2005 年。

［5］付兴华：《有岛武郎与许地山文学创作中的生命意识的比较研究》，硕士学位论文，吉林大学，2005 年。

［6］任春芹：《论许地山的思想与创作》，硕士学位论文，山东大学，2005 年。

2006 年

［7］陈惠云：《许地山创作与中学生个性化写作》，硕士学位论文，华中师范大学，2006 年。

［8］丁文英：《许地山与王统照早期小说比较论》，硕士学位论文，山东师范大学，2006 年。

［9］黄林非：《论许地山创作的回归意向》，硕士学位论文，湖南师范大学，2006 年。

［10］刘杰：《简论许地山小说的艺术世界》，硕士学位论文，西北大学，2006 年。

［11］肖丽艳：《许地山作品中的女性形象研究》，硕士学位论文，延边大学，2006 年。

［12］杨虹：《从"吃教"到"信教"的蜕变——论许地山小说〈玉官〉及其晚年基督教意识的变迁》，硕士学位论文，吉林大学，2006 年。

2007 年

［13］蒋辉月：《论许地山创作的悲剧精神》，硕士学位论文，河北大学，2007 年。

［14］倪昕：《老舍的基督教情结》，硕士学位论文，东北师范大学，2007 年。

［15］王芹：《宗教的精神和世俗的关照——论许地山小说中的双重世界》，硕士学位论文，华中师范大学，2007 年。

［16］吴悦川：《现实与浪漫的双重奏——融合多重宗教玄想的许地山的人生寓言》，硕士学位论文，吉林大学，2007 年。

［17］张悦帅：《人生·情感·寓言——论许地山的文学创作》，硕士学位论文，内蒙古师范大学，2007 年。

2008 年

［18］李华：《论文学研究会与基督教文化的关系》，硕士学位论文，南京师范大学，2008 年。

［19］马新亚：《基督教与老舍》，硕士学位论文，湖南师范大学，2008 年。

［20］魏鹍：《慧眼佛心体悟人生与艺术》，硕士学位论文，山东大学，2008 年。

［21］王珍真：《终极关怀与现实关怀——论许地山的文学创作》，硕士学位论文，陕西师范大学，2008 年。

2009 年

［22］廖晓梅：《现代性视野中的许地山》，硕士学位论文，福建师范大学，2009 年。

［23］牙运豪：《试论许地山小说的话语形态与审美》，硕士学位论文，福建师范大学，2009 年。

［24］于秀琳：《许地山作品的佛学人文精神》，硕士学位论文，北京语言大学，2009 年。

2010 年

［25］代步云：《五四文学中的精神宗教探析》，硕士学位论文，东北师范大学，2010 年。

［26］刘侠：《许地山小说接受研究》，硕士学位论文，陕西师范大学，2010 年。

［27］舒增付：《漂泊意识与许地山的小说创作》，硕士学位论文，广

西师范大学，2010 年。

2011 年

［28］蔡汾锦：《许地山和传统文化之关系研究》，硕士学位论文，山西大学，2011 年。

［29］陈毅清：《宗教视域中的审美世界》，硕士学位论文，陕西师范大学，2011 年。

［30］厉盼盼：《〈雅歌〉与中国现代文学》，硕士学位论文，河南大学，2011 年。

［31］彭蓓：《试论许地山的文化选择》，硕士学位论文，湖南师范大学，2011 年。

［32］徐婷婷：《佛理意象在许地山小说中的存在意义》，硕士学位论文，云南师范大学，2011 年。

［33］殷明琳：《许地山人生美学观研究》，硕士学位论文，苏州大学，2011 年。

2012 年

［34］黄娇娇：《一个异质的文学存在——论许地山的创作特色》，硕士学位论文，北京大学，2012 年。

［35］黄瑞芳：《在大地上诗意地栖居——生态视域下的许地山创作》，硕士学位论文，内蒙古师范大学，2012 年。

［36］吴丙辰：《消解与建构——论许地山作品的独特性》，硕士学位论文，河北大学，2012 年。

［37］谢谨：《"逃"逝伤春——"个人"性爱维度下的〈伤逝〉、〈春〉》，硕士学位论文，广西师范大学，2012 年。

［38］张慧佳：《论许地山的文学创作与宗教文化精神》，硕士学位论文，湖南师范大学，2012 年。

2013 年

［39］王娅：《心灵救赎与现实关怀——许地山创作简论》，硕士学位论文，西北大学，2013 年。

2014 年

［40］王珊：《论许地山作品的悖论色彩》，硕士学位论文，河北大学，2014 年。

［41］严建梅：《宗教浸润下的"浪漫"与"现实"——许地山小说

创作论》，硕士学位论文，南昌大学，2014 年。

2016 年

［42］敬妍霖：《许地山笔下的宗教原型》，硕士学位论文，湖南师范大学，2016 年。

［43］李亚舒：《语文视野里的台湾作家许地山——论作为中小学教材文本的〈落花生〉》，硕士学位论文，福建师范大学，2016 年。

［44］秦萍：《追崇老庄：许地山道家思想研究》，硕士学位论文，广东技术师范学院，2016 年。

2017 年

［45］崔丹丹：《许地山与巴尔扎克作品中基督教情怀比较阐释》，硕士学位论文，青海师范大学，2017 年。

［46］樊诗颖：《许地山创作中的“女神”现象研究》，硕士学位论文，上海交通大学，2017 年。

［47］李丰谷：《论许地山小说中的人生哲学》，硕士学位论文，曲阜师范大学，2017 年。

［48］杨阳：《许地山小说的传奇性书写》，硕士学位论文，安徽大学，2017 年。

2019 年

［49］黄慧：《许地山的宗教情怀与文学写作》，硕士学位论文，闽南师范大学，2019 年。

［50］胡文曦：《“立人”的新探索——论抗日时期许地山文学创作与文学思想》，硕士学位论文，华东师范大学，2019 年。

［51］李榕：《许地山文化身份研究》，硕士学位论文，陕西理工大学，2019 年。

［52］朱梦竹：《许地山文学创作与民间信仰关系研究》，硕士学位论文，湖南师范大学，2019 年。

参考文献

专著、专书

［瑞士］埃米尔·施塔格尔：《诗学的基本概念》，中国社会科学出版社 1992 年版。

陈鸣树：《文艺学方法论》，复旦大学出版社 2004 年版。

陈顺馨：《中国当代文学的叙事与性别》，北京大学出版社 2007 年版。

丁帆：《多元视野中的中国现当代文学研究》，南京大学出版社 2011 年版。

丁易：《中国现代文学史略》，作家出版社 1955 年版。

樊星：《当代文学新视野讲演录》，广西师范大学出版社 2007 年版。

方锡德编：《许地山作品新编》，人民文学出版社 2012 年版。

冯天策：《信仰导论》，广西人民出版社 1992 年版。

高巍：《许地山文集》，新华出版社 1998 年版。

高旭东：《中西文学与哲学宗教》，北京大学出版社 2004 年版。

高燕宁、卢萍、柳春清：《当代中国社会发展概论》，人民出版社 2005 年版。

哈迎飞：《"五四"作家与佛教文化》，上海三联书店 2002 年版。

［德］海德格尔：《海德格尔选集》，孙周兴译，上海三联书店 1996 年版。

［德］海德格尔：《演讲与论文集》，孙周兴译，生活·读书·新知三联书店 2005 年版。

［德］汉斯·昆、伯尔等：《神学与当代文艺思想》，徐菲、刁承俊译，上海三联书店 1995 年版。

［德］汉斯·罗伯特·耀斯：《审美经验与文学解释学》，顾建光等

译，上海译文出版社 1997 年版。

　　［德］荷尔德林：《荷尔德林诗集》，王佐良译，人民文学出版社 2016 年版。

　　洪子诚：《中国当代文学史》（修订版），北京大学出版社 2007 年版。

　　胡绍华：《中国现代文学与宗教文化》，华中师范大学出版社 1999 年版。

　　黄傲云：《中国作家与南洋》，科华图书出版公司 1985 年版。

　　黄发有：《中国当代文学传媒研究》，人民文学出版社 2014 年版。

　　黄修己：《中国现代文学发展史》，中国青年出版社 1988 年版。

　　金汉主编：《中国当代文学发展史》，上海文艺出版社 2002 年版。

　　旷新年：《写在当代文学边上》，上海教育出版社 2005 年版。

　　乐齐主编：《精读许地山》，中国国际广播出版社 1998 年版。

　　乐齐主编：《许地山小说全集》，中国文联出版社 1996 年版。

　　李欧梵：《中国现代作家的浪漫一代》，王宏志等译，新星出版社 2010 年版。

　　李平主编：《〈中国现当代文学专题研究〉作品讲评》，北京大学出版社 2005 年版。

　　刘济献：《中国现代文学》，黄河文艺出版社 1988 年版。

　　刘俊等：《中国现当代文学研究导引》，南京大学出版社 2010 年版。

　　刘绶松：《中国新文学史初稿》，人民文学出版社 1979 年版。

　　刘勇：《中国现代文学的心理学研究》，北京大学出版社 2006 年版。

　　洛石选编：《许地山抒情散文》，作家出版社 1991 年版。

　　孟繁华：《文化批评与知识左翼》，吉林出版社 2009 年版。

　　欧阳祯人主编：《中国现当代文学史教程》，北京大学出版社 2007 年版。

　　钱理群、温儒敏、吴福辉：《中国现代文学三十年》，北京大学出版社 1998 年版。

　　钱理群主编：《中国现当代文学名著导读》，北京大学出版社 2004 年版。

　　［法］让·贝西埃：《当代小说或世界的问题性》，史忠义译，北京大学出版社 2012 年版。

　　荣挺进编：《许地山讲道教》，新华出版社 2005 年版。

司马长风:《中国新文学史》,昭明出版社 1975 年版。

宋益乔:《福建现代作家传记丛书:许地山传》,海峡文艺出版社 1998 年版。

宋益乔:《追求终极的灵魂:许地山传》,海峡文艺出版社 1989 年版。

宋益乔选编:《许地山灵异小说》,上海文艺出版社 1994 年版。

[英] 苏珊·巴斯奈特:《比较文学批评导论》,查明建译,北京大学出版社 2015 年版。

[美] 梭罗:《梭罗集》下册,陈凯等译,生活·读书·新知三联书店 1996 年版。

谭桂林:《20 世纪中国文学与佛学》,安徽教育出版社 1999 年版。

唐弢:《中国现代文学史》(第一册),人民文学出版社 1979 年版。

童庆炳:《从审美诗学到文化诗学》,首都师范大学出版社 2014 年版。

[德] 瓦尔特·比梅尔:《当代艺术的哲学分析》,孙周兴等译,商务印书馆 1999 年版。

王本朝:《20 世纪中国文学与基督教文化》,安徽教育出版社 2000 年版。

王德威:《现当代文学新论:义理·伦理·地理》,生活·读书·新知三联书店 2012 年版。

王光明:《文学批评的两地视野》,北京大学出版社 2002 年版。

王盛:《落华生新探》,南京大学出版社 1998 年版。

王盛:《许地山评传》,南京出版社 1989 年版。

王瑶:《中国新文学史稿》,开明书店 1951 年版。

温儒敏、赵祖谟主编:《中国现当代文学专题研究》,北京师范大学出版社 2013 年版。

夏志清:《中国现代小说史》,刘绍铭等译,广西师范大学出版社 2014 年版。

徐迺翔、徐明旭编:《许地山选集》,海峡文艺出版社 1985 年版。

徐志伟、赵敦华主编:《冲突与互补:基督教哲学在中国》,社会科学文献出版社 2000 年版。

许地山:《陈那以前之因明》,时代文艺出版社 2009 年版。

许地山：《春底林野》，浙江文艺出版社 2014 年版。

许地山：《春桃》，人民文学出版社 1988 年版。

许地山：《道教史》（上），上海古籍出版社 1999 年版。

许地山：《典藏：许地山作品集》，万卷出版公司 2014 年版。

许地山：《国粹与国学》，岳麓书社 2011 年版。

许地山：《花香雾气中的梦》，中国国际广播出版社 2008 年版。

许地山：《空山灵雨》，天津教育出版社 2007 年版。

许地山：《许地山：无忧花》，江苏文艺出版社 2008 年版。

许地山：《许地山经典全集》，哈尔滨出版社 2016 年版。

许地山：《许地山精品集》，大众文艺出版社 2009 年版。

许地山：《许地山精品文集》，中国画报出版社 2010 年版。

许地山：《许地山精品选》，中国书籍出版社 2014 年版。

许地山：《许地山美文集》，安徽文艺出版社 1996 年版。

许地山：《许地山自述》，安徽文艺出版社 2014 年版。

许地山：《中国现代名家散文书系：许地山散文鉴赏版》，太白文艺出版社 2013 年版。

许地山著，董义连选编：《许地山散文》，上海科学技术文献出版社 2013 年版。

许地山著，汪剑钊选编：《许地山集》，沈阳出版社 1998 年版。

［德］亚瑟·叔本华：《作为意志和表象的世界》，石冲白译，商务印书馆 1984 年版。

杨刚编：《许地山选集》，开明书店 1951 年版。

杨慧林：《罪恶与救赎》，东方出版社 1995 年版。

杨剑龙：《"五四"新文化运动与基督教文化思潮》，上海人民出版社 2012 年版。

杨剑龙：《中国现当代文学简史》，华东师范大学出版社 2006 年版。

杨牧编：《许地山散文选》，洪范书店 1984 年版。

余党绪：《现代杂文的思想批判》，上海教育出版社 2015 年版。

喻天舒：《五四文学思想主流与基督教文化》，昆仑出版社 2003 年版。

张弘主编：《许地山小说经典全集》，时代文艺出版社 2003 年版。

张清华：《中国当代文学中的历史叙事》，北京大学出版社 2012

年版。

赵敦华：《基督教哲学 1500 年》，人民出版社 2005 年版。

赵匡为：《简明宗教辞典》，上海辞书出版社 2006 年版。

郑欣淼：《鲁迅与宗教文化》，中国社会科学出版社 2004 年版。

周俟松、杜汝淼：《许地山研究集》，南京大学出版社 1989 年版。

周俟松、向云休编：《中国现代作家选集：许地山》，人民文学出版社 1983 年版。

朱立元主编：《当代西方文艺理论》，华东师范大学出版社 2014 年版。

期刊论文

安春华：《耶稣就像落花生——论许地山小说中的宗教情结与入世情怀》，《名作欣赏》2009 年第 8 期。

包洋：《许地山作品中的佛学意味——〈缀网劳蛛〉》，《北方文学》2011 年第 8 期。

鲍霁：《台湾作家许地山的创作道路》，《昆明师院学报》1981 年第 1 期。

车行健：《胡适、许地山与香港大学经学教育的变革》，《湖南大学学报》（社会科学版）2009 年第 5 期。

陈平原：《论苏曼殊、许地山小说的宗教色彩》，《中国现代文学研究丛刊》1984 年第 3 期。

陈文：《也谈许地山早期创作的佛学意味》，《安徽文学》2009 年第 8 期。

傅宁军：《走进许地山》，《两岸关系》2004 年第 9 期。

郭济访：《论道家思想对许地山的影响》，《中国现代文学研究丛刊》1992 年第 1 期。

郭济访：《许地山的"新宗教"》，《山东师范大学学报》（社会科学版）1991 年第 6 期。

郭志刚：《许地山创作中的哲理化特点》，《宁夏社会科学》1987 年第 4 期。

哈迎飞：《佛其骨，道其骨——许地山小说的宗教色彩剖析》，《贵州社会科学》2002 年第 6 期。

何建立：《探寻女性的第三条出路——论许地山的女性意识》，《大众文艺》2010 年第 9 期。

黄林非：《许地山创作意旨论略》，《名作欣赏》2014 年第 29 期。

黄林非：《许地山作品的道家文化意蕴——以〈暗途〉为例》，《名作欣赏》2011 年第 26 期。

黄牧：《许地山创作风格简论》，《河北学刊》1986 年第 4 期。

黄维樑：《继续创造美好女性的形象——许地山在香港的创作》，《五邑大学学报》（人文社会科学版）1987 年第 3 期。

黄雯：《心灵向世界洞开——陈衡哲和许地山小说异域特色比较》，《贵州民族学院学报》2004 年第 1 期。

江振新：《两重形象的关照——许地山小说世界研究》，《上海大学学报》（社会科学版）2002 年第 6 期。

姜建责编：《香港"许地山教授学术研讨会"综述》，《南京师范专科学校学报》1999 年第 2 期。

孔令环：《论许地山的"生本不乐"观》，《中州学刊》2003 年第 4 期。

孔令环：《许地山作品中的意象及其与传统文学意象的关系》，《中州学刊》2005 年第 5 期。

李洪华：《文化启蒙与宗教情感——论鲁迅、许地山笔下的女性形象》，《江西社会科学》2004 年第 5 期。

李以建：《许地山小说创作中的命运观》，《厦门大学学报》（哲学社会科学版）1987 年第 2 期。

林进桃：《论许地山小说中的男性形象》，《海南师范学院学报》2005 年第 3 期。

刘桂瑶：《论许地山和川端康成创作中的佛禅宗教人格》，《东北亚论坛》1993 年第 2 期。

马玉红：《怀疑论者许地山》，《小说评论》2016 年第 1 期。

毛华田：《苏刊纪念我国作家许地山诞生 90 周年》，《国外社会科学》1984 年第 3 期。

［俄］尼科斯利卡娅、韦冈：《许地山小品的哲学美学趣味》，《上海师范大学学报》（哲学社会科学版）1989 年第 4 期。

倪占贤：《许地山与香港》，《新文学史料》2001 年第 4 期。

逄增玉：《乱世尘缘中的超俗入圣——许地山小说〈春桃〉新解》，《名作欣赏》2010 年第 9 期。

阙良权：《略论许地山的小说创作》，《温州师范学院学报》1984 年第 2 期。

沈庆利：《死的向往与生的坚定——论许地山的生命哲学》，《郑州大学学报》（哲学社会科学版）2002 年第 3 期。

沈庆利：《异国背景与许地山的小说创作》，《西南师范大学学报》（人文社会科学版）2003 年第 5 期。

舒增付：《生命漂泊的真实流露，宗教精神的传奇消解——论许地山小说中的漂泊意识》，《名作欣赏》2009 年第 8 期。

束因立：《从〈空山灵雨〉看许地山早期人生观》，《安徽师范大学学报》（哲学社会科学版）1986 年第 2 期。

宋琦：《许地山与宗教文化之关系研究述评》，《延安大学学报》（社会科学版）2002 年第 1 期。

宋益乔：《佛教思想对许地山早期创作的影响》，《中国现代文学研究丛刊》1984 年第 1 期。

宋益乔：《论许地山的后期创作》，《中国现代文学研究丛刊》1984 年第 4 期。

宋媛：《试析许地山笔下的春桃形象》，《北京社会科学》2011 年第 1 期。

孙德喜：《徘徊于宗教与现实之间——许地山〈春桃〉及其早期作品比较》，《扬州师院学报》（社会科学学报）1993 年第 1 期。

孙晓燕：《一个理想主义者的幻境——论许地山小说创作中的浪漫主义》，《文艺争鸣》2011 年第 1 期。

孙逊华：《深沉真挚　凄婉动人——许地山前期小说人物论》，《五邑大学学报》（社会科学版）2001 年第 1 期。

孙中田：《彼岸与此岸之间——走进许地山的小说世界》，《北方论丛》1999 年第 5 期。

汤晨光：《许地山与伦敦会》，《中国文学研究》2007 年第 3 期。

汤晨光：《许地山与牛津大学》，《中国文学研究》2005 年第 4 期。

童庆炳：《作家的童年经验及其对创作的影响》，《文学评论》1993 年第 4 期。

汪亚明：《人与神的邂逅——论许地山小说的美感特征》，《浙江师范大学学报》（社会科学版）1991 年第 3 期。

王澄霞：《担一肩不俗的尘缘——再评许地山〈春桃〉》，《扬州教育学院学报》2002 年第 1 期。

王芳：《无形、无界——许地山小说女性宗教精神世界的简要探析》，《名作欣赏》2013 年第 36 期。

王高旺：《论宗教文学与许地山作品的叙事艺术》，《内蒙古师范大学学报》（哲学社会科学版）2001 年第 4 期。

王吉鹏：《鲁迅野草与许地山空山灵雨之比较》，《内蒙古师范大学学报》1985 年第 2 期。

王珊：《空灵与悲美——许地山与川端康成创作个性比较》，《广西社会科学》2002 年第 5 期。

王盛：《春桃论——许地山作品研究之一》，《镇江师专学报》1988 年第 3 期。

王盛：《许地山笔下的东南亚风情》，《世界华文文学论坛》1993 年第 2 期。

王盛：《许地山籍贯考辨》，《新文学史料》1984 年第 1 期。

王盛：《许地山先生的三种精神》，《南京晓庄学院学报》2001 年第 3 期。

王盛：《许地山研究五十年（待续）》，《台港与海外华文文学评论和研究》1995 年第 4 期。

王文英、朱立元：《略论许地山的创作》，《中国现代文学研究丛刊》1980 年第 3 期。

王喜绒：《也谈许地山早期创作的"为人生"》，《兰州大学学报》1996 年第 2 期。

王新：《许地山散文创作中的宗教情结》，《锦州师范学院学报》（哲学社会科学版）2001 年第 2 期。

席扬：《许地山散文论》，《文学评论》1992 年第 3 期。

谢昭新：《许地山、艾芜的域外题材小说比较谈片》，《贵州社会科学》1989 年第 12 期。

徐丽萍：《中国古典美学与许地山的创作》，《东岳论丛》1999 年第 3 期。

徐明旭：《"偏爱"，还是偏见？——评夏志清著〈中国现代小说史〉有关许地山章节》，《中国现代文学研究丛刊》1984 年第 3 期。

徐明旭：《略论许地山的空山灵雨》，《福建论坛》1982 年第 5 期。

徐彦利：《独步时代的孤寂——读许地山〈铁鱼底鳃〉》，《名作欣赏》2014 年第 1 期。

薛绥之：《论许地山》，《徐州师范大学学报》（哲学社会科学版）1978 年第 3 期。

牙运豪：《许地山前期小说话语张力审美》，《名作欣赏》2010 年第 23 期。

颜敏：《异域话语的重新建构——许地山的南洋叙事及其意义》，《中国比较文学》2013 年第 3 期。

杨国良、钟术学：《从显现到隐藏：许地山的宗教性追求》，《中国比较文学》2006 年第 3 期。

杨玉峰：《关于许地山和新社会的一点补充》，《新文学史料》1981 年第 1 期。

［美］易斯·罗宾逊、傅光明：《许地山与基督教》，《中国现代文学研究丛刊》1989 年第 4 期。

易永谊：《跨语际书写中的"圣徒"——许地山笔下的武训形象及其叙述策略》，《中国比较文学》2015 年第 1 期。

银进康：《坦然面对苦难　憧憬极乐世界——论许地山小说中的宗教思想》，《青年作家》（中外文艺版）2010 年第 4 期。

张从容：《时代激流中的一湾清泉——论许地山小说中的妇女形象》，《辽宁师范大学学报》（社会科学版）1994 年第 6 期。

张从容：《透过佛光看人生——论许地山的散文创作》，《辽宁师范大学学报》（社会科学版）1993 年第 5 期。

张惠苑：《理想缺失下的人生圆满——以许地山笔下惜官、尚洁、春桃等女性形象为例》，《名作欣赏》2010 年第 8 期。

张静河：《从〈空山灵雨〉看许地山所受佛教的影响》，《扬州师院学报》（社会科学版）1987 年第 1 期。

张娜民：《论许地山笔下的妇女自我解放之路》，《作家》2010 年第 14 期。

张桃洲：《宗教因素在 20 世纪中国文学中的三种表现形态——以许

地山、无名氏和张承志作品为中心》，《社会科学研究》2004 年第 3 期。

张婷：《许地山：宗教的人生抒写》，《名作欣赏》2014 年第 21 期。

张晓东：《生存的智慧：悲观，执着，超脱——许地山小说世界思想意蕴的诠释》，《安徽大学学报》（哲学社会科学版）2001 年第 4 期。

张永：《"妈祖"原型与许地山小说的关系》，《江苏社会科学》2003 年第 1 期。

章秀定：《"'花生'外面装得古里怪气的！"——评许地山早期小说创作的二重性》，《河南大学学报》（哲学社会科学版）1987 年第 5 期。

周俟松：《回忆许地山》，《新文学史料》1980 年第 2 期。

周俟松：《许地山年表》，《台港与海外华文文学评论和研究》1992 年第 2 期。

周俟松、边一吉：《许地山传略及作品》，《新文学史料》1980 年第 2 期。

周俟松、王盛：《许地山与他的父亲》，《新文学史料》1985 年第 4 期。

周伟薇：《生态美学视域下的许地山创作》，《华侨大学学报》（哲学社会科学版）2013 年第 3 期。

朱德东：《艺术与宗教的缠绕和融合——论许地山与宗教文化的关系》，《重庆工商大学学报》（社会科学版·双月刊）2003 年第 4 期。

朱洁文、马生龙：《生本不乐　虽哀犹爱——论许地山"为人生"的文学观》，《理论导刊》2002 年第 9 期。

朱庆华：《许地山小说宗教情结综论》，《广西社会科学》2003 年第 7 期。

朱郁文：《从〈春桃〉看许地山小说的"变"与"不变"》，《安徽文学》2008 年第 6 期。

学位论文

黄娇娇：《一个异质的文学存在——论许地山的创作特色》，硕士学位论文，北京大学，2012 年。

黄林非：《论许地山创作的回归意向》，硕士学位论文，湖南师范大学，2006 年。

刘杰：《简论许地山小说的艺术世界》，硕士学位论文，西北大学，

2006 年。

　　刘侠：《许地山小说接受研究》，硕士学位论文，陕西师范大学，2010 年。

　　任春芹：《论许地山的思想与创作》，硕士学位论文，山东大学，2005 年。

　　王娅：《心灵救赎与现实关怀——许地山创作简论》，硕士学位论文，西北大学，2013 年。

　　王珍真：《终极关怀与现实关怀——论许地山的文学创作》，硕士学位论文，陕西师范大学，2008 年。

　　吴悦川：《现实与浪漫的双重奏——融合多重宗教玄想的许地山的人生寓言》，硕士学位论文，吉林大学，2007 年。

　　张慧佳：《论许地山的文学创作与宗教文化精神》，硕士学位论文，湖南师范大学，2012 年。

　　张悦帅：《人生·情感·寓言——论许地山的文学创作》，硕士学位论文，内蒙古师范大学，2007 年。

后　记

在写作接近尾声的时候，我又想起了许地山《鬼赞》中的一句话："我们赞美你，因为你不肯受时间的播弄。"我们距离许地山生活的年代，已将近一个世纪，此时，再来回望、思考他的创作和人生，我不自觉地想，我们赞美许地山，阐释许地山，也许恰恰因为他"不肯受时间的播弄"。因为，只有时间越久远，历史的积淀越厚重，许地山的文学魅力越加显得绵长而恒定。

他的恒定源于他信仰的坚定。许地山突破了多种教义之间的壁垒，将宗教的精神与自我的追求融会贯通，形成自己的信仰，引领自己不断去探索生命的意义，希望人们更诗意地栖居在大地之上。无论他是民族解放的斗士，还是追求崇高精神的书生，对于"人类终将会诗意地栖居在大地上"的这一信念坚定不移。其实，这并不是许地山一个人的信仰，而是整个人类的信仰，人类文明数千年，这一信仰始终未变。

他的恒定源于他生命的承载力。许地山书写中涌动的苦难意识，是他创作的不变主题。人类所有的苦难，都化为他内心的"债"，以自己的生命加以承载。他把自己的人生与苦难和感受密切相连，在创作中感受他人之苦，承担他人之罪，用他的大爱，去化解所有的苦痛。人类的发展永远伴随着苦难，时代在变，苦难也会有所改变，但爱的本质永远不变。

他的恒定源于他多元的文化视阈。在中国现代复杂的文化环境中，面对传统与现代、中国与西方、本土与异域等多种不同的文化形态，许地山都能以开放的心态去接纳和吸收，以严谨的态度，在各种文化间找寻最适应国家、民族和人们发展的综合文化，提炼凝缩为文化中的精粹，如此兼容并蓄的精神，无论时间如何播弄，它的价值都是珍贵而富有力量的。

许地山希望自己可以做调味的精盐，融入各种各样的食物中，丝毫看不见盐体，却尝得出盐所幻化的种种味道。这种默默奉献的精神，实际上，已经完全突破了一个人无私的最大限度。而对于研究者来讲，这却是一个难以完成和实现的挑战。谁能从一种食物中，找出全部的盐体并分离出所有的盐呢？诚然许地山的生命时间有限，但生命之外的时间却不断延长，尽管对此不能穷尽，但我们仍然希望可以用心去感受、尽量描述出许地山这粒"盐"，在众多的味道中，凸显出这粒"盐"特有的味道，这样的味道，是极其鲜见的。

我很自知，由于学术能力的"骨感"难以支撑起学术理想的"丰满"，此书疏漏浅薄在所难免，即使有一二可取之处，亦是受到前辈学人光芒的映照。参考文献众多，所列必有遗漏，敬祈指正包涵。感谢张学昕教授，他从一个文学评论家的角度，指引我发现作家与作品的同构关系，找寻许地山独特的精神纹理。感谢我的亲人，他们是我永远的心灵港湾。感谢我自己，流过的汗水泪水，走过的日日夜夜，我始终觉得有一束光，即使影影绰绰，但依然让我含着泪，笑着前行。将此书献给我的父亲，他的逝去，让我认识了"死"，更珍惜这"生"。